Wolfsmilch

Jutta Mehler, Jahrgang 1949, hängte frühzeitig das Jurastudium an den Nagel und zog wieder aufs Land, nach Niederbayern, wo sie während ihrer Kindheit gelebt hatte. Seit die beiden Töchter und der Sohn erwachsen sind, schreibt Jutta Mehler Romane und Erzählungen, die vorwiegend auf authentischen Lebensgeschichten basieren, sowie Kriminalromane.
www.jutta-mehler.de

JUTTA MEHLER

Wolfsmilch

KRIMINALROMAN

emons:

Bibliografische Information der Deutschen Nationalbibliothek
Die Deutsche Nationalbibliothek verzeichnet diese Publikation in der Deutschen Nationalbibliografie; detaillierte bibliografische Daten sind im Internet über http://dnb.d-nb.de abrufbar.

MIX
Papier aus verantwortungsvollen Quellen
FSC® C083411

Umschlagmotiv: Florian Werner/LOOK-foto, iStockphoto.com/wholden
Umschlaggestaltung: Tobias Doetsch
Gestaltung Innenteil: César Satz & Grafik GmbH, Köln
Druck und Bindung: CPI – Clausen & Bosse, Leck
Printed in Germany 2015
ISBN 978-3-95451-532-5
Originalausgabe

Dieser Roman wurde vermittelt durch die Aulo Literaturagentur.

Vergib deinen Feinden, aber vergiss niemals ihre Namen.
J. F. Kennedy

1

»Namaste«, rief Fanni zum dritten Mal. »Istari, Namaste.«

Wieder wartete sie vergeblich auf Antwort.

Die Eingangstür des Hauses, in dem Ole und Istari seit gut drei Jahren wohnten, stand wie immer, wenn jemand zu Hause war, weit offen. Doch irgendetwas schien heute anders zu sein als sonst. Obwohl Fanni nicht hätte sagen können, warum, fühlte sie sich auf eigenartige Weise am Eintreten gehindert.

Sie schaute sich um, als wolle sie denjenigen ausfindig machen, der sie hier auf der Türschwelle festzunageln versuchte.

Aber da war niemand. Nirgends. Davon abgesehen wirkte Ole Jespers Haus völlig unverändert. Es hockte – wie vermutlich seit hundert Jahren schon – in einer flachen Mulde am Rande von Birkenweiler, präsentierte dem Betrachter graue Feldsteine und Sprossenfenster im Parterre, dunkle Holzverkleidung und kleine Fensterluken im Dachgeschoss. Das Aroma von Räucherwerk – Sandelholz, Istaris Lieblingsduft – lag in der Luft, und der Klang der Sadhana-Musik drang bis in den Vorgarten.

Nun geh schon! Istari antwortet doch nur deshalb nicht, weil sie sich in eine ihrer Yogastellungen verrenkt hat – Reiher, Taube, Schildkröte und wie diese Asanas alle heißen – und den Atemfluss nicht unterbrechen darf!

Zögernd begann Fanni einen Fuß vor den andern zu setzen, doch bevor sie auch nur einen einzigen Schritt getan hatte, zuckte sie zurück und stand wieder still.

Ihr umherirrender Blick fiel auf den Briefkasten, aus dem die zusammengefaltete Zeitung ragte. Warum hatten Istari und Ole das Tagblatt noch nicht ins Haus geholt? Mechanisch griff sie danach und wollte es herausziehen, was ihr nicht auf Anhieb gelang. Der Klappdeckel des Briefkastens hatte sich irgendwie verkeilt und klemmte. Fanni bekam ihn mit einem kräftigen Ruck auf und zerrte mit der anderen Hand die Zeitung heraus.

Sie wollte den Deckel eben wieder loslassen, da bemerkte sie den Zettel. Er lag zerknüllt am Boden des Briefkastens. Fanni schätzte, dass er sich schon eine ganze Weile dort befand, von der übrigen Post immer mehr eingestampft und deshalb übersehen worden war. Sie legte die Zeitung auf die Hausbank, schob die flache Hand in den Briefkasten, bekam den Zettel zwischen zwei Fingern zu fassen und zog auch ihn heraus. Automatisch begann sie, ihn zu glätten, während sie sich fragte, was da für ein sonderbar metallischer Geruch in der Luft lag, der den des Sandelholzes überlagerte und nicht hierhergehörte.

Wieso sollte er denn nicht hierhergehören? In Oles Werkstatt liegen doch haufenweise Metallspäne von den Rohlingen, aus denen er seine Klangschalen herstellt.

Fanni schob den Zettel in die Jackentasche und rieb sich mit den Fingerkuppen beider Hände über die Stirn, um die Gedankenstimme zum Verstummen zu bringen. Vergeblich.

Du wirst dich langsam mal entscheiden müssen! In Oles Haus hineingehen oder zurück in dein eigenes – Lenis, besser gesagt!

Fanni blickte zu dem Anwesen hinüber, das Sprudel vor Jahren ihrer ältesten Tochter übereignet hatte, die es zurzeit ihr zur Verfügung stellte.

Sollte sie wieder heimgehen, den Besuch auf später verschieben? Nur weil sie einen komischen Geruch in der Nase hatte?

Mach dich nicht lächerlich, Fanni, sagte sie sich. Oles Haus ist ein liebenswerter Ort. Du bist dort stets freundlich aufgenommen worden.

Immer wenn sie zu einem ihrer ausgedehnten Spaziergänge aufbrach und den Weg in Richtung der bewaldeten Hügel einschlug, führte er sie zwangsläufig an Oles Anwesen vorbei, von dem eine spürbar andere Ausstrahlung ausging als von allen übrigen Häusern im Dorf. Anfangs hatte sie das nur neugierig gemacht. Erst später war dann die Frostigkeit, mit der sie den Dorfbewohnern begegnete, Ole und Istari gegenüber aufgetaut.

Was wohl hauptsächlich an Istaris Haferplätzchen lag.

Istari hieß mit richtigem Namen Annemarie Linsenlocher

und stammte aus einem Gehöft, das etwas weiter nördlich am Birkenbach lag, der die Gemeinde Birkenweiler umfloss.

Annemaries Eltern waren vom ganz alten Bayerwäldler-Schlag. Sie hatten einen Haufen Kinder in die Welt gesetzt, gingen jeden Sonntag zur Kirche und glaubten aufs Wort, was der Pfarrer von der Kanzel herunterpredigte. Annemarie war ihr jüngstes Kind, eine Nachzüglerin. Bei ihr hatten die Eltern offenbar nicht mehr genügend Energie gehabt, sie Mores zu lehren, denn kaum war Annemarie halbwegs erwachsen, fügte sie sich nicht mehr in Konventionen, hing mit fragwürdigen Figuren herum, warf eines Tages ihren Job als Verkäuferin hin und reiste nach Indien, wo sie Hatha Yoga kennenlernte – und Ole Jespers.

Willst du hier auf der Türschwelle Wurzeln schlagen?

Fanni gab sich einen Ruck und betrat den mit Fotografien aus Indien dekorierten Flur.

Sämtliche Türen, die zu beiden Seiten abgingen, waren geschlossen, nur diejenige ganz am Ende, die, wie Fanni wusste, ins Wohnzimmer führte, stand offen. Ein Sonnenstrahl fiel aus dem dahinterliegenden Raum in den Flur und deutete wie ein Finger auf Fanni.

Mit einem unguten Gefühl im Bauch ging sie langsam darauf zu.

Ein paar Staubkörner tanzten im Licht und legten sich dann auf Oles blank geputzte Schuhe, die hier im Flur auf ihn warteten.

Die stellt er doch immer hier ab, bevor er das Wohnzimmer betritt. Wetten, er ist drin! Aber warum meldet er sich nicht?

Fanni verharrte und fragte sich, was Ole derart in Anspruch nahm, dass er ihr Rufen überhört hatte.

»Ole«, versuchte sie es erneut. »Bist du da? Sag doch was.«

Aus der offenen Tür kam die Sadhana-Musik.

Er muss da sein, dachte Fanni und stellte sich den hageren blondschopfigen jungen Mann vor, wie er auf einem der bunten Bodenkissen saß und über EU-Studien zum Donauausbau brütete.

Ole Jespers kam aus Dänemark, wo seine Eltern etliche sehr moderne Müllverbrennungsanlagen gebaut hatten. Von Haus aus vermögend (Oles Mutter stammte aus einer schwerreichen deutschen Industriellenfamilie), hatten sie es in die Welt der Großfinanz geschafft.

Nach seinem Studium war Ole nach Indien gereist, um sich im Land der Yogis, Gurus und sonstigen spirituellen Lehrmeister darüber klar zu werden, was er mit dem Geld, das ihm aus Kapitalerträgen zufloss, und mit dem Bachelor für Umweltinformatik, den er durch sein Studium erworben hatte, anfangen sollte. In den Backwaters von Kerala lief er Annemarie Linsenlocher über den Weg, die sich inzwischen Istari nannte.

Ungewollt und ohne überhaupt zu merken, was sie damit ins Rollen brachte, zeigte sie ihm den Weg, nach dem er gesucht hatte.

Ole und Istari kehrten nach Europa zurück, besuchten Birkenweiler, und Ole wusste plötzlich: »Jawohl, das ist es.« Er kaufte das Birkengrund-Anwesen, ließ sich mit Istari dort nieder und machte sich sogleich gegen den Bau des Donaukanals in der Mühlhammer Schleife stark. Nebenbei stellte er Klangschalen aus den Rohlingen her, die er in einem Schrankkoffer aus Indien mitgebracht hatte.

Istari hatte sich dem Hatha Yoga verschrieben, dem Räucherwerk, der Naturkosmetik und diversen Sorten von Haferplätzchen. Ihr Körper war geschmeidig wie der einer Schlange. Ihre Backkünste waren unvergleichlich. Ihr Verstand allerdings schien auf Sparflamme zu kochen.

Fanni hielt Annemarie Linsenlocher für etwas beschränkt, Oles IQ dagegen schätzte sie auf mindestens hundertdreißig.

Hier stimmt etwas ganz gewaltig nicht!

Fanni schnappte nach Luft, als der Gedanke sie traf.

Noch ganz bei Yoga, Haferplätzchen und Intelligenzquotienten, hatte sie verdrängt, dass der metallische Geruch eine süßliche Komponente angenommen und sich intensiviert hatte. Der Schwall, den sie einatmete, ließ sie würgen.

Sie stolperte in Oles und Istaris Wohnzimmer und sah dort

als Erstes das blutverschmierte Küchenmesser. Es lag quer über Istaris nackten Füßen, die im klassischen Lotussitz auf den Oberschenkeln ruhten.

So reglos wie Istari auf ihrem Schaffell hockte, hätte sie eine Statue sein können.

Auch Fanni erstarrte zu einem Standbild, nachdem sie drei Schritte in den Raum hineingetaumelt war. Lediglich ihre Augen bewegten sich. Sie suchten Istaris Blick, aber der schien sich, unbehindert durch Mauern oder sonstige Barrieren, in der Ferne zu verlieren.

Fannis Blick war bemüht, ihm zu folgen, irrte jedoch ab, als er Ole streifte, und kehrte zu Istari zurück.

Sie hatte sich nicht bewegt. Aber als Fanni ihr erneut ins Gesicht sah, glaubte sie, einen Ton zu vernehmen, der aus Istaris Mund kam und das »Hara Hala Me Almasta« aus dem CD-Player bisweilen überlagerte. Sie konzentrierte sich auf diesen Ton, und letztendlich erkannte sie das Wort, das Istari hervorbrachte: »Om.«

Fanni schluckte, dann stammelte sie: »Namaste, Istari.«

Bist du plemplem? Meinst du, angesichts der vorliegenden Situation ist es noch nötig, diesen Mumpitz zu betreiben?

Seit Annemarie Linsenlocher aus Indien zurückgekommen war, sich Istari nannte, zweiunddreißig Asanas beherrschte und knapp hundert CDs mit Yogamusik besaß, bediente sie sich dieser alten hinduistischen Grußformel.

»Namaste« war sozusagen die Parole, die den Weg frei machte – sowohl zu den Schaffellen und Meditationskissen in Istaris Wohnzimmer als auch zu ihrer Herzlichkeit.

Doch diesmal verfehlte das Losungswort seine Wirkung. Fanni erntete nichts anderes als ein tief tönendes »Om«, das die Malas und Yantras, die den Raum dekorierten, zum Vibrieren brachte.

Erwartungsvoll fixierte sie Istaris Mund, als rechne sie damit, das »Om« würde Gestalt annehmen und schleunigst aus der Welt schaffen, was ihr Gemüt in Aufruhr versetzte. Denn obwohl Fannis Augen ebenso pflichtgemäß wie urteilsfrei längst weitergemeldet hatten, welchen Anblick Ole bot, weigerte sich ihr Hirn, die Botschaft wirksam zu bearbeiten.

Ein neuerliches »Om« schwebte von Istaris Lippen und mischte sich in die Sadhana-Musik.

Fanni stand da, lauschte dem Klang nach und betrachtete Istari.

Wie immer trug die junge Frau eine leichte Hose mit Knöchelbündchen, wie Fanni sie aus den Siebzigern in Erinnerung hatte, als die Fernsehserie »Bezaubernde Jeannie« zum Quotenrenner wurde. Das Oberteil schien allerdings eine Neuerung zu sein. Hatte der Postbote nicht erst kürzlich ein Paket von »Yogishop« gebracht?

Aber ja, erinnerte sich Fanni. Er hatte es abgeliefert, als sie gerade den Heimweg antrat, nachdem Istari ihr bei einer Tasse Jasmintee das Mantra »Om mani padme hum« in »Oh, du Kleinod in der Lotusblüte« übersetzt hatte.

Istaris neues Shirt schillerte indigoblau. Es hatte Trompetenärmel und war über der Brust mit Goldfäden bestickt.

»Lakshmi«, flüsterte Fanni, als ihr einfiel, wie Istari ihr erzählt hatte, sie habe sich ein Oberteil mit dem Bild der Göttin Lakshmi bestellt, die für Schönheit, Glück und Liebe stand.

Im Birkengrund schienen Glück und Liebe jedoch dahingegangen zu sein, und Schönheit hatte Istari noch nie viel besessen.

Die eng stehenden Augen und die Hakennase ließen ihr Gesicht wie das eines Raubvogels wirken; ein Eindruck, dem auch mit Kajal und Lidschatten nicht beizukommen war. Die viel zu schmalen Lippen hatte sie wie immer mit reichlich Farbe und mäßigem Erfolg so zu schminken versucht, dass sie voller wirkten. Die Fülle und der Glanz ihrer hellblonden Haare allerdings entsprachen ganz dem gängigen Schönheitsideal. Wie Istaris Gesicht offenbarte auch ihr Körper, dass sie eher zum mageren Typ gehörte, aber bei der Figur stimmten die Proportionen.

Ole dagegen sieht aus wie James Dean, ging es Fanni durch den Kopf.

Er sah *vielleicht aus wie James Dean. Aber sicher ist: Er ist genauso tot! Wie lange soll es denn eigentlich noch dauern, bis das zu Miss Marple durchgesickert ist? Es wird nämlich langsam Zeit, etwas zu unternehmen!*

Widerstrebend, äußerst widerstrebend glitt Fannis Blick zu dem Futon hinüber, wo Oles Leiche in einer Blutlache lag.

Blut war auf die weißen Schaffelle getropft, die Oles Liegestatt umgaben. Blut war an die Wand daneben gespritzt, und blutige Schmierspuren durchzogen den Raum. Blut tränkte Oles Sweatshirt und Blut – halt!

Fanni näherte sich Ole Jesper und schaute auf ihn hinunter. Was auf Gesicht und Händen hellrot glänzte, waren keine Blutspritzer.

Eine Art Ausschlag, sagte sie sich nach genauem Hinsehen. Rötungen, Blasen, kleine Geschwulste.

Mit einem Klicken schaltete sich der CD-Player ab. Istaris »Om« tönte tief und laut in die plötzliche Stille.

In Fanni kam Leben. Sie eilte in den Flur, wo sich auf einem Tischchen aus Schmiedeeisen ein altertümlicher Telefonapparat befand, und wählte 112.

2

»Seit wann waren Sie mit Ole Jesper und Annemarie Linsenlocher befreundet? – Gab es des Öfteren Streit zwischen den beiden? – Haben Sie in letzter Zeit Veränderungen bemerkt? – Verhielt sich einer der beiden anders als sonst? – Was könnte Frau Linsenlocher dazu gebracht haben, ihrem Freund fünf Messerstiche in die Brust zu versetzen?«

So ging es nun schon seit fast einer Stunde.

Aber sosehr ihr der Polizeibeamte auch zusetzte, Fanni wusste nichts wirklich Erhellendes zu berichten.

Sie kannte die beiden seit etwa drei Monaten, war ihnen fast täglich begegnet, hatte jedoch weder gestern noch in all den Wochen zuvor etwas bemerkt, das auf Spannungen oder dergleichen zwischen ihnen hätte schließen lassen können. Im Gegenteil, die beiden schienen sich gut zu verstehen und sich hervorragend zu ergänzen (ihr gemeinsamer IQ belief sich auf einen Wert ein schönes Stück über dem Mittelmaß) und kamen sich wegen ihrer grundverschiedenen Fachgebiete so gut wie nie in die Quere.

Istari widmete ihre Tage ausschließlich dem Yoga, dem Backen und der Herstellung von Cremes aus Jojobaöl, Sheabutter und Lanolin, die sie mit pflanzlichen Tinkturen modifizierte. Die Kräuter für ihre Naturkosmetik zog sie in einem verglasten Anbau an der Ostseite des Anwesens, der durch das Wohnzimmer zugänglich war.

In diesem Wintergarten – abgetrennt durch ein brusthohes Geflecht aus Bambus – gediehen auch Oles Gewächse, die allerdings mehr experimentellen Zwecken dienten und weniger Pflege genossen, denn primär hatte sich Ole ja (abgesehen von den Klangschalen) dem Kampf gegen den Donauausbau verschrieben.

Ihren Lebensunterhalt, den sie bescheiden hielten, bestritten Ole und Istari hauptsächlich aus Oles Vermögen. Istari trug allerdings das, was sie durch den Verkauf ihrer Produkte auf Wochenmärkten, Dult und Kirmes verdiente, dazu bei.

»Für mich sah es immer so aus, als wären die beiden nicht nur ein glückliches Paar, sondern auch ein gut funktionierendes Team«, antwortete Fanni auf eine neuerliche Frage des Kriminalbeamten und verstummte dann. Aber als der Beamte zum Reden ansetzen wollte, kam sie ihm zuvor. »Vielleicht hat Istari ja gar nicht zugestochen. Vielleicht hat sie Ole gefunden – auf dem Futon liegend mit dem Messer in der Brust. Sie könnte es unwillkürlich herausgezogen haben, bevor ihr zu Bewusstsein kam, was sie da tat. Dass Ole ermordet worden ist, könnte sie erst danach begriffen haben, was sie dann in den Schockzustand versetzte, in dem ich sie fand.«

Der Beamte fixierte sie. »Und wer, meinen Sie, *hat* zugestochen?« Seine Frage klang lauernd.

Du solltest vorsichtig sein mit dem, was du sagst! Am Ende bringst du dich noch selbst in die Bredouille!

Meist achtete Fanni nicht besonders auf ihre Gedankenstimme, die sich, willkommen oder nicht, stets in alles einmischte. In diesem Fall jedoch beschloss sie, die Mahnung zu beherzigen, und antwortete besonnen: »Ole ist ein geradezu militanter Naturschützer gewesen. Dabei hat er sich womöglich mehr Feinde als Freunde gemacht.«

»Dann hätte ich gern ein paar Namen«, forderte der Kriminalbeamte.

»Habe ich nicht zu bieten«, erwiderte Fanni. »Da müssen Sie schon Istari fragen. Wo haben Sie sie denn hingebracht? Hat sie schon irgendetwas gesagt?«

Der Kriminalbeamte verzog den Mund. »Außer ›Om‹? Nicht, dass ich wüsste.«

In diesem Augenblick läutete sein Handy. Er schaute auf das Display, erhob sich und verließ den Raum. Als er zurückkam, warf er Fanni einen abwägenden Blick zu, bevor er sagte: »Annemarie Linsenlocher bestreitet, ihren Freund erstochen zu haben.«

Fanni nickte. »Das passt ins Bild.«

»In Ihr Naturschützer-machen-sich-gern-Feinde-Bild?«

Fanni schwieg.

Der Beamte schnaubte ärgerlich und begann aufzuzählen: »Abgesehen davon, dass Annemarie Linsenlocher unter Schock stand und die Tatwaffe in ihrem Schoß lag – was man meinetwegen so oder so interpretieren kann –, hatte sie Blut an der Kleidung, an den Händen und im Gesicht. Das haben Sie ja wohl selbst gesehen. Blutspuren führten vom Fundort der Leiche zu der Stelle, wo Frau Linsenlocher hockte. Und Sie wollen mir erzählen, es passt ins Bild, dass sie nicht die Täterin ist. Da bin ich aber ganz anderer A…« Abermals klingelte sein Handy. Nach einem neuerlichen Blick aufs Display sagte er streng: »Wir machen Schluss für heute. Aber halten Sie sich zur Verfügung.«

Falls damit gemeint war, Fanni müsse daheim sitzen und auf Anrufe oder Besuche der Polizei warten, versäumte sie es, sich an diese Anordnung zu halten. Sie ging zwar nach Hause, jedoch nur, um sich umzuziehen und eine Kleinigkeit zu essen. Dann machte sie sich auf in die Birkenweiler Hügel.

Sie brauchte frische Luft und Bewegung, um darüber nachdenken zu können, warum Ole ermordet worden war – und von wem.

Fanni lief gut zwei Stunden lang von einer Anhöhe zur nächsten, bis sie bei Metten am Rande des Donautals anlangte. Erst da kehrte sie um.

Der Marsch hatte sie wieder einigermaßen ins Gleichgewicht gebracht und sie diesen und jenen Entschluss treffen lassen.

Ole war tot. Schlimm, entsetzlich, tieftraurig. Aber nichts konnte ihn jetzt noch retten. Nichts und niemand konnte ihm mehr helfen. Istari allerdings würde Hilfe nötig haben. Und Fanni wollte ihr beistehen. Sie würde nicht zulassen, dass man die junge Frau aufgrund vordergründiger Indizien – Blutspuren hin oder her – als Mörderin brandmarkte.

Als Fanni beim Dunkelwerden nach Hause kam, fand sie Leni und Marco im Wohnzimmer vor.

Leni sprang auf. »Mama, es ist schon fast zehn Uhr!«

Fanni musste lächeln. »Anscheinend macht mir meine Gedächtnislücke wieder zu schaffen. Ich muss vergessen haben, dass ich spätestens dann daheim zu sein habe, wenn im Radio das Betthupferl kommt.«

»Wir haben uns halt Sorgen gemacht.«

Fanni schloss ihre Tochter in die Arme. »Wieso seid ihr unangemeldet hier?«

»Mama!«

»Wie fast überall kann man auch bei uns in Nürnberg Nachrichten empfangen«, sagte Marco.

Fannis Lächeln vertiefte sich. Ihr Schwiegersohn schien sich gemausert zu haben. Obwohl sie sich auch an ihn nur bruchstückhaft erinnerte, wusste Fanni, dass er eher als ernst und wortkarg gegolten hatte. Offensichtlich hatte Lenis lockere Art inzwischen auf ihn abgefärbt.

Im Moment war jedoch sie es, die ernst und angespannt wirkte. »Als wir mitbekommen haben, was hier passiert ist, sind wir sofort losgefahren.«

Fanni schüttelte den Kopf. »Das hättet ihr nicht tun müssen. Mir droht doch keine Gefahr.«

Marco unterdrückte ein Grinsen, erwiderte jedoch nichts.

Leni dagegen sagte: »Seit deiner Amnesie kennen wir dich besser als du dich selbst. Du wirst dich in die Ermittlungen stürzen, so viel steht fest.«

»Und wenn schon«, entgegnete Fanni leichthin. »Was kann es schaden, darüber nachzudenken, ob Istari womöglich unschuldig ist, und dort und da ein paar Fragen zu stellen.«

Leni warf Marco einen Blick zu, der unzweideutig ausdrückte: *Na also, hab ich es doch gewusst.*

Zu Fanni sagte sie: »Wir haben Sprudel informiert. Er nimmt morgen den ersten Flieger nach München und steigt dann in den Zug nach Plattling. Mittags kommt er an.«

Fanni tat einen tiefen Atemzug, blieb jedoch stumm.

Etliche Monate waren vergangen, seit sie die Parkklinik Hornschuh verlassen hatte, wo es nicht gelungen war, ihren partiellen Gedächtnisverlust zu revidieren. Auf Lenis Vorschlag hin (der außer von Fannis Noch-Ehemann Hans Rot und ihrer jüngeren Tochter Vera von allen begeistert aufgenommen worden war) hatte sie sich in dem kleinen Anwesen in Birkenweiler häuslich eingerichtet, das Sprudel vor Zeiten geerbt und später ihrer ältesten Tochter überschrieben hatte.

»Mami«, hatte Leni gesagt, »dir fehlen sechs Jahre deines Lebens – sehr entscheidende Jahre. Und es sieht nicht so aus, als würdest du sie je zurückbekommen. Du brauchst viel Zeit und noch mehr Ruhe, um dir darüber klar zu werden, wie es weitergehen soll.«

In Hans Rots und Veras Augen war es ein Wink des Schicksals, dass in Fannis Gedächtnis nun explizit jene Jahre fehlten, die sie mit Sprudel anfangs befreundet und später liiert gewesen war, was zur Trennung von Hans Rot geführt hatte.

»Du musst ernst nehmen, was dein Unterbewusstsein dir mitteilt«, hatte Vera ihrer Mutter ins Gewissen geredet. »Es sagt dir doch ganz deutlich: Dein Platz ist zu Hause bei Papa in Erlenweiler, so wie es immer war. Deshalb hat dein besseres Ich die vergangenen Jahre einfach gestrichen. Der Fehler, den du gemacht hast, ist somit vergeben und vergessen.«

Leni war ihrer Schwester erzürnt über den Mund gefahren. »Sollten Mamas Verstand und Mamas Wünsche da gar nicht mitreden dürfen?«

Bevor die beiden so ungleichen Schwestern sich ernstlich in die Haare bekommen konnten, hatte Fanni kundgetan, dass sie Lenis Angebot, eine Zeit lang in ihrem ohnehin leer stehenden Haus zu wohnen, gerne annehmen wolle, um dort sozusagen in Klausur zu gehen.

Daraufhin war Vera sehr geschwind und sehr vergrätzt abgezogen. Ihre bemerkenswerte Eile hatte darauf schließen lassen, dass sie Hans Rot über Fannis unwillkommene Entscheidung umgehend informieren würde.

Um im Birkenweiler Anwesen heimisch zu werden, hatte Fanni nicht mehr mitbringen müssen als ihren Koffer aus der Klinik. So gut wie die Hälfte ihrer Garderobe und ein Großteil ihrer Habseligkeiten befand sich ohnehin dort, weil sie und Sprudel immer dann hier gewohnt hatten, wenn sie sich nicht in Sprudels Haus in Ligurien aufhielten oder auf Reisen waren.

Gewiss konnte man Fannis Entschluss, sich vorerst in Sprudels ehemaligem Haus einzurichten, auch dahingehend interpretieren, dass sie sich bereits für ihn entschieden hatte.

Doch dem war nicht so. Sosehr sie sich auch zu ihm hingezogen fühlte, so gut sie beide zu harmonieren schienen – was wusste sie schon von ihm? So gut wie nichts, weil ihr der dafür entscheidende Teil ihres Gedächtnisses fehlte. Aber an nichts konnte man wenig anknüpfen. Sprudel schien sich dessen quälend bewusst zu sein, denn er hatte sich, nachdem Fanni aus der Klinik entlassen war, auf seinen Besitz in Ligurien zurückgezogen. Leni und ihr Mann Marco waren ebenfalls bald abgereist, und Vera hatte sich sowieso nicht mehr blicken lassen.

Seither wohnte Fanni für sich allein und abgeschieden in Birkenweiler, wo sie – wie sich bald zeigte – mehr Zeit und Ruhe hatte, als sie tatsächlich wollte, obwohl sie weiß Gott kein geselliger Typ war. Trotz dieser Isolierung konnte sie sich aber nicht dazu überwinden, Kontakte mit den Leuten aus Birkenweiler zu knüpfen, denn die waren aus demselben Holz geschnitzt wie diejenigen in Erlenweiler.

Zum Glück hatte Leni ihr einen Haufen Bücher dagelassen – in der Hauptsache Krimis, Adler-Olsen, Tom Rob Smith und so weiter –, mit denen sich Fanni ablenken konnte, nachdem sie vormittags ein wenig Hausarbeit gemacht hatte und anschließend eine Runde um oder über die Birkenweiler Hügel gewandert war. Letztendlich hatte sie ihre Tage beschaulich hingebracht, indem sie jeden Gedanken an eine Zukunft mit oder ohne Sprudel beharrlich beiseiteschob.

Die zwiespältigen Gefühle, die sie nun überschwemmten, schienen ihr deutlich anzusehen zu sein, denn Leni stand vom Sofa auf, setzte sich auf die Armlehne des Sessels, in dem Fanni saß, und legte ihr den Arm um die Schultern.

»Marco und ich trauen uns nicht, dich morgen hier wieder allein zu lassen. Wenn Istari tatsächlich unschuldig ist, bringst du dich mit Ermittlungen womöglich ernsthaft in Gefahr, denn der wirkliche Mörder wird sich nicht gedulden, bis du ihm auf die Spur kommst. Wir haben Angst um dich, Mama.«

»Ich verspreche euch, kein Risiko …«, begann Fanni, unterbrach sich jedoch, als Leni sie an sich drückte.

»Wunderbar. Und Sprudel wird dafür sorgen, dass du dein Versprechen auch hältst.«

»Die Alternative zu Sprudel wäre Schutzhaft«, murmelte Marco.

»Schreckt dich denn der Gedanke, dass Sprudel hier wohnen und Tag und Nacht in deiner Nähe sein wird?«, fragte Leni.

Na, da sind wir aber gespannt, was für eine Antwort darauf kommt!

»Ich freue mich auf ihn«, sagte Fanni.

Leni gab ihr einen Kuss.

Ob Sprudel sich wohl auch freut? Oder beunruhigt es ihn, dass schon wieder Mordermittlungen anstehen, dass erneut jenes Bespitzeln und Ausspionieren anfängt, das euch beide schon so oft in Lebensgefahr gebracht hat?

Leni hatte es sich wieder auf dem Sofa bequem gemacht. »Damit du gar nicht auf die Idee kommst, selbst nachzuforschen, versorgen wir dich mit den wichtigsten Fakten. Marco hat mit seinen hiesigen Kollegen über den Fall gesprochen und sich über den Stand der Ermittlungen informiert. Bis jetzt scheint die Polizei nicht viel mehr zu wissen, als in den Nachrichten kam.« Sie sah zu Marco hinüber, der ihre stumme Aufforderung verstand und zu berichten begann:

»Dem ersten Eindruck nach ist Ole Jesper mit fünf Messerstichen ermordet worden, von denen einer offenbar direkt ins Herz ging. Auffällig ist, dass Oles Körper von einer Art Ausschlag bedeckt war. Worum es sich dabei genau handelt, wird hoffentlich die gerichtsmedizinische Untersuchung ergeben. Sämtliche Spuren deuten darauf hin, dass Istari auf ihn eingestochen hat, während er, schlafend vermutlich, auf dem Futon lag. An ihr befanden sich überall Blutspuren, und auf ihren Handflächen entdeckte man – in ganz schwacher Ausprägung allerdings – ebenfalls einen Ausschlag.«

»Das heißt, man wird Istari nicht gehen lassen?«, fragte Fanni.

Marco schüttelte den Kopf. »Nicht, solange keine eindeutigen Beweise für ihre Unschuld vorliegen.«

»Dann muss man diese Beweise eben suchen«, murmelte Fanni.

Leni fuhr hoch. »Bitte, Mama, das ist Aufgabe der Polizei! Halte dich in Gottes Namen von Oles und Istaris Anwesen fern.« Sie sah hilfesuchend zu Marco, der eindringlich hinzufügte:

»Als mutmaßlicher Tatort darf das Haus von niemandem betreten werden, die Eingangstür ist versiegelt. Das Siegel zu brechen und einzudringen wäre strafbar.«

Ersteres hatte Fanni gar nicht vor. Letzteres schon.

Es war bereits Mitternacht, als Leni und Marco die Treppe zum Obergeschoss hinaufstiegen, wo sich zwei Schlafzimmer, Dusche und Toilette befanden. Fanni hatte sich entschieden, sich nur im Parterre einzurichten, wo es außer Wintergarten, Küche und Wohnzimmer auch ein Gästezimmer und ein wei teres Badezimmer gab.

Nun gratulierte sie sich zu diesem Entschluss, denn die altertümliche Stiege aus Lärchenholz pflegte vernehmlich zu knarzen, wenn man sie hinauf- oder hinunterging.

Fanni stellte die benutzten Gläser auf den Küchentresen, bevor sie sich ins Gästezimmer im hinteren Teil des Hauses zurückzog. Dort zog sie sich aus, duschte kurz, putzte sich die Zähne und schlüpfte in ihren Pyjama.

Die Uhr auf dem Nachttisch zeigte zwanzig Minuten nach Mitternacht, als sie sich auf die Bettkante setzte. Sie stellte den Weckalarm auf vier Uhr früh.

3

Fanni wachte bereits um Viertel vor vier auf und schaltete – sehr zufrieden mit ihrem inneren Timing – umgehend den Alarm ab.

Jedes Geräusch vermeidend, stieg sie aus dem Bett, schlüpfte in die dunkle Hose, die sie sich vor dem Zubettgehen zurechtgelegt hatte, streifte einen dunklen Pullover über und kletterte aus dem Fenster.

Draußen dämmerte es bereits an diesem Julimorgen.

Fanni eilte durch den rückwärtigen Garten, kraxelte über den niedrigen Zaun, der die beiden Grundstücke trennte, und stand wenige Minuten später in Istaris Küche.

Um ins Haus zu kommen, hatte sie es nicht nötig gehabt, das Siegel zu brechen. Kurz bevor Istari und Ole Ende Juni für einige Tage nach Augsburg zu einer Veranstaltung des Bundes Naturschutz gereist waren und Fanni die Pflänzchen im Wintergarten gießen sollte, war Istari gemeinsam mit Fanni zur Hintertür gegangen, die direkt in die Küche führte, und hatte ihr den unter einer Blende verborgenen Riegel gezeigt. Der musste nur zurückgeschoben werden, und schon konnte man eintreten.

In dem nordseitig gelegenen Raum war es noch dunkel, aber Fanni hatte ohnehin nicht vor, sich hier umzusehen. Ihr Ziel war der Wintergarten. Doch um dorthin zu kommen, musste sie durchs Wohnzimmer.

Fanni trat in den Flur, atmete ein, hielt die Luft an und marschierte auf das Wohnzimmer zu, in dem Ole gelegen hatte. Sie durchquerte es, ohne nach links oder rechts zu blicken, dann stieß sie die Schwingtür zum Wintergarten so energisch auf, dass sie an die Wand knallte und offen blieb. Fanni machte sich jedoch nicht die Mühe, sie zu schließen, sondern hastete in den Anbau. Dort atmete sie erleichtert aus.

Durch die nach Osten weisende Glasfront fiel das grauweiße

Licht der frühen Morgendämmerung, das die Triebe der Pflanzen wie erstarrte Klauen wirken ließ, was den Raum irgendwie gespenstisch machte.

Fanni schauderte.

Aha, der Jäger wird zum Hasen! Ein kleiner Spuk, und schon scheut er zurück!

Fanni hob den Kopf und straffte sich. Geisterhaft oder nicht, die Pflanzen würden ihr nichts tun. Im Gegenteil, sie waren ihre Freunde. Fanni hatte sie gegossen und in Augenschein genommen, hatte sie berührt und manchmal sogar mit ihnen gesprochen. Nun würden sie zu ihr sprechen und ihr verraten, was sie wissen wollte.

Allmählich konnte Fanni klarer sehen. Ihre Augen hatten sich an das graue Licht gewöhnt, das ohnehin zunehmend heller wurde.

In dem verglasten Raum sah es aus wie immer. Rechter Hand erstreckte sich Istaris Reich, penibel sauber und wohlgeordnet. Die Tontöpfe mit den Kräutern, die sie für ihre Salben verwendete, standen in Reih und Glied auf Bänken direkt vor der Scheibe. Sorgfältig bestückte Borde umgaben einen Arbeitstisch, auf dem sich Döschen und Fläschchen, Messbecher, Pipetten und Rührlöffel befanden. In einem Regal direkt daneben warteten fertige Cremes auf ihre Verwendung. Die vollen Döschen waren akribisch beschriftet: »Ringelblume«, »Beinwell«, »Salbei« …

Fanni umrundete das brusthohe Bambusgeflecht, das Istaris Hemisphäre von Oles trennte.

Auch in Oles Bereich sah es aus wie immer: Kraut und Rüben. Erdkrümel und welke Blätter lagen herum, Behälter mit undefinierbarem Inhalt blockierten den Durchgang. Fanni stieg darüber hinweg und bahnte sich den Weg zu der Ecke an der Glasfront, wo Ole die Wolfsmilchgewächse züchtete.

»Wie ich es mir gedacht habe«, murmelte sie, als sie die Stoppelfelder sah.

Euphorbia peplus und Schwestern waren abgeerntet und

offenbar auch gemolken worden, denn dort und da lagen zerquetschte Stängel herum.

Vor zwei Wochen, als Ole sie in ihre Aufgabe als kurzzeitige Hüterin des Wintergartens eingewiesen hatte, waren insbesondere die Wolfsmilchgewächse zur Sprache gekommen. Ole hatte ihr erzählt, dass er Selbstversuche mit der milchigen Flüssigkeit anstelle, die man aus den Stängeln gewinnen konnte.

»Der Milchsaft«, hatte er gesagt, »enthält den Giftstoff Euphorbon, der auf unserer Haut schwere Entzündungen, Ausschlag und Blasen hervorrufen kann. Innerlich angewendet verursacht er Erbrechen, Durchfall, manchmal sogar Kreislaufversagen.«

Fanni hatte ihn entsetzt angesehen, aber Ole hatte gelacht. »Wolfsmilch wird seit jeher auch als Heilmittel verwendet, denn Nutzen und Schaden liegen ja oft nahe beieinander. Wie heißt es so schön: ›Die Dosis macht's.‹«

Er hatte die Ärmel seines Baumwollhemdes aufgekrempelt und ihr die Ekzeme auf seinen Armen gezeigt. »Seit meiner Kindheit leide ich unter solchen Ausschlägen, manchmal sogar am ganzen Körper. Und bisher hat außer Cortison nichts dagegen geholfen. Aber ich habe das Zeug und seine Nebenwirkungen endgültig über.«

Fanni hatte erfahren, dass einige von Istaris Salben – Ringelblume beispielsweise, Kamille und Aloe Vera –, die Ole versuchsweise auf seine wunde Haut aufgetragen hatte, anfangs erfolgversprechend schienen, dass ihre Wirkung jedoch nicht durchschlagend genug war. Deshalb hatte er immer wieder auf Cortison zurückgreifen müssen. Eines Tages hatte er dann in einer Zeitschrift den Bericht eines Leidensgenossen über dessen Erfahrungen mit Wolfsmilch gelesen und beschlossen, es selbst damit zu versuchen.

Auch wenn der Bericht so gut wie keine Informationen über die Herstellung eines Präparats enthielt und wohl eher Anlass zu Misstrauen gab, weil er vor Unstimmigkeiten nur so strotzte, war Ole inzwischen verzweifelt genug, alles auszuprobieren. Mit der nötigen Vorsicht gehandhabt könne der Milchsaft der

Euphorbiaceae, die weltweit verbreitet an Wegrändern, im Ödland aber auch in Gärten wuchs, ja keinen großen Schaden anrichten.

»So wie du ausgesehen hast, Ole«, sagte Fanni leise, während sie die bis zum Erdreich zurückgestutzten Pflanzen betrachtete, »war der Schaden aber immens. Wie hat es nur dazu kommen können?«

Man könnte glatt meinen, Ole hätte in Wolfsmilch gebadet!

Was er mit Sicherheit nicht getan hat, widersprach Fanni ihrer Gedankenstimme – jedenfalls nicht freiwillig.

Aber tatsächlich wäre ein Vollbad mit reichlich Wolfsmilch als Zusatz eine Erklärung dafür, wo der Ertrag aus all diesen Gewächsen abgeblieben war.

Dann wäre das Säftchen durch den Abfluss gegurgelt und längst in der Kläranlage gelandet!

Falls es im Badewasser war, ja, dachte Fanni, entschied jedoch im gleichen Augenblick, dass es ein unsinniger Gedanke war, jemand hätte Ole, ohne dass der es merkte, eine derart hohe Dosis Wolfsmilch ins Badewasser schütten können.

Aber wo kann der Extrakt sein?, dachte sie und begann an den Glaswänden entlangzugehen.

Unter einem Hocker fand sie eine angeschlagene Porzellanschüssel, die jedoch bis auf einen weißlichen Bodensatz leer war.

Fanni zog sie hervor und schaute stirnrunzelnd hinein. »Hier drin hast du die Brühe gesammelt, Ole. Und was hast du dann damit gemacht?«

Mit einem Ruck stellte sie die Schüssel wieder zurück und stöberte weiter. Als sie auf ein Gestell zutrat, das mit allem möglichen Krimskrams vollgestopft war, knirschten kleine Glasscherben unter ihren Schuhen. Neben dem Gestell stand ein Eimer, in dem sie die Reste eines zerbrochenen Schraubglases ausmachen konnte. Auf dem unversehrten Boden des Glases befand sich ein weißer Klecks.

»Hinuntergefallen und zerschellt«, murmelte sie. »Aber das kann doch nicht alles gewesen sein.«

Tatsächlich entdeckte sie auf dem Gestell noch zwei gefüllte Schraubgläser, die offensichtlich einmal Basilikumpesto enthalten hatten und nun mit »Wolfsmilch« beschriftet waren.

Das war aber keine große Ausbeute, dachte Fanni und schaute die beiden Gefäße vorwurfsvoll an.

Dann eilte sie – einer Eingebung folgend – zurück in Istaris Bereich. Dort stellte sie sich vor das Regal mit den Cremedöschen, las jedes Etikett, fand jedoch keinen Hinweis auf eine Mixtur mit Wolfsmilch.

Suchend schaute sie sich um. Ihr Blick streifte erneut über die Töpfe mit den Kräutern, die Arbeitsgeräte, registrierte ein Wasserbecken samt Krug, Handfeger mit Schaufel, einen Klappstuhl mit einem niedrigen Tischchen daneben.

Auf dem Tischchen befand sich ein Tablett mit verschiedenen Dosen. Fanni bewegte sich darauf zu und fasste sie ins Auge. Sie waren größer als die im Regal und sahen ziemlich abgenutzt aus. Die Schrift auf den Etiketten war schon deutlich verblasst.

Fanni nahm das Gefäß mit der Aufschrift »Ringelblumensalbe« und schraubte es auf. Es war nicht einmal halb voll, schien jedoch kürzlich noch ganz gefüllt gewesen zu sein, denn die Salbenreste am Rand wirkten frisch.

Sie wollte gerade ihren Zeigefinger hineintauchen, als sie ein Geräusch hörte. Mitten in der Bewegung hielt sie inne und lauschte.

Da sind Schritte auf dem Flur! Es kommt jemand!

Die Schritte näherten sich, erreichten das Wohnzimmer.

Fanni duckte sich unter Istaris Arbeitstisch.

Im Wohnzimmer wurden Schubfächer geöffnet, Schranktüren aufgeklappt und mit Papier geraschelt.

Da sucht einer nach irgendwelchen Unterlagen!

Steht zu hoffen, dachte Fanni. Denn falls der Eindringling auf Schriftstücke aus ist, wird ihn seine Suche wohl kaum in den Wintergarten führen.

Wenn aber doch?

Fanni schluckte. Istaris Arbeitstisch bot so gut wie keine Deckung.

Du solltest zusehen, dass du hier wegkommst!

Als ob ich mich in Luft auflösen und aus dem Fenster schweben könnte, dachte Fanni.

Fenster wären doch eine Option! Der Wintergarten besteht ja aus fast nichts anderem!

Darüber dachte Fanni eine Weile nach. Die Verglasung war zwar in ihrem Gestänge fest verankert, aber irgendwo mussten sich ja Luken öffnen lassen, um Belüftung zu ermöglichen.

Sie stellte die Cremedose auf den Fußboden und kroch so geräuschlos wie möglich auf die Glasfront zu. Dort, wo die Bänke mit den Topfpflanzen einen Durchgang frei ließen, richtete sie sich auf, um nach einem Knauf oder Griff zu suchen, mit dessen Hilfe sie eine der Scheiben aufschieben konnte.

Der Griff befand sich über ihrem Kopf. Er ließ sich nach links drehen. Mit einem Klicken löste sich die Verriegelung.

Aus dem Wohnzimmer war ein Scharren zu hören.

Beeil dich! Du musst hier raus, solange der Kerl noch beschäftigt ist!

Das Glas glitt geschmeidig zur Seite.

Und jetzt nichts wie durch!

Fanni legte beide Hände auf die Stahlschiene, die den unteren Rand der Öffnung bildete und auf Höhe ihrer Schultern verlief.

Mutlos schaute sie hinaus.

Wenn du dir den Klappstuhl, der neben dem Tischchen steht, holst und draufsteigst, kannst du dich rüberschwingen!

Und dann?, fragte sich Fanni.

Oles Haus war an den Rand eines weitläufigen Plateaus gebaut (auch Lenis Anwesen stand darauf), das im Osten schroff zum Birkenbach abfiel. Den Steilhang hatte man durch eine Böschungssicherung aus Beton verfestigt, sodass die Glasscheiben des nachträglich angebauten Wintergartens quasi aus der Mauer wuchsen, die das Fundament des Gebäudes stützte.

Mehr als einen Meter hoch die Scheibe und schätzungsweise zwei Meter hoch die Betonwand, dachte Fanni. Selbst wenn ich es schaffe, mich an eine Stahlschiene zu hängen, und mich dann fallen lasse, werde ich noch über einen Meter fast senkrecht hinunterstürzen, um dann in den Bach zu rollen.

Sie fragte sich, ob es nicht sicherer war, hierzubleiben und abzuwarten.

Der Wintergarten füllte sich mit Sonnenlicht.

Fanni wandte sich um und warf einen Blick durch den offen stehenden Türflügel ins Wohnzimmer. An der gegenüberliegenden Wand bemerkte sie einen Schatten. Die Person, die ihn warf, bewegte sich auf den Durchgang zum Anbau zu.

Ich fürchte, du hast keine Wahl – aber auch keine Zeit mehr, dir den Klappstuhl heranzuziehen.

Fanni stieg auf das nächststehende Bänkchen, wo einer der Kräutertöpfe klappernd umfiel, als sie in den Stütz sprang. Hastig schwang sie das linke Bein über die Stahlschiene, dann das rechte. Sie klammerte sich mit beiden Händen an der Querstrebe fest, ließ sich hinunter. Ihre Fußspitzen schrappten am rauen Beton entlang. Für eine halbe Sekunde hing sie frei über dem Abgrund, dann lösten sich ihre Finger.

Du kannst wieder Luft holen! Sieht ganz so aus, als hättest du den Sturzflug überlebt! Allerdings solltest du so bald als möglich aus dem Bach krabbeln!

Fannis Beine lagen im Wasser, Brust und Kopf befanden sich im Gestrüpp der Uferböschung. Ächzend robbte sie die Böschung ein Stück hinauf. Sie schien tatsächlich unverletzt zu sein – jedenfalls empfand sie keine Schmerzen. Mühsam schlängelte sie sich weiter, bis das Gelände dort, wo zwischen der Stützmauer und dem Bach ein Fußpfad verlief, flacher wurde, dann blieb sie zwischen Gräsern und niedrigen Stauden liegen.

Du solltest lieber Fersengeld geben! Denn falls er dich gesehen hat …

Fanni hob vorsichtig den Kopf, um einen Blick auf die Glasfront des Wintergartens zu werfen. Die Scheibe war wieder zugeschoben und spiegelte einen der Hügel in der Ferne. Als Fanni die Augen verengte, glaubte sie, schemenhaft eine menschliche Gestalt dahinter zu erkennen.

Er hat *dich in den Bach kugeln sehen! Du solltest tatsächlich die Beine in die Hand nehmen!*

Fanni kam auf die Füße und lief gebückt den Pfad am Ufer entlang flussaufwärts. Erst an der Stelle, an der eine Brücke über den Bach zum Gehöft der Linsenlochers führte, bog sie nach Süden ab und erreichte wenige Minuten später die Nordseite von Lenis Anwesen. Das Fenster, durch das sie das Haus verlassen hatte, stand noch offen. Mit einem Seufzer der Erleichterung stieg sie hindurch und schloss es.

Fanni hatte soeben begonnen, sich aus ihren nassen Sachen zu schälen, als sie im ersten Stock die Toilettenspülung rauschen hörte.

Sind die beiden etwa schon aus den Federn gekrochen?

Fanni warf einen erschrockenen Blick auf die Weckuhr auf dem Nachttisch. Kurz vor sechs.

Niemals würde Leni aus freien Stücken so früh aufstehen, sagte sie sich.

Die oberste Treppenstufe knarzte.

Fanni schob Hose und Pullover unter den Schrank, warf sich ins Bett und zog die Zudecke bis über die Nase.

»Mama?«

Fanni bemühte sich, ein möglichst verschlafen klingendes »Mhm« zu produzieren.

Die Tür öffnete sich einen Spalt, und Lenis Kopf erschien. »Bist du okay?«

»Hm«, machte Fanni. »Was tust du hier zu nachtschlafender Zeit?«

Leni schien einen Moment lang verlegen, dann sagte sie mit sicherer Stimme: »Ich musste aufs Klo und wollte dann wieder ins Bett, aber plötzlich hatte ich das Gefühl, ich sollte nach dir sehen.«

Fanni hasste es, ihrer Tochter etwas vorzumachen. Sie waren immer ehrlich zueinander gewesen, hatten sich vertraut und dieses Vertrauen nie aufs Spiel gesetzt. Sie wollte gerade Farbe bekennen, als Leni sagte: »Tut mir leid, dass ich dich gestört habe – schlaf weiter.« Leise schloss sich die Tür. Dann knarzte die erste Treppenstufe.

Fanni hätte eine Dusche nötig gehabt, wagte sich jedoch nicht aus dem Bett. Sie beschloss, eine Weile zu warten, und darüber schlief sie ein.

Der Wecker auf dem Nachttisch zeigte zehn Uhr an, als sie wieder erwachte.

Sie setzte sich auf und lauschte.

Im Obergeschoss war alles still, aber aus der Küche ließ sich das Klappern von Geschirr vernehmen. Offenbar bereiteten Leni und Marco das Frühstück zu.

Fanni schlüpfte in ihren Morgenmantel und ging – nein, sie schlurfte ins Bad. Sämtliche Knochen schmerzten sie, allen voran die rechte Hüfte, die sich dunkelblau verfärbt hatte, wie Fanni feststellen konnte, als sie unter der Dusche stand.

Prellungen, Zerrungen, Schürfwunden! Die Zirkusnummer heute Morgen wird dir noch eine Zeit lang spürbar in Erinnerung bleiben!

Nicht nur spürbar, leider auch sichtbar, dachte Fanni, nachdem sie sich im Spiegel angesehen hatte. Die blauen Flecken auf ihrem Körper mochten ja unter der Kleidung verschwinden, aber sofern sie sich nicht für eine Burka entschied, würden die Kratzer in ihrem Gesicht deutlich zu sehen sein.

Entschlossen griff sie nach der Puderdose.

Als Fanni in die Küche trat, löffelten Leni und Marco bereits ihr Müsli. Auch für Fanni stand eine Schale bereit. Die beiden hatten reichlich Obst klein geschnitten.

Klitzeklein! Das ist Marcos Werk. Niemand sonst würde es so übergenau nehmen – Leni schon gar nicht!

Die Äpfel waren sogar gerieben.

Fanni zollte gebührend Beifall.

»Elf Uhr«, sagte Leni. »Spätestens um zwölf sollten wir losfahren, um Sprudel abzuholen. Kommst du mit?«

Fanni zögerte. Sollte sie? Seit Sprudel vor gut drei Monaten abgereist war, hatten sie kaum Kontakt zueinander gehabt. Zwei-, dreimal war eine Karte gekommen, auf der Sprudel Grüße schickte und ein Foto vom Meeresstrand. Telefoniert hatten sie nur ein einziges Mal. Sprudel hatte sich enorm zurückgehalten, wofür ihm Fanni dankbar war. Sie brauchte einfach Zeit, um sich auf die Situation einzustellen, in der sie sich befand.

Leni ersparte ihr eine überstürzte Entscheidung, indem sie sagte: »Marco möchte die Gelegenheit nutzen und noch einmal ins Kommissariat fahren. Ich setze ihn in der Stadt ab und sammele ihn auf dem Rückweg wieder ein.«

Letztendlich fügte es sich so, dass Fanni zurückblieb, um eine kleine Mahlzeit zu Mittag herzurichten. Nach dem Essen wollten Leni und Marco wieder nach Nürnberg fahren; Marco hatte einen Raubüberfall zu bearbeiten, Leni musste sich um ein paar widerspenstige Bakterien kümmern, die auf dem ihnen zugedachten Nährboden nicht recht gedeihen wollten.

Fanni stand am Küchenfenster und schaute versonnen dem Wagen nach, in dem – in einer Stunde ungefähr – Sprudel in Birkenweiler ankommen würde.

Mehr als genug Zeit für einen kleinen Abstecher nach nebenan, dachte sie.

Das wirst du schön bleiben lassen!

Es ist meine letzte Chance, mich noch einmal umzusehen, verteidigte Fanni den Entschluss, den sie soeben gefasst hatte.

Und wenn der Kerl noch da ist?

Fanni spürte Panik aufsteigen, kämpfte sie jedoch nieder und gab sich forsch. Mit seiner Suche musste der Unbekannte längst fertig sein, und was sollte er sonst noch dort tun? Sich eine Weile aufs Ohr legen? Yoga-Übungen machen?

Resolut stiefelte sie aus dem Haus, eilte in den hinteren Garten und kletterte zum zweiten Mal an diesem Tag über den Zaun.

Als sie die Hintertür öffnen wollte, die seit ihrem ersten Eindringen heute Morgen nicht wieder verriegelt worden war, hörte sie einen Wagen vorfahren. Das Fahrzeug wurde abgestellt, Autotüren schlugen zu. Wenig später war das Motorengeräusch eines weiteren Wagens zu vernehmen, erstarb, und erneut knallten Türen.

Fanni nahm die Hand von der Klinke und duckte sich. Zwei Rhododendronbüsche als Deckung nutzend, schlich sie gebückt die Hauswand entlang, um einen Blick in die Zufahrt werfen zu können. Dort parkten ein Polizeiauto und eine Art Lieferwagen.

Fanni hechtete über den Zaun zurück auf Lenis Grundstück.

4

Sprudel lächelte Fanni freudig an, als sie ihm entgegenkam, aber …

… aber genauer betrachtet sieht er aus, als hätte ihm jemand in die Eier getreten!

Fanni schluckte. Die Gedankenstimme trieb es manchmal entschieden zu weit.

Leni ließ ihrer Mutter kaum Zeit, Sprudel zu begrüßen, bevor sie sich vor ihr aufbaute und anklagend sagte: »Du hast also doch das Siegel gebrochen! Es ist aufgeschnitten worden, haben Marcos Kollegen gerade gesagt. Außerdem stehen im Wohnzimmer anscheinend sämtliche Schränke und Schubladen offen.«

Fanni hob die Hand, als befände sie sich im Zeugenstand und sollte vereidigt werden. »Das war ich nicht.«

Leni sah sie argwöhnisch an.

»Kommt rein und setzt euch«, ordnete Fanni an. »Ich erzähle euch, was sich heute früh abgespielt hat.«

»Und vorhin wolltest du also wirklich noch mal ins Haus?«, fragte Leni empört, nachdem Fanni ihren Bericht beendet hatte. »Wir sollten dich hinter Gitter sperren.«

»Es war doch völlig ausgeschlossen, dass der Kerl noch da sein würde«, verteidigte sich Fanni.

Leni schnaubte wegwerfend.

»Ich wollte …«, begann Fanni, unterbrach sich jedoch und fing neu an: »Vor allem wollte ich eine Cremedose holen, die mir aufgefallen ist. Ich frage mich nämlich …«

Sie sah Marco begreifend nicken. »Der vorläufige Autopsiebericht sagt, dass Jespers Körper mit einer toxischen Substanz eingerieben war, deren Wirkstoff noch nicht ermittelt werden konnte – Wolfsmilch also.«

»Ich nehme es an«, sagte Fanni. »Auf dem Gestell in Oles Ecke des Wintergartens stehen zwar die beiden vollen Gläschen, die mit ›Wolfsmilch‹ beschriftet sind. Aber der Menge der Pflanzen nach, die abgeerntet wurde, hätte der Ertrag größer sein müssen, selbst wenn ein Teil davon verschüttet worden ist.«

Inzwischen schien Leni erfasst zu haben, worum es ihrer Mutter ging. »Du fragst dich, ob sich der Pflanzenextrakt in dieser Dose befindet?«

Fanni nickte. »Ich könnte mir vorstellen, dass Ole etwas gesucht hat, womit er die Substanz vermischen konnte. Einen Trägerstoff, um aus der rohen Wolfsmilch eine Salbe zu machen, die er dann ausprobieren wollte.« Sie machte eine nachdenkliche Pause, bevor sie fortfuhr. »Vermutlich hat er sich in Istaris Arbeitsbereich umgesehen und sich dann für diejenige mit dem Etikett ›Ringelblumensalbe‹ entschieden. Er hat seinen Extrakt hineingerührt, die Dose zurückgestellt und vergessen, sie neu zu kennzeichnen.«

»Klingt durchaus logisch.« Leni nickte. »Aber warum hat er sich so gründlich damit eingerieben? Er musste doch damit rechnen, dass seine Mixtur zu hochprozentig geraten sein könnte. Und sicherlich hat er gewusst, was eine zu stark angereicherte Salbe auf seiner Haut anrichten würde. Jeder normale Mensch hätte – wenn es schon ein Selbstversuch sein musste – das Zeug ganz vorsichtig auf einem kleinen Fleckchen Haut ausprobiert.«

»Und wenn es kein Selbstversuch war?«, sagte Marco. »Vielleicht hat Ole sich gar nicht selbst damit eingerieben.«

Drei Augenpaare sahen ihn erstaunt an.

»Bei Annemarie Linsenlocher«, erklärte Marco, »hafteten noch Spuren von der Substanz an den Handflächen, die bei Ole festgestellt worden ist. Demnach sind ihre Hände damit in Berührung gekommen, aber dann offenbar gründlich gewaschen worden.«

»Istari soll Ole am ganzen Körper mit der Salbe eingerieben haben?«, sagte Fanni ungläubig. »Warum?«

»Das weiß ich nicht«, antwortete Marco knapp.

»Hat man denn das Mädel nicht danach gefragt?«, erkundigte sich Leni verblüfft.

Marco verneinte. »Als der Laborbericht reinkam, war sie bereits aus der Haft entlassen.«

Fanni klatschte in die Hände. »Istari ist entlassen worden! Sie hat Ole also nicht getötet, dachte ich es mir doch. Wie hat sich denn ihre Unschuld bewiesen?«

»Der Gerichtsmediziner hat festgestellt, dass das Messer erst aus Oles Brust gezogen wurde, nachdem er schon eine Weile tot war«, antwortete Marco. »Was nichts heißen würde, wenn Annemarie Linsenlocher für den eigentlichen Todeszeitpunkt – er dürfte bei zwölf Uhr gestern Mittag liegen – nicht ein Alibi hätte.« Marco verfiel in Schweigen. Erst als sich daraufhin Lenis Augenbrauen fragend hoben, fuhr er fort: »Halb Birkenweiler kann bestätigen, dass Annemarie Linsenlocher, wie an jedem Montag, ihren Stand neben dem Strickwarenstüberl aufgebaut hatte. Montag ist Markttag in Birkenweiler, und sie ist dort immer vertreten. Der Markt schließt Punkt zwölf. Bis dahin war der Stand offen, folglich muss Annemarie auch da gewesen sein. Das Einpacken der restlichen Ware und das Abbauen des Standes dauert dann noch zusätzlich eine gute Stunde.«

»Sie war also nicht zu Hause, als Ole erstochen wurde«, resümierte Fanni. »Er war schon tot, als sie heimkam. Sie hat ihn auf dem Futon gefunden mit einem Messer in der Brust. Das hat sie dann am Griff gepackt und herausgezogen.«

»So dürfte es sich abgespielt haben«, stimmte ihr Marco zu.

»Und wie passen Oles Verätzungen mit Triterpenester ins Bild?«, erkundigte sich Leni. Als sie sich daraufhin verständnislosen Mienen gegenübersah, fügte sie hinzu: »Botanik war während des Studiums ja nicht meine Stärke, aber ich glaube mich zu erinnern, dass der Giftstoff in den Euphorbiaceae auf Triterpenester basiert.«

»Wir müssen Istari fragen, wie es dazu kommen konnte«, sagte Fanni und wandte sich dabei an Marco. »Ist sie nach Hause gebracht worden?«

Er schüttelte den Kopf. »Sie ist bei ihren Eltern. Oles Haus muss ja versiegelt bleiben. Auf den vorläufigen Bericht des Gerichtsmediziners hin sind die Beamten von der Spurensicherung noch einmal ausgerückt, um nach der toxischen Substanz zu suchen.« Er sah Fanni an. »Als Erstes haben sie festgestellt, dass das Siegel verletzt war. Dann haben sie im Wohnzimmer die offenen Schubladen gesehen und die Schriftstücke, die überall verstreut waren. Die Spurensicherung ist inzwischen wohl schon dabei, Fingerabdrücke zu nehmen.«

Eine Weile herrschte bedrücktes Schweigen, bis Fanni sagte: »Im Wohnzimmer habe ich absolut nichts angefasst. Und im Wintergarten nur die Schüssel, die Ole wohl zum Auffangen der Wolfsmilch benutzt hat, und dann halt noch die Dose mit dem Etikett ›Ringelblumensalbe‹.«

Marco winkte ab. »An sich stellen deine Fingerabdrücke in Oles Haus kein Problem dar. Du bist ja oft zu Besuch dort gewesen. Wenn sie allerdings auf einer Dose mit Giftcreme gefunden werden …« Nach einer kurzen Pause fügte er nachdenklich hinzu: »Die Kollegen von der Spurensicherung könnten sich allerdings einen Haufen Arbeit sparen, wenn sie wüssten …«

Sprudel, der sich bisher jeden Kommentars enthalten und sich mit den Tomaten- und Mozzarellascheiben auf seinem Teller beschäftigt hatte, hob den Kopf. »Du weißt recht gut, dass Fanni in Teufels Küche kommen würde, wenn durchsickert, was sie herausgefunden hat und vor allem, wie.«

Marco nickte. »Gut, lassen wir es drauf ankommen.«

»Wir müssen mit Istari sprechen«, wiederholte Fanni.

Leni warf ihr einen unwilligen Blick zu. »Du könntest zuvor aber noch aufessen – oder?«

Fanni legte ihr die Hand auf den Arm. »Ich werde vorher aufessen, werde euch Haferkekse mit auf den Weg geben und euch bei eurer Abfahrt nachwinken.« Sie sah ihre Tochter fest an. »Du solltest dich beruhigen, Leni. Mir wird nichts passieren. Sprudel ist ja da und gibt auf mich acht.«

Von Sprudel kam ein undefinierbarer Laut.

Fannie legte die andere Hand auf Sprudels Arm. »Was in Marokko und bald darauf in der Hornschuh-Klinik passiert ist, konntest du nicht verhindern.«

Darauf hatte niemand etwas zu erwidern. Aber allen war anzusehen, was sie dachten.

Ich möchte es summa summarum mal so ausdrücken: Niemand würde dich verfolgen und dir nach dem Leben trachten, wenn du die Finger von Mordfällen lassen könntest! Du würdest auch nicht Gefahr laufen, dir beim Entkommen aus selbst gestellten Fallen die Knochen zu brechen. Aber wie heißt es so schön: Der Krug geht so lange zum Brunnen, bis er bricht!

Fanni ließ den Kopf hängen. Die Gedankenstimme hatte ja recht. Sie brachte sich in Gefahr und machte damit allen, denen etwas an ihr lag, das Leben schwer.

Leni, früher so unbeschwert und sorglos, wirkte seit gestern geradezu schwarzseherisch. Sprudel zeigte sich auffällig wortkarg. Und Marco …

Marco ist die ganze Sache vor allem peinlich! Wie steht er denn vor seinen örtlichen Kollegen da, wenn er zugeben muss, dass seine Schwiegermutter es sich nicht nehmen lässt, persönlich zu ermitteln?

Fanni schämte sich.

Was willst du eigentlich noch? Istari ist doch entlastet!

Ich will den Fall aufgeklärt sehen, dachte Fanni.

Bayern besitzt einen sehr effizienten Polizeiapparat!

Aha.

Du bist …

… unvernünftig, uneinsichtig, unbelehrbar – ich weiß.

5

Als sich Fanni und Sprudel eine gute Stunde später zu dem Gehöft aufmachten, das Annemaries Eltern und ihre Schwester samt Familie bewohnten, trafen sie, kaum aus dem Haus, auf Annemarie Linsenlocher. Sie kam den Pfad herunter, der am Bach entlangführte und als Abkürzung zum Linsenlocher Gehöft benutzt wurde.

»Istari«, rief Fanni und nahm sie in die Arme. »Es tut mir so leid um Ole.«

Annemarie begann zu schluchzen.

Na wenigstens ist sie über das apathische »Om« hinweg!

»Kannst du schon nach Hause zurück?«, fragte Fanni überrascht, denn in der Zufahrt standen nach wie vor die beiden Autos.

Annemarie schüttelte den Kopf. »Aber ich darf mir ein paar Sachen zum Anziehen holen und was ich halt sonst noch brauche.«

Fanni griff nach Annemaries Händen. »Du musst mir ganz genau erzählen, was sich zugetragen hat.«

Annemarie schniefte und gab keine Antwort.

Fannis Griff verstärkte sich. »Bitte, Istari, komm zu uns rüber, wenn du deine Sachen geholt hast. Wir müssen uns unterhalten. Ich warte an der Gartenpforte auf dich.«

Annemarie nickte lethargisch und zottelte davon.

Sprudel hatte angekündigt, für die Besucherin Tee zu kochen, und war ins Haus gegangen, während Fanni an der Gartenpforte Wache hielt. Sie hatte nicht vor, Istari entkommen zu lassen, ohne sich ein paar wesentliche Antworten von ihr zu beschaffen.

Schon wenige Minuten nachdem Istari im Nachbarhaus verschwunden war, kam sie wieder zum Vorschein und strebte mit einer vollgepackten Reisetasche in der Hand die Zufahrt hinunter.

Fanni sah zu, wie sie in den Weg einbog, an dem die beiden Häuser lagen, und wartete geduldig, bis sie näher kam. Istari musste direkt an ihr vorbei, wenn sie wieder die Abkürzung den Bach entlang nehmen wollte. Aber bevor sie das tat, würde sie eine Rast einlegen. Dafür wollte Fanni sorgen.

Sie nahm Istari die Tasche ab, die sie ihr willig überließ, und führte die junge Frau ins Haus.

Auch Sprudels Anwesen (Fanni bezeichnete es insgeheim meist so, weil sie nicht ganz damit klarkam, dass er sein Eigentum Leni überschrieben haben sollte. Was hatte ihn bloß dazu veranlasst?) besaß einen Wintergarten, der zwar nur eine Palme und einen etwas verschrumpelten Gummibaum aufwies, dafür aber hübsch eingerichtet war.

Sprudel hatte bereits Teegeschirr auf den Tisch gestellt und einen Teller mit italienischem Mandelgebäck.

Cantuccini! Die hat er extra für dich mitgebracht, weil er weiß, wie gern du sie isst!

Fanni warf ihm ein dankbares Lächeln zu, während sie Istari zu einem der Korbstühle führte.

Sprudel schenkte Tee ein, der ein intensives Aroma verbreitete. Bevor Fanni es einem ihr bekannten Kraut zuordnen konnte, kam von Istari geistesabwesend: »Anistee. Gut bei Husten, Krämpfen, Blähungen.« Sie griff nach ihrer Tasse.

Sprudel nötigte sowohl ihr als auch Fanni eines der Cantuccini auf, und während die beiden daran knabberten, erzählte er von Ligurien.

Fanni nahm an, dass er Istari mit Bildern von Sonne, Meer und Blütenzauber auf angenehmere Gedanken bringen wollte, was ihm auch zu gelingen schien.

Istaris Blick klärte sich. Sie wirkte auf einmal wacher und offener.

Sprudel hat sie in eine heile Welt entführt, aber du wirst sie gleich gnadenlos zurückholen!

Gar so eilig hatte Fanni es nicht, weshalb sie das Gespräch noch eine Weile dahinplätschern ließ. Dann seufzte sie verhalten und sagte mit einem bedauernden Ton in der Stimme: »Es lässt mir keine Ruhe, Istari, ich muss herausfinden, was genau Ole gestern Vormittag widerfahren ist.«

Istari sah sie eine Zeit lang unverwandt an, als hätte sie keine Ahnung, wovon Fanni sprach. Erst nach einer Weile, als Fanni schon nachhaken wollte, antwortete sie: »Aber ich weiß es doch nicht. Woher denn? Ich bin ja von acht bis eins auf dem Markt gewesen.«

»Verstehe«, erwiderte Fanni. »Und was war zuvor?«

»Zuvor?«

»Bevor du mit deinen Salben zum Markt gefahren bist«, präzisierte Fanni. »Wann seid ihr denn am Morgen aufgestanden?«

Istari warf Sprudel einen ratlosen Blick zu. Er lächelte sie ermunternd an und schenkte ihr Tee nach, woraufhin sie sagte: »So um halb sieben herum sind wir aufgestanden. Ich hab als Erstes Tee gekocht.« Sie wandte sich geradezu komplizenhaft an Sprudel. »Brennnesseltee – macht munter und entschlackt.« Istari wartete, bis er zustimmend genickt hatte, dann fuhr sie fort: »Ich hab ein Stück Walnussbrot dazu gegessen. Ole wollte nichts. Er hat die Sachen für den Markt ins Auto gepackt. Er hat auch mitkommen wollen und helfen den Stand aufbauen. Aber auf einmal ist bei ihm das Jucken und Brennen wieder losgegangen.« Erneut wandte sie sich explizit an Sprudel. »Das kommt und geht wie Wetterleuchten. Manchmal verzieht es sich wieder, macht ihm wenig zu schaffen. Aber oft …« Ihre Stimme versandete.

»Oft musste er Cortison einnehmen«, half Fanni ihr weiter.

»Und Schmerztabletten«, fügte Istari hinzu.

Weil sie daraufhin nicht weitersprach, sagte Fanni: »Gestern Morgen bekam Ole wohl einen schlimmen Anfall.«

Istari nickte. »Manchmal kommt es besonders arg. Dann juckt es ihn überall.«

»Er ist also wieder ins Haus gegangen und hat sein Cortison genommen«, sagte Fanni.

»Und zwei Ibuprofen«, sagte Istari. »Und ich habe zu ihm gesagt, er soll sich hinlegen.« Sie fing an zu weinen. »Dann bin ich gegangen. Ole ist auf dem Futon gelegen und hat mir nachgewinkt.«

Fanni runzelte die Stirn. »Du bist sofort, nachdem Ole sich hingelegt hatte, gegangen?«

Abermals wirkte Istari einige Augenblicke lang ratlos, dann schien ihr etwas einzufallen. »Ich hab ihn noch schnell mit Ringelblumensalbe eingerieben.« Und wieder ausdrücklich an Sprudel gerichtet, setzte sie hinzu: »Die Ringelblumensalbe ist sehr heilkräftig. Sie hat dem Ole immer gutgetan, auch wenn sie bei so einem akuten Anfall nicht viel ausrichten hat können.«

»Du hast also einen Topf mit Ringelblumensalbe geholt«, sagte Fanni.

Istari nickte.

»Von wo?«

Erneut gab es eine Pause, bevor Istari antwortete. »Von da, wo sie halt immer steht.«

»Von einem Tablett auf dem Tischchen hinter der Flügeltür zum Wintergarten«, konkretisierte Fanni.

»Genau«, bestätigte Istari.

»Du hast die Dose mit der Aufschrift ›Ringelblumensalbe‹ vom Tablett genommen, und mit dem, was darin war, hast du Ole über und über eingerieben«, vergewisserte sich Fanni.

»Ja, mit was denn sonst?«, fragte Istari verwundert.

Fanni überging die Äußerung. »Ist dir denn dabei nichts aufgefallen?«

Diesmal gab es eine schier endlose Pause, bis Istari antwortete: »Doch. Wenn ich jetzt so darüber nachdenke, schon. Aber gestern früh … Ich hab es ja auch furchtbar eilig gehabt, weil … weil sich ja herausgestellt hat, dass ich allein zum Markt fahren und alles aufbauen muss.«

Fanni wartete eine Zeit lang vergeblich darauf, dass Istari weitersprechen würde, dann fragte sie: »Was ist dir aufgefallen?«

»Die Dose ist randvoll gewesen«, antwortete Istari. »Ich könnt aber schwören, dass am Tag davor bloß noch ein ganz kleiner Rest drin war. Ganz bestimmt, ich hab ja noch gedacht, dass ich auffüllen muss.«

»Und die Creme?«, fragte Fanni. »Schien die nicht irgendwie

anders zu sein, heller vielleicht oder flüssiger, oder hat sie anders gerochen?«

Istaris nachdenklicher Blick wanderte über den verschrumpelten Gummibaum und blieb an einem bräunlich verfärbten Blatt hängen. Im nächsten Moment zuckte sie zusammen. »Sie ist nicht so gelb gewesen wie sonst. Nein, gar nicht. Sie war ja fast weiß.« Sie riss entsetzt die Augen auf. »Brahma. Mit was hab ich den Ole denn eingeschmiert?«

Willst du es ihr wirklich sagen?

Warum nicht?, dachte Fanni. Sie kann ja nichts dafür, dass Ole die Ringelblumensalbendose für sein Giftgebräu verwendet hat.

Aber sie hätte doch merken müssen, dass etwas nicht stimmt!

Fanni machte eine abweisende Bewegung. Vielleicht ist Annemarie Linsenlocher nicht die Allerschlauste, aber sie hält penibel Ordnung in ihrem Revier. Sie kann blind nach den Gegenständen greifen, die sie regelmäßig benutzt.

Blind! So kann man wohl sagen!

»Ich fürchte«, sagte Fanni, »Ole hat seine Ausbeute aus den Wolfsmilchgewächsen in die fast leere Dose gefüllt, die du für deine Ringelblumensalbe benutzt.«

»Die Sheabutter«, murmelte Istari. Auf Fannis fragenden Blick hin erklärte sie stockend: »Bei den Sachen für den Stand hat ein Töpfchen Sheabutter gefehlt. Ole hat es genommen. Ja, das hat er. Mit der Sheabutter hat er die Milch aus den Pflanzen cremig gemacht. Ja, ja, erst neulich hat er zu mir gesagt, dass er das so machen wollte. Aber warum hat das Zeug …« Sie hob ihre Handflächen und starrte sie an. »Darum hat die Haut auf meinen Handtellern so gebrannt. Ich bin an dem Vormittag dreimal zum Dorfbrunnen gelaufen und hab sie ins Wasser gesteckt.« Plötzlich schlug sie die Hände vors Gesicht. »Brahma, ich hab den Ole vergiftet.«

»Das hast du nicht«, erwiderte Fanni energisch. »Ole ist tot, weil er erstochen wurde. Hast du die leiseste Idee, wer das getan haben könnte? Gibt es jemanden, der von seinem Tod profitiert?«

Aus Istaris Kopfschütteln wurde ein Nicken. »Die Staulobby.«

Es dauerte eine Weile, bis Fanni aufging, was sie damit meinte.

»Die Befürworter des Donauausbaus?«, fragte sie nach.

Istari nickte jetzt kräftig. »Ole hat denen richtig eingeheizt. Er hat ihre Behauptungen eine nach der anderen in der Luft zerfetzt.« Erneut traten Tränen in ihre Augen. »Ole ist so ein kluger Kopf … gewesen. Er hat die Staulobby ganz schön dumm dastehen lassen.« Sie wischte sich das Gesicht trocken und sah Fanni mit sichtlichem Stolz auf Oles Fähigkeiten an. »Die Staulobby behauptet ja immer, ein Güterschiff würde neunzig Lkw ersetzen, sodass durch einen Ausbau der Donau der Verkehr von der Straße geholt werden kann – weißt du, was Ole darauf geantwortet hat?«

Gib ruhig zu, dass du keinen Schimmer hast, was sich dagegen anführen lässt!

Das tat Fanni auch.

Istari strahlte beinahe, als sie Ole zitierte. »Was nützt es denn, Güter die Donau hoch- und runterzuschippern? Die müssen ja von dort, wo sie hergestellt werden, nach da kommen, wo sie gebraucht werden. Und seit wann liegen alle Orte Deutschlands am Donauufer?«

Fanni musste zugeben, dass Oles Replik einleuchtend war. Er hatte also der Staulobby Paroli geboten und sie damit gegen sich aufgebracht.

Und die Bande hat postwendend einen ihrer Profikiller geschickt? Geht's noch abenteuerlicher?

Fanni unterdrückte einen Seufzer. Die Ausbaugegner hatten eine Menge fähiger Mitstreiter, und seit Ministerpräsident Seehofer öffentlich kundgetan hatte, während seiner Amtszeit würden keine Staustufe und kein Seitenkanal gebaut werden, hatten sie sowieso tüchtig an Boden gewonnen. Sollte Oles Kampf gegen den Donauausbau also tatsächlich etwas mit seiner Ermordung zu tun haben, dann vermutlich nicht auf politischer, sondern eher auf privater Ebene.

»Ole war also den Staubefürwortern ein Dorn im Auge«,

sagte Fanni. »Gab es jemanden unter ihnen, der ihm seinen Einsatz für eine frei fließende Donau persönlich übel nahm?«

»Kajetan Wagenbauer«, antwortete Istari wie aus der Pistole geschossen. »Er hat Ole gehasst und Ole ihn.«

Fanni beschloss, Istari Zeit zu lassen. Sie sah zu, wie sie die nunmehr dritte Tasse Tee trank, die Sprudel ihr eingegossen hatte, und ein weiteres der Cantuccini verzehrte.

Nachdem Istari den letzten Bissen geschluckt hatte, fuhr sie fort: »›Mit dem Donauausbau würdet ihr Schweine euch gesundstoßen‹, hat Ole irgendwann mal gesagt. Ich weiß ja nicht so recht, was er damit gemeint hat, aber wie der Kajetan das gehört hat, hat es richtig Zoff gegeben. Er hat den Ole angebrüllt, dass er sich eine solche Beleidigung nicht gefallen lässt, und der Ole hat zurückgebrüllt, dass die Schweine eher beleidigt sein müssten als wie einer wie der Kajetan. Das habe ich, ehrlich gesagt, auch nicht so recht verstanden, aber der Kajetan ist daraufhin richtig, richtig wütend geworden, und er hat geschrien, jetzt langt er dem Ole eine, die er sich merkt. So weit ist es dann aber zum Glück nicht gekommen, weil der Siblinger Otto dazwischengegangen ist.«

Istari verschnaufte und leerte ihre Teetasse, die Sprudel sofort wieder vollschenkte. »Niemand hat den Ole so auf die Palme bringen können wie der Kajetan. Ich hab ihn mal gefragt, wie das kommt. Da hat er gesagt, dass der Kajetan der Staulobby nur nach dem Mund reden würde. ›Dem Kajetan‹, hat der Ole gesagt, ›geht es bloß ums Geschäft, deswegen ist er für möglichst viel Donauausbau. Umsatz und Gewinn, nichts sonst interessiert ihn, und darum posaunt er die Sprüche der Staulobby in die Gegend: ›Variante A ist eine Steinigung der Donau!‹ Ole hat das ein paarmal wiederholt: ›Variante A ist eine Steinigung der Donau!‹, dann hat er den Kopf geschüttelt und gemurmelt: ›Wenn ich eine solche Bauernfängerei schon höre.‹«

Istari lehnte sich zurück und schloss die Augen. Ihre Stimme war nur ein Flüstern, als sie sagte: »Der Ole hat den Kajetan für einen Halunken gehalten, und das hat er ihn auch spüren lassen.«

»Hatte er denn oft Gelegenheit dazu?«, fragte Fanni.

Istari sah sie verwirrt an. »Ja, schon. Der Kajetan ist doch mein Halbbruder.«

Fanni brauchte einen Moment, bis sie das verdaut hatte. »Und wie war dein Verhältnis zu Kajetan, Istari?«, fragte sie dann.

»Er ist fünfzehn Jahre älter als ich«, antwortete sie, »und wie ich noch ganz klein war, ist er schon aus dem Haus gewesen und weit weg von Birkenweiler.«

»Aber …« Fanni hatte Mühe, all die überraschenden Informationen zu sortieren. »Aber er scheint zurückgekommen zu sein.«

»Ende der Neunziger ist er wiedergekommen«, erwiderte Istari. »Gut zwanzig Jahre lang hat er an allen möglichen Orten, auf allen möglichen Baustellen als Maurer und später dann als Polier gearbeitet. Zurückgekommen ist er, weil er sein eigenes Baugeschäft gründen wollte.«

»In Birkenweiler?«, fragte Fanni erstaunt.

»Na, wo denn sonst?«, fragte Istari.

Darauf wusste Fanni keine Antwort, konnte sich jedoch nicht vorstellen, wieso jemand auf die Idee kam, in Birkenweiler ein Baugeschäft zu gründen.

Sprudel konnte das offenbar sehr wohl. »Mit oder ohne Donaustaustufen, mit oder ohne den Kanal gibt es in der Gegend hier eine Menge Bauvorhaben. Kein schlechter Standort also für ein einschlägiges Unternehmen. Und da die Familie in Birkenweiler Grundbesitz hat, liegt es nahe …«

»Er hat sein Erbteil eingefordert«, merkte Istari an.

Daraufhin war Fanni derart verwirrt, dass Istari ergänzte: »Der Vater vom Kajetan ist gestorben, wo der Bub noch keine drei Jahre alt gewesen ist, und hat seiner Frau – meiner Mutter – das heutige Linsenlocher Gehöft hinterlassen. Der Hof soll damals der größte und prächtigste im ganzen Gäu gewesen sein.« Ihr Blick schweifte in die Ferne und verklärte sich, als sei ein Märchenschloss vor ihren Augen aufgetaucht. Gedankenverloren fuhr sie fort: »Später hat mein Vater, der Linsenlocher, bei ihr eingeheiratet. Aber der hat bei Weitem nicht so eine glückliche

Hand gehabt wie der Vater vom Kajetan. Deswegen ist der Hof mehr und mehr heruntergekommen. Trotzdem gehört immer noch eine Menge Grund dazu – Wald, Wiesen, ein stillgelegter Steinbruch …«

»Kajetan ist also gekommen und hat ein Stück Land als Vorschuss auf sein Erbe verlangt«, unterbrach Fanni sie.

»Das am Birkberg«, bestätigte Istari, »wo der Steinbruch liegt. Kajetan hat es deswegen haben wollen, weil es im Bebauungsplan der Gemeinde Birkenweiler aufgenommen worden ist.«

Kein schlechter Coup! Er reißt sich beizeiten das Bauland unter den Nagel, und seine Geschwister, besser gesagt Halbgeschwister – Annemarie, ihre älteren Schwestern, ihr Bruder, oder waren es mehrere? – müssen sich irgendwann später mit den sauren Wiesen begnügen!

Fanni fixierte ihr Gegenüber. »War das fair?«

Istari zuckte die Schultern. »Ole hat immer gesagt, das war eine bodenlose Hinterhältigkeit. Aber meine Mutter meint, dass es schon richtig ist, so, wie es ist, weil keines der anderen Kinder so schlau ist wie der Kajetan. Eigentlich hat sie ja recht«, fügte sie nachdenklich hinzu. »Von uns anderen Kindern hätte keiner ein solches Geschäft aufziehen können.«

»Kajetan scheint also tatsächlich fähig zu sein«, sagte Fanni halb zu sich selbst.

Istari sah sie fast unsicher an. »Ole hat immer gesagt, dass der Kajetan ein Schlawiner ist und nach dem Motto ›Der Zweck heiligt die Mittel‹ handelt.«

Es entstand eine Pause, und Fanni dachte schon, das Thema wäre für Istari damit erledigt, aber sie sprach weiter: »Brahma. Man kann es dem Kajetan echt nicht verdenken, dass er so geworden ist, wie er ist. Noch keine sechzehn ist er gewesen, wie er auf dem Bau angefangen hat. Mal dort, mal da. Immer auswärts. Jahr und Tag hat er in so Containern wohnen müssen. Ein Zuckerlecken ist das bestimmt nicht gewesen. Aber er hat sich hinaufgearbeitet – bis zum Polier, das ist nämlich der Chefposten auf einer Baustelle.«

»Du bist ihm also nicht böse, dass er sich den besten Brocken vom Erbe schon geschnappt hat?«, fragte Fanni.

Istari schüttelte den Kopf. »Kein bisschen. Er hat es sich verdient. Und überhaupt, was täten wir denn ohne ihn?«

Fanni hatte zwar keine Ahnung davon gehabt, dass der Bauunternehmer Kajetan Wagenbauer ein Sohn aus erster Ehe der alten Linsenlocherin war, aber aus einer früheren Unterhaltung mit Istari wusste sie, dass die alten Linsenlochers den landwirtschaftlichen Betrieb schon vor Jahren an ihre Tochter Erika und deren Ehemann Hubert übergeben hatten. Allerdings schien es ganz so, als würden die Nachfolger noch schlechter wirtschaften als die Vorgänger, denn das gesamte Anwesen schrie nach Reparaturarbeiten.

»Der Kajetan springt ein, wenn auf dem Hof Not am Mann ist«, sagte Istari. »Wenn der mit seinen Baumaschinen nicht wär und meistens das Material kostenlos zur Verfügung stellen tät …« Sie verlor den Faden.

Es war ohnehin nicht nötig, näher darauf einzugehen, welche Sisyphusarbeit es war, den alten Hof samt Grundfläche auch nur halbwegs instand zu halten.

Sprudel erhob sich und kündigte an, frischen Tee zubereiten und Nachschub an Gebäck holen zu wollen, aber Istari hielt ihn auf.

»Ich hab daheim gesagt, dass ich gleich wieder da bin. Und jetzt sitz ich schon seit zwei Stunden bei euch. Höchste Zeit, dass ich mich auf den Weg mach.« Sie stand auf und ging in den Flur. Als sie nach ihrer Reisetasche greifen wollte, die Sprudel dort abgestellt hatte, kam er ihr zuvor.

»Ich begleite Sie.«

Istari wollte davon nichts wissen, aber Fanni mischte sich ein und sagte entschieden: »Selbstverständlich kommen wir mit. Wir hatten sowieso vor, einen kleinen Spaziergang zu machen.«

6

Statt die Fahrstraße entlangzugehen, nahmen sie die Abkürzung, die Istari schon zuvor benutzt hatte. Der Pfad lief am Birkbach entlang und war offiziell als Wanderroute 4a ausgezeichnet. Laut »Freizeitkarte Bayerischer Wald« sollte diese Route über den Vogelsang bis nach Zachenberg führen. Aber bei Fannis Ausflügen in die umliegenden Hügel hatte sich gezeigt, dass sie auf einer bewaldeten Kuppe namens Butzen im Gestrüpp endete.

Am Bach stellte Fanni fest, dass die Biber wieder einige Bäume gefällt hatten, was die Diskussionen um die Freigabe zum Abschuss erneut anheizen würde.

Fanni taten die Tiere leid, weil sie wohl bald gejagt werden würden; noch viel mehr aber bedauerte sie, dass es die fleißigen Nager an einen so hässlichen Ort verschlagen hatte. Die circa hundert Meter lange Strecke am Birkbach, die sie besiedelten, war die verkommenste in seinem gesamten Verlauf.

Gleich hinter der Brücke (sichtlich vom Einsturz bedroht) hatte ein großer Felsbrocken im Bachbett antreibende Äste am Weiterdriften gehindert. Sie hatten sich ineinander verhakt und einen zerfledderten Wall gebildet, der wie ein Riesenbesen aus dem Wasser ragte und alles auffing, was absichtlich oder unabsichtlich im Birkbach landete: Plastik, in Form von Tüten, Eimern, Fußbällen, nicht identifizierbaren Bruchstücken; Stofffetzen; dieses und jenes Blechteil und anderes undefinierbares Zeug. Auf dem Grund des Bachbetts – die ganze Strecke zwischen der Brücke und dem Sportplatz entlang – wand sich ein knallblaues Plastikrohr, das den Sportplatz mit Trinkwasser versorgte. Es verschandelte den Bach fast noch mehr als der Müllstau, weil der irgendwie natürlicher wirkte.

Jedes Mal, wenn Fanni hier vorbeikam, wünschte sie sich, die Biber hätten das Rohr inzwischen geschreddert – sie ignorierten es jedoch standhaft.

Wenige Meter vor dem Astwall hatten diverse Überschwemmungen abseits des eigentlichen Bachbetts einen Tümpel zurückgelassen, der sämtlichen stechenden, beißenden und surrenden Insekten eine Brutstätte bot. Der Wanderweg war an diesem Streckenabschnitt von tiefen Furchen durchzogen, löchrig und feucht, nichtsdestotrotz aber von Bikern und Fußgängern eifrig frequentiert, weil er am Sportplatz vorbeiführte.

Die Biber schien das alles nicht zu stören.

Oder, fragte sich Fanni, haben sie einfach keine Wahl gehabt und mit diesem Ort vorliebnehmen müssen, weil sie von anderen, besseren Orten vertrieben worden waren?

Nach etwa zehnminütigem Fußmarsch zweigte der Pfad vom Bach ab, führte eine Anhöhe hinauf und mündete in eine flache, weitläufige Mulde, in der das Linsenlocher-Gehöft lag.

Als Fanni, Sprudel und Istari dort ankamen, mussten sie stehen bleiben, weil eine Straßenwalze den Vorplatz ebnete.

»Ah«, sagte Istari. »Der Kajetan ist selbst gekommen. Hat er sich nicht getraut, die Walze dem Hubert zu überlassen.«

Als der Fahrer in seiner Kabine der drei Personen, die unschlüssig dastanden, ansichtig wurde, stellte er das Fahrzeug ab und sprang herunter. Mit ausgebreiteten Armen ging er auf Istari zu.

»Es tut mir so leid. Das habe ich ihm wirklich nicht gewünscht.«

Aber womöglich zugefügt!

Istari ließ sich von ihm umfangen und auf den Rücken klopfen. »Wenn ich mir vorstelle, dass ich da am Hof den Kanal ausgebaggert und mit dem Basti rumgeblödelt hab«, fuhr er fort, »während der Ole gar nicht weit von uns entfernt …« Er zog es vor, nicht weiterzusprechen.

Als Istari sich von ihm löste, liefen Tränen über ihr Gesicht. Sie wischte sie weg.

»Wen hast du denn da mitgebracht, Annemarie?«, fragte Kajetan.

Aha, Brüderchen scheint die Verwandlung der kleinen Annemarie in eine durch Hatha Yoga gereifte Istari nicht zu schlucken!

Istari stellte Fanni und Sprudel als ihre Nachbarn vor.

Kajetan begrüßte sie jovial. »Sie müssen mit ins Haus kommen. Ich habe einen Batzen Schwarzgeräuchertes mitgebracht und eine Flasche Obstler. Wir sollten auf den Ole anstoßen. Er ist doch ein guter Kerl gewesen, auch wenn er ein Träumer war. Aber er hat es sich ja leisten können, in Wolkenkuckucksheim zu leben, weil er nie einen Cent selber verdienen musste.« Kajetan sah auf seine Armbanduhr.

Was für ein protziges Ding!

Alles an ihm wirkt irgendwie protzig, dachte Fanni. Die Goldkette um seinen Hals, das Lacoste-Shirt, der massige Körperbau.

»Höchste Zeit, Feierabend zu machen«, sagte Kajetan nach dem Blick auf die Uhr. »Kommen Sie, Ole soll seinen Trinkspruch haben.«

Er führte Fanni und Sprudel ins Haus und dort in eine geräumige Wohnstube, wie sie in alten Bauernhäusern üblich gewesen war.

Hier sieht es genauso aus wie auf dem Klein-Hof, ging es Fanni durch den Kopf. Was aus Bauer Klein und seinem Sohn, dem geistig ein wenig zurückgebliebenen Bene, wohl geworden ist?

Die Stube wurde von einem großen Herd dominiert, an dem eine hagere Frau mittleren Alters hantierte. Fanni kannte sie vom Sehen. Doch selbst wenn sie Istaris älterer Schwester nicht schon ab und zu über den Weg gelaufen wäre, hätte ihr das hohlwangige Gesicht mit der spitzen Nase und den tiefliegenden Augen verraten, dass sie eine Linsenlocherin vor sich hatte.

Kajetan winkte Fanni und Sprudel zu einem massiven Tisch, der auf zwei Seiten von einer Eckbank und auf den anderen beiden Seiten von klassischen Bauernstühlen eingerahmt war.

Er schob zwei Stühle für sie zurecht, ohne sich damit aufzuhalten, sie denjenigen vorzustellen, die bereits am Tisch saßen.

Was ja auch nicht nötig ist auf dem Dorf! Da kennt man sich! Von ganz klein auf sogar! Und wenn ein Fremder zu Besuch kommt, dann macht man sich erst einmal ein Bild von ihm, bevor man sich – vielleicht, vielleicht auch nicht – für seinen Namen interessiert!

Fanni schaute in die Runde. War sie mit einem der Anwesenden schon einmal zusammengetroffen? Kaum. Nicht einmal mit Kajetan, der als Bauunternehmer kein Unbekannter in der Region war und viel herumkam.

Und umgekehrt? Ich wette, die wissen samt und sonders, wen sie vor sich haben! Die riechen so was! Während Fanni Rot für alles eine Erläuterung braucht!

An der Schmalseite der Eckbank saß der alte Linsenlocher. Fanni zweifelte nicht einen Augenblick daran, Istaris Vater vor sich zu haben, weil sie in seinen Gesichtszügen diejenigen von Istari und ihrer älteren Schwester Erika wiederfand. Vor dem Altbauern stand ein Glas Bier, das er offensichtlich mit seiner Frau teilte, denn die nahm gerade einen Zug.

Das Ehepaar tat durch ein wortloses Nicken kund, dass die Besucher registriert, akzeptiert und genehm waren.

Neben der Linsenlocherin hockte ein etwa zwölfjähriger Bub, der die Gäste neugierig musterte.

Eindeutig ein Linsenlocher! Schau dir bloß die Nase an!

Ja, dachte Fanni, das muss der Sohn von Erika und Hubert sein.

Neben dem Jungen saß ein vierschrötiger Mann mit auffällig großen Händen, einer mächtigen Wampe und einem Nacken, der jedem Zuchtbullen Ehre gemacht hätte. Fanni hatte ihn schon hier und da auf einem Traktor über die Wiesen fuhrwerken sehen und sich jedes Mal gedacht, dass es sich um Istaris Schwager handeln müsse, weil diese Futterwiesen wie abgezirkelt rings um das Linsenlocher-Anwesen herum lagen.

Hubert Neubauer, der Schwager, begrüßte Fanni und Sprudel. »Setzt euch nieder, setzt euch nur her zu uns.« Er deutete auf die Stühle.

Der Einzige, der aufstand und ihnen die Hand reichte, war ein junger Mann in Istaris Alter. Er hatte ein freundlich alltägliches Gesicht, so landläufig und durchschnittlich, dass man Gefahr lief, es sofort wieder zu vergessen.

»Otto Siblinger«, sagte er. »Ich bin ein Schulkamerad von der Annemarie und wollte halt nachschauen, wie es ihr geht.«

»Landen willst bei ihr«, sagte der Bub, woraufhin ihm sein Vater einen Klaps auf den Hinterkopf versetzte.

»Hast die Hausaufgab' endlich fertig?«

»Wie denn, wenn ich's nicht kann?«, antwortete der Bub aufsässig. »Und wer hilft mir denn jetzt, wo der Ole nicht mehr ist? Er da?« Die Kopfbewegung zielte auf Siblinger und trug ihm einen neuerlichen Klaps ein.

»Was kannst denn schon wieder nicht, Basti?«, kam Erikas Stimme von der Herdseite her.

»Das mit dem Konjunktiv.«

»Was mit dem Konjunktiv«?

Basti angelte von irgendwoher ein zerfleddertes Schulheft, schlug es auf und las mit leiernder Stimme vor: »Tom berichtet, wir gehen in die Schule. Tom berichtet, dass sie in die Schule gehen würden. Tom berichtet, wir waren in der Schule. Tom berichtet, dass sie in der Schule gewesen seien.«

»Ja und?«, fragte sein Vater.

»Das mit dem ›würden‹ und ›seien‹ ist der Konjunktiv«, sagte Basti, klappte das Heft zu und schob es von sich weg.

»Ja und?«, wiederholte sein Vater.

Der Bub sah ihn mit ausdrucksloser Miene an.

»Kann es sein«, fragte Fanni, »dass ihr Beispielsätze bilden sollt?«

Basti nickte gequält.

Fanni lächelte ihn an. »Dabei könnte ich dir schon helfen.«

Sich bei einem Kind einzuschleimen, um es aushorchen zu können! Bist du dir für überhaupt nichts mehr zu schade, Fanni Rot?

Fanni stieg die Röte in die Wangen. Die Gedankenstimme hatte ihr vor Augen gebracht, was sie lieber unterm Deckel gehalten hätte: Sie plante einen kaltblütigen Handel – Mustersätze indirekter Rede gegen direkte Einblicke in die Familie Linsenlocher.

Erika war mit einem Stapel Suppenteller an den Tisch getreten. »Wenn Sie dem Buben helfen könnten, Frau Rot, dann täten Sie mir wirklich einen großen Gefallen.«

Astreiner Konditionalsatz!

»Aber vorher gibt's Abendbrot«, fuhr sie fort und verteilte

die Teller. Istari brachte den Suppentopf, aus dem es recht appetitlich duftete.

»Pichelsteiner«, sagte sie und tat Fanni eine Kelle voll auf. »Ich hoffe, Sie mögen es.«

»Sehr gern«, antwortete Fanni, was nicht ganz der Wahrheit entsprach. Sie war nicht unbedingt ein Fan von Eintopfgerichten, obwohl sie selbst oft Pichelsteiner zubereitet hatte, weil Hans so dafür schwärmte. Was sich in ihrem Teller befand, sah aber wirklich verlockend aus.

»Oh Gott, von dem wir alles haben,
wir danken dir für diese Gaben.
Du speisest uns, weil du uns liebst,
oh segne auch, was du uns gibst!«, betete die Linsenlocherin mit gefalteten Händen, und keiner am Tisch wagte es, sich das Amen zu schenken.

Ja, ja, so schnell wird eine esoterische Istari wieder zu einer katholischen Annemarie und eine ungläubige Fanni zu einer Frömmlerin!

Während des Gebets war Fannis Blick über den Wandstreifen oberhalb der Eckbank gewandert. In der Ecke, in der die beiden alten Linsenlochers saßen, befand sich der Herrgottswinkel. Der Gekreuzigte war vom heiligen Josef und von Maria mit Kind flankiert. Aber damit nicht genug. Auf jeder Seite schlossen sich weitere Heiligenbilder an. Sie waren – ein wenig dilettantisch, fand Fanni – hinter Glas gemalt.

Sie erkannte den heiligen Georg an dem erlegten Drachen zu seinen Füßen, den heiligen Martin an den beiden Mantelteilen in seinen Händen. Sie identifizierte den heiligen Florian, weil er ein Wasserschaff über einem brennenden Haus ausgoss, und vermutete hinter der männlichen Gestalt mit einem Folianten unter dem Arm einen der Evangelisten. Was die weiteren Darstellungen betraf, musste sie passen.

»Schmeckt ausgezeichnet«, sagte Sprudel, und Fanni stimmte ihm zu. Das Gemüse – Kartoffeln, Karotten, Lauch und Petersilienwurzeln – war bissfest anstatt zu Tode gegart; das Fleisch mager anstatt von glibberigen Fettschichten durchzogen.

Erika schien sich über das Lob aufrichtig zu freuen, sie strahlte beinahe.

»Ich sag ja schon lang, dass für unsere Erika eine Gastwirtschaft genau das Richtige wäre«, vermeldete Kajetan.

Der alte Linsenlocher grunzte unwillig.

Erika wirkte ein wenig verlegen, als sie daraufhin sagte: »Für eine Gastwirtschaft tät meine Kochkunst gewiss nicht reichen. Ich kann ja nichts anderes auftischen als die herkömmlichen Gerichte: Schweiners mit Knödel, Krenfleisch, Reiberdatschi, Rohrnudeln …«

»Pichelsteiner hast vergessen«, machte sich Basti bemerkbar.

Erika lächelte. »Wir haben eigentlich immer gemeint, dass wir das Pichelsteiner den Regenern zu verdanken haben, weil die doch jedes Jahr das Pichelsteinerfest feiern.«

Basti leckte seinen Löffel ab und wedelte damit vor Fannis Nase herum. »Aber der Ole hat rausgefunden, dass das Rezept von Auguste Winkler stammt, die vor hundertfünfzig Jahren in Grattersdorf ein Wirtshaus gehabt hat.«

»Was der Ole nicht alles rausgefunden hat«, sagte Otto Siblinger.

»Möcht sein, dass der Herrgott so eine ewige Besserwisserei strafen wollen hätt«, murmelte die Linsenlocherin.

Da sag doch noch einer, bei den Linsenlochers wär der Konjunktiv nicht regelrecht zu Hause!

Annemarie begann leise zu schluchzen.

Siblinger, neben den sie sich gesetzt hatte, um ihre Suppe zu essen, legte den Arm um ihre Schultern und zog sie an sich. »Allen von uns tut es ehrlich leid, dass der Ole so grausig hat sterben müssen.«

»Echt?«, sagte Basti vorlaut und fing sich den nächsten Klaps ein.

Kein Wunder, dass dem Jungen das Denken schwerfällt, wenn seine Hirnmasse ständig durchgeschüttelt wird!

Der Linsenlocher legte seinen Löffel weg und grunzte, was das Ende der Mahlzeit zu signalisieren schien, denn seine Frau faltete die Hände.

»Alle guten Gaben,
alles, was wir haben,
kommt, oh Herr, von dir.
Wir danken dir dafür.«

»Amen.«

»Gilt es noch?«, fragte Basti.

Fanni stand auf. »Klar. Aber sollten wir uns zum Hausaufgabenmachen nicht lieber in eine ruhige Ecke verziehen?«

Basti blinzelte zustimmend, raffte das Heft sowie einen Stift an sich, schlüpfte unter dem Tisch durch und schoss an Fanni vorbei. Sie beeilte sich, ihm zu folgen.

Die Wohnstube der Linsenlochers besaß an der Rückseite einen offenen Durchgang zu einem weiteren Raum, in dem sich, wie Fanni nun sah, ein kleiner Schreibtisch befand, eine sichtlich durchgesessene Couchgarnitur samt Tisch der Marke »Eiche rustikal« und eine sehr alte Kommode.

Basti schmiss sich aufs Sofa und knallte das Heft auf die Tischplatte. Fanni setzte sich neben ihn, um ein Auge auf mutmaßliche Rechtschreibfehler zu haben. Während sie wartete, bis Basti die richtige Seite gefunden hatte, beobachtete sie die Vorgänge in der Wohnstube drüben.

Erika und Annemarie räumten die leeren Teller ab. Der alte Linsenlocher gab ein erfreutes Grunzen von sich, das Fanni irritierte, bis sie Kajetan mit einer Flasche Obstler an den Tisch treten sah. Sprudel fing ihren Blick ein und rollte mit den Augen.

Eine schwarze Katze strich um Fannis Beine.

»Tom berichtet … Jetzt sag schon.« Basti schaute mahnend zu Fanni auf.

»Was könnte er denn berichten?«, fragte sie ihn.

»Ole Jesper ist tot«, antwortete Basti prompt.

»Warum nicht«, erwiderte Fanni. »Und in indirekte Rede gesetzt heißt das: Tom berichtet, dass …«

Basti sah sie anklagend an. »Ich hab gemeint, du kannst es.«

Seufzend diktierte ihm Fanni: ›… dass Ole Jesper tot sei.‹«

Basti begann zu schreiben, hielt jedoch nach zwei Wörtern inne. »Würde. Da geht das ›Würde‹ ab.«

Touché!

»Dann müssen wir uns noch einen Beispielsatz überlegen«, sagte Fanni.

Sie einigten sich auf: »dass sie zu Abend essen würden«, »dass sie die Straße planieren würden« und »dass sie den neuen Gameboy ausprobieren würden«.

Nach drei weiteren Sätzen, die auf »gewesen seien« enden mussten, sagte Basti: »Das langt«, und machte einen Strich unter das Geschriebene.

Drüben in der Wohnstube schenkte Kajetan eine neue Runde Schnaps ein.

»Du hast den Ole gut leiden können, oder nicht?«, fragte Fanni.

»Ich schon«, antwortete der Junge zerstreut, weil er damit beschäftigt war, noch das Datum des heutigen Tages in sein Heft einzutragen.

»Wer denn nicht?«, fragte Fanni.

Basti klappte das Heft zu. »Na, alle. Die Annemarie halt ausgenommen.«

Fanni sah ihn so verdutzt an, dass Basti lachen musste. »Ja meinst vielleicht, die mögen das, wenn einer daherkommt, einem Hiesigen die Braut wegschnappt und ganz Birkenweiler aufmischt?«

Fanni mühte sich, das zu verdauen, was ihr nicht recht gelang, weil Einwände aufsprossen wie Schösslinge. »Unsinn, Basti. Ole hat Istari in Indien kennengelernt und ist zusammen mit ihr hierhergekommen. Wie hätte er sie da einem Hiesigen wegschnappen können?«

In einem Ton, als hätte er eine begriffsstutzige Schulklasse vor sich, erwiderte Basti: »Weil der Siblinger hier wie auf Kohlen auf seine Annemarie gewartet hat, der wo er schon nachläuft, seit er weiß, was unter einem Weiberrock steckt.«

Da zeigt sich doch mal, was man lernt, wenn man tagtäglich neben Oma und Opa Linsenlocher am Esstisch unter dem Herrgottswinkel sitzt!

Fanni verschluckte sich und musste husten. »Und als Istari

dann vor drei Jahren mit Ole zurückgekommen ist, gab es Krach zwischen ihm und Siblinger?«

Basti schüttelte den Kopf. »Mit dem Siblinger gibt's keinen Krach nicht, weil nämlich der Siblinger ein Schlappschwanz ist.« Er dachte kurz nach. »Aber die Oma sagt, mit dem Siblinger muss man aufpassen, der tut jedem schön ins Gesicht, schnappt aber hundsgemein zu, wenn man nicht hinschaut. Der ist hinterfotzig, der Siblinger, sagt die Oma.«

Erneut musste Fanni das Gehörte durchdenken, bevor sie fragen konnte: »Willst du mir damit sagen, Siblinger hätte sich mit Ole angefreundet, um parat zu stehen, falls sich die Chance böte, ihm Istari abspenstig zu machen?«

»Grad so«, antwortete Basti.

Als Fanni daraufhin schwieg, fuhr er in hämischem Ton fort: »Ja meinst du vielleicht, der Siblinger interessiert sich einen Scheißdreck dafür, ob die Donau krumm fließt oder geradeaus? Das ist dem doch wurscht. Und ob dort Vögel brüten, ist dem erst recht wurscht. Aus reiner Scheinheiligkeit hat der dem Ole alles nachgeplappert. ›Der Wechsel zwischen Hoch- und Niedrigwasser ist der Atem der Aue‹, der Siblinger kapiert ja nicht mal, was das heißen soll.«

»Verstehst du es denn?«, fragte Fanni.

Basti nickte stolz. »Der Ole hat es mir erklärt. Außerdem hat er mich ab und zu auf einen Ausflug mitgenommen. Wir haben an der Donau die Fledermäuse beobachtet, die Biber, den Stieglitz, den Habicht ...« Seine Augen wurden feucht. Mit einer unwilligen Handbewegung wischte er sich übers Gesicht und machte eine Geste, als wolle er etwas Schweres von sich abschütteln, was ihm offenbar nicht recht gelang. Schlussendlich brütete er eine Weile vor sich hin.

Auch Fanni hing eine Zeit lang ihren Gedanken nach, dann sagte sie: »Ole scheint sich ja in Birkenweiler nicht allzu viele Freunde gemacht zu haben.«

Basti schaute sie irritiert an. »Freunde? Der Ole? In Birkenweiler?« Er wirkte so perplex, als hätte Fanni ihn gefragt, ob Kühe Eier legen.

»Also nicht«, sagte Fanni.

Daraufhin begann Basti an den Fingern abzuzählen: »Der Kajetan hat den Ole einen Quertreiber genannt, der Großvater einen Stänkerer, die Mama einen Unruhestifter, der Onkel Sepp einen Aufwiegler, und die Großmutter hat gesagt, der Ole ist der Antichrist.«

Die Linsenlochers scheinen den armen Kerl ja regelrecht gemobbt zu haben!

»Kennst du ›Formula one‹?«, fragte Basti.

Fanni sah ihn verdattert an.

»Geiles Autorennen. Hat Ole mir geschenkt. Obwohl er eigentlich gegen alle Sorten von Motorsport gewesen ist – umweltschädlich, verstehst du? Aber auf dem Nintendo ist das Ganze ja nicht echt. Magst zuschauen? Ich zeig es dir.«

Fanni, die noch immer nicht recht klar sah, worum es eigentlich ging, nickte.

»Bleib da sitzen«, ordnete Basti diktatorisch an. »Ich hole meinen Nintendo. Aber vorher muss ich noch aufs Klo.«

Wie ihr geheißen, blieb Fanni sitzen. Sie lehnte sich zurück und blickte müßig in die Wohnstube. Dabei stellte sie fest, dass sich drüben einiges verändert hatte. Der Linsenlocher und seine Frau hockten zwar nach wie vor auf der Eckbank; er hatte sich aber inzwischen eine Pfeife angezündet, und sie ließ die Perlen eines Rosenkranzes durch ihre Finger gleiten. Hubert Neumeier, Kajetan und Sprudel saßen am anderen Ende des Tisches, wo Kajetan Reden schwang.

Siblinger und Annemarie standen etwas abseits an eine Kredenz gelehnt und flüsterten miteinander.

Erika, Bastis Mutter, war nirgends zu entdecken.

Kajetan schenkte sein Schnapsglas voll und schwenkte einladend die Flasche. Hubert nickte. Sprudel lehnte ab.

Fanni fragte sich, was er von Kajetan zu hören bekam. Sie spitzte die Ohren.

Im selben Moment hob Kajetan die Stimme. »Was glaubt ihr, was meine Wasserkraftwerke in Tschechien drüben für eine Goldgrube sind? Da brauchst du keinen Finger dafür rühren, und der Rubel rollt. Alles computergesteuert. Wasserkraftwerke wie Kamýk bringen es auf achtundvierzig Megawatt.«

»Den Birkenbach müsste man aufstauen«, sagte Hubert Neumeier.

Kajetan stieß ein höhnisches Lachen aus. »Das Rinnsal? Das ist gerade mal als Tummelplatz für einen Biber recht – wenn er keine großen Ansprüche stellt.« Er trank seinen Schnaps aus und knallte das Glas auf die Tischplatte. »Ich hab es euch oft genug gesagt, dir, vor allem aber dem Ole. Überlasst mir eure Grundstücke in Birkenweiler, und ich bau euch eine Ferienanlage vom Feinsten: Hotelkomplex mit einem Haupthaus und Bungalows drum herum, Spielplätze, Grünfläche …« Er begann zu grinsen. »Als Zulauf für einen Zierteich in der Anlage tut es der Birkenbach schon, vielleicht sogar zum Speisen von einem Feng-Shui-Weiher, wie die Lallinger einen haben. Mit Schilf und Binsen und was so alles dazugehört. Mit einem Rundweg und Ruhebänken und mannshohen Felsbrocken daneben, die wir für Kraftorte erklären. Die Annemarie hat da bestimmt ein paar gute Tipps.«

Er wurde wieder ernst. »Aber das sind dann später die Extras. Als Grundausstattung brauchen wir jedenfalls einen Spielplatz, Pool, Sonnenterrasse, Trimm dich Pfad, Hochseilpark. Und für den Winter einen Schlepplift auf den Birkenweiler Nordhügel. Der Buckel kann zwar nicht mit einer Weltcupabfahrt aufwarten wie der Arber, aber wir könnten drum herum zig Kilometer Loipen anlegen und den ›Birkenweiler Hügellauf‹ ausschreiben. Dann werden wir ja sehn, ob der König Ludwig Lauf in Oberammergau da noch mithalten kann. Alles eine Frage der Promotion«, schloss er großspurig und schaute seine Zuhörer mit funkelnden Augen an.

Doch im nächsten Moment ließ er die Schultern sacken und schnitt eine missmutige Grimasse. »Hat sich leider erledigt, die Sache mit dem Hotelkomplex. Der Ole hat sich ja immer strikt geweigert, den Birkengrund wieder herzugeben, und jetzt, wo er tot ist – wer weiß, was seine Erben, die noble Familie Jesper, damit vorhat?«

Während Kajetans Rede war Istari an den Tisch getreten. »Das Birkengrund-Anwesen hat der Ole mir vermacht. Mit Testament und Notar und allem.«

Kajetans Kopf zuckte hoch. »Der Birkengrund gehört jetzt dir?« Er kam schwankend auf die Beine. »Überlass ihn mir. Profit garantiert.«

Als Kajetan erneut seine Pläne, das verschlafene Dörfchen Birkenweiler in eine Touristenattraktion zu verwandeln, darzulegen begann, fragte sich Fanni, was aus Birkenweiler werden würde, wenn es Kajetan gelänge, sein großspuriges Vorhaben in die Tat umzusetzen.

Dann wird Leni nichts anderes übrig bleiben, als das Anwesen, das Sprudel ihr überschrieben hat, zu verkaufen. Wer von euch würde denn noch hierherkommen wollen, wenn aus Birkenweiler ein Ballermann wird?

Fanni rieb sich die Augen, in die Tränen aufsteigen wollten. Mit dem Verkauf des Anwesens wäre neben der Erinnerung an ihre gemeinsame Zeit mit Sprudel auch ein wichtiger Nachweis dafür weg. Bezeugten nicht ihre Kleider in den Schränken, ihre Kosmetikartikel im Bad, ihre Langlaufski im Keller, dass sie dort gewohnt hatte? Dass es stimmte, wenn Sprudel sagte, sie hätten ihre glücklichsten Stunden dort verbracht, hätten einen heißen Sommer lang halbe Nächte mit einer Flasche Rotwein auf der Veranda gesessen, geredet oder geschwiegen, gelacht oder sich ernst in die Augen gesehen; hätten spätmorgens im Wintergarten gefrühstückt und sich dann zu einer jener ewig weiten Wanderungen aufgemacht, auf die Fanni so versessen war?

Sehnsuchtstränen! Sieh an, sieh an! Dann ist es ja an der Zeit, mit dem Herumgezicke aufzuhören! Die Bedenkfrist ist abgelaufen! Höchste Zeit aber auch! Wer weiß, wie lange Sprudel noch …

Fanni erstickte die Stimme in ihrem Kopf. Ihr Blick hatte sich von dem Geschehen in der Wohnstube gelöst und wanderte nun durch den Raum, in dem sie saß. Er streifte einen altertümlichen Fernsehapparat, über dem ein gekreuzigter Jesus samt verstaubtem Palmbuschen hing; strich über die Kommode und verweilte dort auf einer geschnitzten Muttergottesstatue. Neben der Jungfrau Maria gab es noch eine weitere Frauenfigur, die Fanni jedoch keiner ihr bekannten Heiligen zuordnen konnte.

Zu ihren Füßen steht ein Turm!

Das ist die heilige Barbara!

Margareta mit dem Wurm,
Barbara mit dem Turm
Katharina mit dem Radl,
das sind die drei heiligen Madl!

Fanni stieß einen Luftschwall aus und fragte sich, wie ihr löchriges Hirn so etwas zutage zu fördern vermochte.

Das macht die Magie der Heiligen!

Die hier massenhaft vertreten sind, dachte Fanni. Diese Dekoration musste das Werk der alten Linsenlocherin sein, und niemand wagte wegzuschaffen, was sie im Laufe ihres Lebens angesammelt hatte.

Aber sämtliche Devotionalien aus Altötting, Brünn oder Pribram haben sie nicht vor dem Antichrist beschützen können! Vielleicht hat sie die Sache selbst in die Hand genommen!

Und Ole umgebracht? Diese alte abgerackerte Frau?

Er hat sich ja nicht wehren können! Vermutlich war er eingeschlafen! Weiß der Himmel – und das meine ich wörtlich –, was die Linsenlocherin an jenem Morgen in sein Haus geführt hat! Aber wie sie den Ole so daliegen sieht, glaubt sie natürlich an einen göttlichen Auftrag und beeilt sich, ihn auszuführen!

Fanni wünschte sich, dass Basti endlich wiederkäme und Profanes in Form seines Gameboys mitbrächte.

Um sich abzulenken, ließ sie den Blick weiterwandern, der sogleich auf dem Schreibtisch haften blieb. Er war mit Schriftstücken übersät. Obenauf glaubte Fanni eine topografische Karte von Birkenweiler und Umgebung auszumachen.

Wozu soll die denn gut sein? Die Linsenlochers müssen die Gegend, in der sie aufgewachsen sind, doch kennen wie ihre Westentasche!

Fanni erhob sich und trat näher. Tatsächlich handelte es sich um eine Karte der Region. Fanni entfaltete sie. Am unteren Rand zog sich das blaue Band der Donau entlang. Ein kleines

Stück nördlich davon war der Marktflecken Metten eingezeichnet und darüber die beiden Orte Neuhausen und Offenberg. Dahinter änderte sich die Landschaft, wurde hügelig und bewaldet. Nordöstlich von Metten lag die Gemeinde Birkdorf mit den dazugehörigen Ortschaften Birkenweiler, Erlenweiler … Auf der Karte war ein Gebiet mit Rotstift eingekreist, das im Osten vom Birkenbach begrenzt wurde, im Norden vom größten der Birkenweiler Hügel, im Westen vom Staatsforst und im Süden von der Straße, die Birkdorf mit den eingemeindeten Orten verband. Innerhalb der elliptischen Grenzlinie befanden sich das Linsenlocher-Anwesen, Oles Birkengrund und sogar der Besitz, den Sprudel an Leni übergeben hatte.

Fanni schaute eine Weile auf das Oval, dessen Fläche – wie ihr erst jetzt auffiel – orange schraffiert war.

Wer hatte den Bereich markiert?

Und warum?

Als Fannis Blick den markierten Sektor zum zweiten Mal abtastete, entdeckte sie, dass im oberen Drittel ein kleiner Bezirk blau umrandet war und quer zur orangenen auch eine blaue Schraffierung aufwies. Die so gekennzeichnete Fläche umfasste im Wesentlichen das Grundstück, auf dem das Linsenlocher-Gehöft stand, aber auch einen kleinen Teil des Birkengrundes; genauer gesagt das Erlenwäldchen, das halb den Linsenlochers, halb Ole gehörte. Fanni kam in den Sinn, dass Istari einmal erwähnt hatte, Ole habe den Birkengrund und das halbe Erlenwäldchen vom Nachlassverwalter eines Oberpfälzer Sägewerkbesitzers erworben.

Am Rand der Karte stieß sie auf einen handgeschriebenen Vermerk, eine Bleistiftnotiz, nur schwach sichtbar, teilweise verwischt. Die wenigen leserlichen Buchstaben ergaben keinen Sinn, und die paar kenntlichen Zahlen konnten ein Datum sein, eine Telefonnummer oder –

– *gar nichts!*

Nein, dachte Fanni. Irgendeine Bedeutung müssen sie haben, sonst hätte man sie nicht hingeschrieben. Sie starrte so intensiv auf die Einträge, als wollte sie sie zum Sprechen bringen.

Zahlen und Buchstaben reden nicht! Man muss sie lesen können, um hinter den Sinn zu kommen!

Fanni wollte ihrer Gedankenstimme gerade gehörig über den Mund fahren, als ihr ein Einfall kam. Wer sich der Karte bedient und sie mit Markierungen versehen hatte, sollte doch so etwas wie eine Legende dafür gehabt haben.

Eine Gebrauchsanweisung quasi!

Ja, dachte Fanni, irgendetwas, woraus hervorgeht, welcher Bereich zu welchem Zweck …

Sie warf einen wachsamen Blick auf den Durchgang zur Wohnstube, stellte mit Erleichterung fest, dass der Schreibtisch im toten Winkel stand, und fing hastig an, die Schriftstücke auf dem Schreibtisch durchzusehen. Sie fand jedoch nur Rechnungen (Viehfutter, Autowerkstatt, Sägeblätter), Kataloge, Kassenbons, sämtliche Pfarrbriefe des vergangenen Jahres, die VDK Zeitung und das Wochenblatt.

Nach einem weiteren schnellen Blick zum Durchgang, der ihr zeigte, dass niemand sich näherte, begann sie, die Schubladen aufzuziehen. In der ersten fand sich ein Durcheinander von Kabeln für elektrische Geräte, das niemals mehr zu entwirren sein würde. In der zweiten gab es Werbebroschüren, teils vergilbt, teils neu. Die dritte war abgeschlossen.

Fanni griff sich den Brieföffner, der in einer Schale mit Stiften und allem möglichen Krimskrams lag, und setzte ihn als Hebel an.

Bist du von allen guten Geistern verlassen? Das ist Sachbeschädigung! Und überhaupt! Du bist schließlich als Gast hier! Und die Gastgeber befinden sich gleich nebenan!

Fanni zögerte. Die Gedankenstimme hatte recht.

Einer seltenen Anwandlung von Vernunft folgend, entschied sie sich, ihr Einbrecherwerkzeug wieder wegzulegen, musste es jedoch ein wenig hin und her bewegen, um es aus dem Schlitz ziehen zu können, in den sie es gesteckt hatte. Dabei sprang die Lade auf.

Fanni horchte kurz auf den Geräuschpegel in der Wohnstube, der sich nicht verändert hatte, woraus sie schloss, dass alle noch am Tisch saßen. Dann griff sie mit beiden Händen hinein, packte den kleinen Stapel Schriftstücke, deren oberstes das Logo eines bayrischen Notariats und die Aufschrift »Entwurf« trug, und fächerte ihn auf. Um den Text auf den Blättern lesen zu können, musste sie sich hinknien.

»Haben Sie Ihre Kontaktlinsen verloren?«

Fanni schloss kurz die Augen und atmete durch, bevor sie den Kopf hob und aufschaute.

Über ihr ragte Kajetans Gestalt auf. Sie schwankte ein wenig.

Kontaktlinse! Eine Vorlage, die du nützen solltest!

Fanni stützte sich mit der linken Hand ab, mit der rechten tastete sie über den Boden. »Vorsicht, nicht drauftreten.«

Kajetan machte drei Schritte zurück.

Fanni tastete weiter, wobei sie sich im Halbkreis drehte. Als ihre Füße der Lade zugewandt waren, drückte sie sanft mit der Ferse dagegen. Dann schloss sie die rechte Hand zur Faust. »Hab sie.«

»Ja, ein Haus verliert nix«, sagte Kajetan. Dann zeigte er ihr den Weg ins Badezimmer, der durch die Wohnstube führte. »Da gibt es einen Spiegel, und Sie können sie gleich wieder einsetzen. Oder wollen Sie sie lieber in ein Schachterl tun?«

Fanni schüttelte den Kopf und trollte sich. Wie einen Sog fühlte sie Sprudels Blick in ihrem Nacken.

Als sie zurückkam, saß Kajetan wieder am Tisch und ließ sich über das Für und Wider von Kontaktlinsen aus. Sprudel hörte ihm offenbar zu, wirkte jedoch ein wenig durcheinander. Istari stand mitten im Raum auf einem Bein. Sie hatte die Hände vor der Brust gefaltet, ihre linke Fußsohle ruhte an der Innenseite des rechten Oberschenkels.

Der Baum, erinnerte sich Fanni. Istari hatte ihr diese Yogastellung schon einige Male gezeigt und empfohlen. Sie galt als die perfekte Entspannungsübung in Stresssituationen.

Siblinger saß, wie bereits vor dem Essen, neben Hubert; sein Blick ruhte auf Istari. Hubert brütete vor sich hin. Basti war in eine Diskussion mit seiner Mutter verwickelt.

»Ich wollt ihr doch das Autorennen zeigen.«

»Heut wird nicht mehr Computer gespielt.«

»Dauert ja nicht lang.«

»Es wird aber gar nicht gespielt.«

»Aber die Hausaufgab' ist ja fertig.«

»Ist auch Zeit 'worden. Jeden Tag die gleiche Fretterei.«

»Wenn es nach mir ging, müsste der Bub nicht in die höhere Schule«, meldete sich Hubert. Seine Frau warf ihm einen anklagenden Blick zu.

»Wenn es nach mir ging, müsste ich auch nicht hin«, sagte Basti.

Ehe Erika etwas darauf erwidern konnte, ließ sich die Linsenlocherin hören:

»Bevor ich mich zur Ruh begeb, zu dir, oh Gott, mein Herz ich heb und sage Dank für jede Gab…« Sie unterbrach sich und wandte sich an Basti. »Zeit zum Bettgehen.«

Er sah sie herausfordernd an. »Für dich vielleicht.«

Die Antwort kam postwendend: »Schau, dass du ins Bett kommst, Rotzlöffel.«

Amen!

Fanni war neben Erika stehen geblieben. »Höchste Zeit für Sprudel und mich, uns zu verziehen. Sie und Ihr Mann müssen wegen der Stallarbeit sicherlich morgens früh raus.«

Erikas Lächeln wirkte ein wenig verkrampft, als sie antwortete: »Seit wir die Milchwirtschaft aufgegeben haben, hat sich einiges geändert. Der Hubert kümmert sich ums Vieh, ich geh außer Haus arbeiten. Derjenige, wo sich ums Vieh kümmert, ist der Erste, der aufstehen muss.«

Fanni konnte nicht verhindern, dass in ihrer Miene blanke Wissbegier erschien.

Erika registrierte es offenbar, denn sie fügte hinzu: »Vor meiner Heirat habe ich etliche Jahre als Kindergärtnerin gearbeitet. Zum Glück hat die Gemeinde Birkenweiler gerade dringend jemanden für den Kindergarten gesucht, als ich mich wieder nach einem Job umgesehen habe.«

Sie – und daraufhin auch Fanni – wandte ihre Aufmerksamkeit dem Geschehen am Tisch zu, denn Sprudel hatte sich erhoben. Er machte soeben eine kleine Verbeugung in Richtung der alten Linsenlochers, bedankte sich für die Einladung zum Abendessen und wünschte eine Gute Nacht.

Die Linsenlocherin nickte wortlos, ihr Mann grunzte dösig.

Am Rande ihres Blickfeldes bekam Fanni mit, wie Istari die Hände sinken ließ und das linke Bein wieder auf den Boden stellte.

Siblinger sprang auf und ging auf sie zu.

»Ich tät euch ja heimfahren«, sagte Kajetan, »aber der Mader Sepp, unser Dorfgendarm, der lässt einem absolut nichts durchgehen. Wenn der mich nach fünf Schnaps und drei Bier am Steuer erwischt, ist der Lappen weg.«

»Ich hab dir das Bett in der Dachkammer schon gerichtet«, teilte Erika ihrem Halbbruder mit, der huldvoll nickte.

Fanni und Sprudel beeilten sich zu versichern, dass es ihnen guttun würde, noch ein Stück zu laufen.

»Ihr müsst aber an der Straße entlanggehen«, sagte Kajetan. »Für die Abkürzung ist es schon viel zu finster draußen. Oder habt ihr gute Lampen dabei?«

Die beiden verneinten.

Die Landstraße, die vom Linsenlocher-Gehöft aus über einen Fahrweg mit tiefen Spurrillen zu erreichen war, würde sie in einem weiten Bogen westlich in den Ortskern von Birkenweiler führen und von dort wieder zurück nach Osten, wo Lenis Anwesen auf der Nord-Süd-Linie ein Stück unterhalb des Linsenlocher-Gehöfts lag.

»Ich geh gleich mit euch mit, dann verlauft ihr euch nicht«, kündigte Siblinger an. »Bis zum Birkenweiler Ortstaferl haben wir nämlich denselben Weg.«

Aha, der hinterfotzige Schlappschwanz wanzt sich bei euch an!

7

Es nahm noch einige Zeit in Anspruch, bis sie sich vom Rest der Familie verabschiedet hatten.

Basti schmollte, weil er Fanni »Formula one« nicht hatte vorführen dürfen. Erika strahlte, weil Sprudel ihr noch mal Komplimente für ihre Kochkunst machte. Kajetan ließ sich des Langen und Breiten darüber aus, dass Nachbarn – auch wenn sie ein ganzes Stück entfernt voneinander wohnten – in Verbindung bleiben sollten. Nur Hubert zeigte sich einsilbig. Istari begleitete die Gäste hinaus.

Als Fanni gewahrte, welch tiefe Dunkelheit draußen herrschte, erschrak sie. Bei ihren Wanderungen hatte sie stets dafür gesorgt, vor Einbruch der Dämmerung zu Hause zu sein. Spätabends war sie nie aus dem Haus gegangen, obwohl es um diese Jahreszeit dann noch dämmrig sein konnte. Heute aber schienen sich über Birkenweiler die schwärzesten aller Wolken ein Stelldichein zu geben.

Die Hoflaterne der Linsenlochers erhellte gerade mal einen Radius von fünf Schritten. Außerhalb dieses Kreises konnte Fanni nicht einmal den Stall samt Scheune erkennen, an dem sie auf dem Weg zur Straße vorbeikommen mussten.

Istari schien sich der Lichtverhältnisse bewusst gewesen zu sein, denn sie hielt plötzlich eine Taschenlampe in der Hand, die einen hutgroßen Fleck auf dem Erdboden ausleuchtete und ringsum ein paar Konturen erscheinen ließ. Als sie die Lampe einmal im Kreis schwenkte, tauchten ganz kurz die Nebengebäude auf und der gemauerte halb verfallene Backofen, der auf halber Strecke dorthin stand.

Mit Istari an der Spitze bewegte sich die kleine Gruppe auf eine Verbreiterung des Weges zu, die anzeigte, dass er gleich in die Straße münden würde. An einer Stelle einige Meter davor schien Fanni der Wegrand so dunkel, als würde er das schwache Licht der Taschenlampe völlig verschlucken. Als sie den Blick etwas hob, entdeckte sie ein helles Band, das an der schwarzen Kante entlanglief und leise raschelte.

Das Licht der Taschenlampe strich einen Moment lang über die Markierung, und Fanni erkannte, dass es sich um ein weiß-rot gestreiftes Absperrband handelte, wie es an Baustellen benutzt wurde.

»Kajetan hat das kaputte Kanalrohr anscheinend schon ausgegraben«, murmelte Istari.

Von Siblinger kam ein leises Lachen. »Und der Schacht ist ihm auf der Stelle vollgelaufen.«

»Mit Gülle?«, fragte Istari bestürzt.

»Grundwasser, Gülle, Abwasser, Jauche, Sickerwasser, alles, was quillt, rinnt und tropft«, antwortete Siblinger.

Istari war stehen geblieben und richtete den Lichtkegel auf das Gelände jenseits des Absperrbandes.

Fanni konnte eine Grube erkennen, die gut Zimmergröße zu haben schien und bis einen halben Meter unterm Rand vollgelaufen war.

»Wenn der Hubert nicht gewartet hätte, bis die Viecher im Stall in ihrem eigenen Dreck gestanden sind, wäre die Sache einfacher gewesen«, sagte Siblinger. »Aber anscheinend hat er die ganze Zeit noch gehofft, dass der Kajetan mit der großen Planierraupe kommt, alles wegschiebt und sein Feriendorf hinbaut. Dann wäre ihm nämlich die Sache mit dem Kanal erspart geblieben. Also hat er gewartet, bis es zu spät war.«

»Wieso zu spät?«, wollte Istari wissen. »Ob der Kanal heute ausgebessert wird oder ob man es ein paar Wochen früher gemacht hätte, ist doch egal.«

»Ist es nicht«, erklärte Siblinger. »Der Abfluss ist ein uraltes Bauwerk aus Betonringen. Bevor er – genau da, wo wir jetzt stehen – an den Hauptkanal angeschlossen worden ist, hat er zu einer Sickergrube geführt.« Er vollführte eine Geste in die Runde. »Eigentlich hätte man damals schon alles erneuern müssen. Aber das ist halt immer eine Kostenfrage.« Er verstummte, doch dann schien ihm einzufallen, was Istari gefragt hatte. »Schon vor Monaten hat sich zwischen dem Stall und dem alten Backofen der Bodenbelag auf etliche Meter abgesenkt.« Er lachte glucksend. »›Gott, helf uns, der Kanal bricht ein‹, hat deine Mutter gejammert, und der Hubert hat so geflucht, dass sie mit dem Kreuzzeichenschlagen überhaupt nicht mehr fertig geworden ist.«

Siblingers Stimme wurde wieder ernst. »Aber unternommen hat er nichts. Und deswegen sind immer mehr Betonringe in die Brüche gegangen, und der Untergrund ist inzwischen komplett aufgeweicht. Nichts hält mehr stand. Die Grube da an der Anschlussstelle wäre höchstens halb so groß, wenn der Hubert nicht alles so lang hinausgeschoben hätte.«

Siblinger beobachtete eine Weile den Lichtkegel, der am Rand der Grube entlangglitt. »Der Kajetan sagt, er möchte wetten, dass der Hubert noch weiß Gott wie lang zugewartet hätte, wenn es den Stall nicht überschwemmt hätte.« Beinahe ärgerlich fügte er hinzu: »Dabei arbeitet der Kajetan für Schwester und Schwager ganz umsonst. Er baggert nach Feierabend selber, damit kein Arbeitslohn anfällt, und einen Maschinenstundensatz verlangt er sowieso nicht. Aber dass er dem Hubert auch noch ein nigelnagelneues Kanalrohr schenken soll, wäre dann doch zu viel verlangt.«

Der Lichtkegel hatte die Grube umrundet und folgte nun einer Rinne, die zum Stall führte. Auch in der Rinne glänzte es nass.

»Wie hoch steht denn das Wasser da überall?«, fragte Istari.

»Die Betonringe sind ungefähr eineinhalb Meter tief im Boden verlegt gewesen.« Siblinger beugte sich über das Absperrband und schaute in die Grube. »Die Dreckbrühe steht einen knappen Meter hoch, würde ich schätzen.«

»Komisch«, sagte Istari.

Weil sich niemand erkundigte, was sie daran komisch fand, fügte sie hinzu: »Komisch, dass der Rand von der Rinne ausschaut wie ein Zickzackmuster.«

»Das ist gar nicht komisch«, erwiderte Siblinger, »das ist genau das, was ich sage. Alles aufgeweicht. Da bleibt natürlich beim Ausbaggern kein schnurgerader Rand stehen. Da gibt's Kerben und Abbruchstellen. Alles instabil. Schau her.« Er trat noch näher ans Absperrband und stampfte mit dem Fuß auf den Rand der Grube. Im nächsten Moment wich er erschrocken zurück, denn er hatte offenbar selbst nicht damit gerechnet, dass eine kanaldeckelgroße Ecke einbrechen würde.

»Der Weg muss schon unterspült sein«, murmelte er, nachdem er sich in Sicherheit gebracht hatte.

»Aber warum tut denn der Kajetan nichts dagegen?«, fragte Istari.

Siblinger ließ erneut ein leises Lachen hören. »Er ist ja dran. Aber zaubern kann halt auch der Kajetan nicht. Morgen wird ausgepumpt und dann so schnell wie möglich das neue Rohr verlegt, bevor alles von Neuem vollläuft. Übermorgen wird zugeschüttet.«

Der Lichtkegel zuckte ein letztes Mal über die Grube, dann richtete er sich auf den Weg und begann, vorwärtszuwandern. Istari hatte sich wieder in Bewegung gesetzt.

Kurz darauf sah Fanni den Belag der Asphaltstraße vor sich aufschimmern.

»Da wären wir«, sagte Istari und reichte Siblinger die Taschenlampe. »Nehmt ihr sie. Ich finde auch so zurück.«

Fanni protestierte. »Abseits der Straße sieht man die Hand vor Augen nicht. Nimm du die Lampe, Istari. Uns zeigt ja der Lichtschein aus den Fenstern der Häuser von Birkenweiler den Weg.«

»Aber bloß bis zu dem Marterl in der Kurve vor eurem Grundstück«, widersprach Istari. »Ab da ist dann nur noch pechschwarze Nacht. Nehmt sie nur, ich brauch sie wirklich nicht. Den Weg zu meinem Elternhaus finden meine Füße von allein.«

Bevor Fanni etwas entgegnen konnte, war Istari verschwunden, von der Dunkelheit verschluckt.

Obwohl in Birkenweiler, insbesondere spätabends, das Verkehrsaufkommen geringer war als in den Outbacks von Australien, reihten sie sich hintereinander ein und hielten sich wie vorgeschrieben auf der linken Straßenseite. Siblinger ging mit der Lampe an der Spitze. Sprudel machte den Schluss.

Skilift, Swimmingpool, Bungalowdorf! Bisher hat es Birkenweiler nicht einmal zu Bürgersteigen gebracht.

»Istari hätte die Lampe nehmen sollen«, nörgelte Fanni.

Siblingers Stimme klang beschwichtigend. »Keine Sorge, die findet garantiert heim.«

»Sind Sie schon lange mit ihr befreundet?«, fragte Fanni.

»Seit unserm ersten Schultag.«

»Dann sind Sie also ein eingesessener Bürger von Birkenweiler«, stellte Fanni fest.

Er hob die freie Hand und spreizte zwei Finger zum Victory-Zeichen. »Die Siblingers betreiben das Dorfwirtshaus von Birkenweiler seit 1896.«

Schandbar, Fanni! Schimpflich, wie wenig du von den Menschen weißt, in deren Gemeinde du wohnst!

»Sie sind also Gastwirt«, sagte Fanni.

Sie sah ihn den Kopf schütteln. »Mein jüngster Bruder steigt ins Familiengeschäft ein. Ich bin Bauzeichner.«

»In Kajetans Firma?«

Er nickte. »Seit drei Jahren schon. Zuvor hatte ich einen ganz passablen Job bei einer Hoch- und Tiefbaufirma in Straubing, aber als mich Kajetan gefragt hat, ob ich zu ihm wechseln will, habe ich sofort zugegriffen.«

Fanni fragte sich einen Augenblick lang, warum. Dann sagte sie: »Kajetan muss ja ein nettes Gehalt geboten haben, um Ihnen die Sache schmackhaft zu machen.«

»Hat er gar nicht«, antwortete Siblinger. »Ich arbeite bei ihm für den gleichen Tarif wie bei Hoch-Tief-Bau in Straubing.«

Warum also?

Der kleine Basti würde jetzt sagen: »Weil der Siblinger von Anfang an auf die Annemarie scharf war und sich daran nichts geändert hat!« Durch Ole war ihm die Vordertür zur Angebeteten verstellt, da hat er es eben durch die Hintertür probiert! Hat sich zum einen mit Ole angefreundet und zum andern – über den Job in Kajetans Firma – versucht, sich bei den Linsenlochers einzuschleichen!

Darüber dachte Fanni eine Zeit lang nach und sagte sich dann, dass die Erklärung zutreffend sein könnte. Womöglich war Siblinger so viel daran gelegen, mit Istari in Verbindung zu bleiben, dass er sich dafür Oles Gesinnung zu eigen machte und sogar den Job wechselte.

Sich Oles Gesinnung zu eigen zu machen und bei dessen schärfstem Gegner zu arbeiten! Ist es das, was die alte Linsenlocherin mit »hinterfotzig« meint?

Bevor Fanni sich schlüssig wurde, wie wahrscheinlich ein solches Vorgehen war, tauchte das Ortsschild von Birkenweiler im Licht der Taschenlampe auf. Siblinger blieb stehen und deutete zum Kirchturm hinüber, der – weil von einem Scheinwerfer angestrahlt – die ohnehin nur spärlich erleuchteten Gebäude ringsum dem Auge des Betrachters noch stärker entzog. »Ich nehm Kurs auf unser Kircherl, weil ich praktisch über der Sakristei wohne.«

Fanni war bisher nur recht selten im Ortszentrum von Birkenweiler gewesen, wusste jedoch, dass das Dorfwirtshaus – wie es in vielen ländlichen Gegenden der Fall war – direkt neben der Kirche lag.

Seitlich am Kirchenschiff führte eine schmale Gasse entlang, die an dem Vorbau, in dem die Sakristei untergebracht war, ein abruptes Ende nahm. Oberhalb dieses Sakristeivorbaus hatte sich früher ein breiter Balkon – in Niederbayern Schrot genannt – befunden. Irgendwann einmal war der Schrot geschlossen, wärmeisoliert und den Wohnräumen über der Gaststube angegliedert worden.

Offenbar hatte sich Siblinger im Bereich des ehemaligen Schrots eine kleine Wohnung eingerichtet.

Er reichte Sprudel die Taschenlampe. »Ihr werdet schon sehen, wie dringend ihr das Ding noch braucht. Also dann, kommt gut heim.«

Siblinger hob die Hand zu einer burschikosen Abschiedsgeste und ging in Richtung des beleuchteten Kirchturms davon.

Um nach Hause zu gelangen, mussten Fanni und Sprudel

weiterhin der Landstraße folgen, die am Ortskern vorbeilief und dabei wieder nach Osten zurückführte.

Die beiden gingen jetzt nebeneinander, denn Sprudel hatte Fanni bei der Hand genommen.

Anfangs war der Weg vom Lichtschein aus den Fenstern der paar Häuser, die die Straße am Ortsrand säumten, und von vereinzelten Außenlampen leidlich erhellt. Doch hinter der ersten scharfen Kurve, dort, wo seit einem tragischen Unfall eine Votivtafel stand, kam es dann so, wie Istari gesagt hatte. Es wurde so dunkel, als hätte man einen jener legendären Schrazlgänge betreten – wissenschaftlich Erdstall genannt –, die es in Niederbayern an vielen Orten gab, einen sogar im benachbarten Landkreis, mitten im Ortskern des Städtchens Viechtach.

Da hättet ihr aber alt ausgesehen ohne Istaris Lampe! Das Mädel ist nämlich klüger, als du denkst!

Fanni schämte sich auf einmal dafür, dass sie Istaris Verstand insgeheim so diskreditiert hatte.

Das Licht der Taschenlampe malte einen hellen Klecks auf den Asphalt.

Einem plötzlichen Impuls gehorchend hob Fanni den Blick zum Himmel. Mond? Sterne? Irgendwo müsste es doch einen winzigen Lichtschein geben.

Sieht aus, als hätten wir Neumond zurzeit! Und was die Sterne betrifft, müssen sie sich samt und sonders hinter Wolken versteckt haben. Zudem führt die Straße durch einen Wald. Falls sich also ein bisschen Sternenlicht durch eine Wolkenlücke wagt, wird es unverzüglich von den Baumwipfeln verschluckt.

Fanni und Sprudel folgten dem hellen Klecks, der vor ihnen herwanderte.

Nachdem sie einige Zeit im Schein ihrer Lichtquelle dahingestiefelt waren, gewahrte Fanni am Fahrbahnrand einen silbrig glänzenden Streifen.

Eine Leitplanke?

Richtig, dachte Fanni, das muss die Leitplanke sein, die diesen Streckenabschnitt auf beiden Seiten sichert.

Sie war oft genug hier entlanggekommen, um zu wissen,

dass das Gelände links und rechts der Straße auf einer Länge von gut hundert Metern steil abfiel. Die Abhänge waren von Felsen durchsetzt und mit dornigen Stauden sowie ein paar verkrüppelten Birken bewachsen.

Fanni und Sprudel hatten ungefähr die Hälfte der gesicherten Strecke zurückgelegt, als die Scheinwerfer eines Wagens vor ihnen auftauchten. Die beiden Lichtkegel befanden sich so hoch über dem Boden, dass es sich um ein größeres Gefährt handeln musste.

Im nächsten Moment war auch das Motorengeräusch zu vernehmen.

Ein großer, starker Wagen! Vielleicht ein Unimog oder so was!

Sprudel ließ Fannis Hand los, sodass sie sich einen Schritt zurückfallen lassen und hinter ihm gehen konnte. Eng an die Leitplanke gepresst tappten sie weiter.

Die näher rückenden Scheinwerfer tauchten die Distanz zwischen dem Wagen und den beiden Fußgängern in ein gespenstisches Licht.

Wieso macht der Kerl keine Anstalten, euch auszuweichen? Er müsste doch mal langsam ein Stück nach links ziehen!

Fanni spähte an Sprudels Schulter vorbei und erschrak. Der Wagen fuhr auf der Straßenseite, auf der sie gingen, hart an der Leitplanke entlang, obwohl die Fahrbahn reichlich Platz für ein großzügiges Ausweichmanöver bot. Er war nun keine dreißig Meter mehr entfernt und kam dröhnend näher.

Der Fahrer musste sie doch sehen, musste endlich Platz für sie machen.

Nur noch zwanzig Meter! Ihr solltet euch auf die andere Fahrbahnseite retten!

Fanni warf einen Blick dorthin. Die gegenüberliegende Straßenseite schien ihr plötzlich meilenweit entfernt.

Noch zehn!

Fannis gesamtes Blickfeld füllte sich mit einer gleißenden Helligkeit, die sie komplett blendete.

Noch fünf!

Im diesem Augenblick fühlte sich Fanni gepackt und über

die Leitplanke geschleudert. Im nächsten schlug sie hart auf und hörte gleichzeitig den Wagen vorbeidonnern.

Dann begann der Boden, auf dem sie lag, zu schwanken. Mit einem Poltern und Krachen kam der Stapel auf Meterstücke abgesägter Baumstämme, der hinter der Leitplanke auf einer ebenen Ausbuchtung auf ihren Abtransport wartete und auf dem sie gelandet war, ins Rollen.

Fanni krümmte sich zusammen und verschränkte die Arme schützend über dem Kopf.

Das Kollern und Rütteln wollte kein Ende nehmen.

Einer der Stämme schlug wie ein Rammbock gegen Fannis Rippen. Ein anderer knallte auf ihr Knie. Der stechende Schmerz ließ sie aufschreien.

Sie schrie erneut, als sich ein spitzes Holzstück in ihren Oberarm bohrte. Letztendlich traf sie ein Schlag zwischen die Schulterblätter und raubte ihr den Atem.

Auf einmal war es still. Sehr still. Die Holzstämme, die auf dem Absatz hinter der Leitplanke aufgeschichtet gewesen waren, lagen verstreut am Fuß des Abhangs.

Fanni befand sich irgendwo zwischen ihnen. Ihr Oberkörper ruhte auf einem Graspolster, Po und Beine waren auf einem der Rundhölzer zu liegen gekommen.

Du solltest mal checken, ob du dir was gebrochen hast!

Wie denn?, dachte Fanni. Mir tut ja alles weh. Jeder Knochen, jeder Muskel, jede Sehne.

Trotzdem! Du musst herausfinden, wie schwer du verletzt bist!

Fanni atmete ein paarmal tief ein und wieder aus, verspürte jedoch kein auffälliges Stechen oder Ziehen.

Okay! Jetzt die Extremitäten!

Gehorsam hob Fanni zuerst den linken Arm ein paar Zentimeter an, dann den rechten.

Und die Beine!

Sie zog beide Beine an, bis sie die Oberschenkel auf dem Bauch spürte.

Na also! Dann kannst du ja aufstehen!

Aber das wollte Fanni nicht.

Sie wollte hier an Ort und Stelle liegen bleiben, die Augen schließen und sich nie wieder rühren.

Und was ist mit Sprudel?

Sprudel!

Während sie nach ihm rief, drehte Fanni sich auf die Seite, stemmte sich hoch und kam ächzend auf die Füße. »Sprudel?« Ihre Stimme klang wie knirschende Glasscherben. »Sprudel!«

Keine Antwort.

Und rundherum nichts als Dunkelheit!

Aus Fannis Augen begannen Tränen zu quellen. Sprudel hatte es nicht geschafft. Er war von dem Fahrzeug zermalmt worden.

Jetzt aber mal langsam!

»In dieser Dunkelheit kann ich nicht einmal nach ihm suchen«, wimmerte Fanni und sackte wieder zusammen.

Wer sagt denn, dass er tot ist?

Fanni rührte sich nicht.

Wer sagt denn, dass er tot ist?

Keine Reaktion.

WER SAGT DENN, DASS ER TOT IST?

Widerwillig richtete sich Fanni auf, kam auf die Knie und starrte in die Dunkelheit, die nicht einmal Umrisse preisgab.

Wer nichts sehen kann, muss tasten! Blinde tun das ihr Leben lang!

Fanni stöhnte gequält auf, sah jedoch ein, dass die Gedankenstimme recht hatte. Sie würde auf der Suche nach Sprudel ihren Weg erspüren müssen.

Kniend tastete sie im Kreis um sich herum, um festzustellen, wie das Gelände beschaffen war, auf dem sie sich befand.

Hinter ihr erstreckte sich das Graspolster über ihre Reichweite hinaus, vor ihr blockierte kreuz und quer übereinanderliegendes Holz den Weg. Rechts fühlte sie dorniges Gesträuch, links berührte sie festen Waldboden, auf dem ein paar Blätter raschelten.

Da du nicht die geringste Ahnung hast, wo Sprudel sein könnte, kannst du ja den einfachsten Weg wählen!

Fanni nickte zustimmend, stand auf und wandte sich nach

links. Sie holte Luft, streckte die Arme nach vorne und machte einen prüfenden Schritt, dann noch einen und noch einen. Beim nächsten begann sie, Sprudels Namen zu rufen.

Nach einem Dutzend Schritte etwa blieb sie unschlüssig stehen.

Du hast recht! Wenn du weitergehst, entfernst du dich von der Absturzstelle. Falls aber Sprudel es noch über die Leitplanke geschafft hat, muss auch er zwischen das Holz geraten sein. Demnach wäre es wohl besser, unter den verstreuten Holzstämmen nach ihm zu suchen.

Fanni hätte beinahe laut aufgelacht: Und das ohne den kleinsten Lichtschein.

Gleichwohl drehte sie sich um, machte zehn Schritte zurück und wandte sich dann nach rechts, wo sich ihrer Berechnung nach das Holz befinden musste, das sie zuvor erspürt hatte.

»Sprudel!«

Was war bloß mit ihm geschehen?

Einen Lidschlag bevor der Wagen ihn zermalmen konnte, war es Sprudel noch gelungen, sich über die Leitplanke zu schwingen, wobei ihm die Taschenlampe in hohem Bogen aus der Hand geflogen war.

Wie Fanni landete auch er auf dem gelagerten Stammholz, stürzte jedoch, kurz bevor die Rundlinge in Bewegung gerieten, von dem Stapel wieder herunter und schlitterte – quasi an der Spitze der ihm nachjagenden Rundhölzer – den Steilhang hinab auf einen Felsbrocken zu, den er mit Kopf und Schulter rammte. Sprudel spürte, wie eine messerscharfe Kante in seine Wange schnitt, wie Kinn und Hals nass-klebrig wurden, und dann spürte er nichts mehr.

Fanni stieß sich die Füße an den verstreut liegenden Holzstämmen, verletzte sich die Hände an Gestrüpp und Geäst, rannte wiederholt mit dem Kopf gegen einen Baum.

Um Hindernissen auszuweichen, hatte sie inzwischen so oft die Richtung wechseln müssen, dass ihr völlig rätselhaft war, wohin sie sich eigentlich bewegte.

Da sah sie auf einmal den Lichtschein.

»Sprudel!«

Sie machte einen unbedachten Schritt auf die schwache Lichtquelle zu, was sich umgehend mit einem scharfen Schmerz rächte, der ihr Bein durchzuckte. Unfreiwillig ging sie in die Knie, rappelte sich jedoch sofort wieder auf und hinkte weiter.

Sie fand die Taschenlampe in einem Moosbett, das sie davor bewahrt hatte, zu erlöschen.

»Sprudel.«

Fanni bückte sich nach der Lampe und schwenkte sie in einem Bogen um sich herum.

Keine Spur von Sprudel.

Zumindest kannst du jetzt gezielt nach ihm suchen!

Wo denn?

Hier! Dort! Never give up!

Fanni stöhnte auf. Die Gedankenstimme war manchmal zum An-die-Wand-Werfen.

Sie blieb eine Weile stehen und erforschte die Umrisse, die sich jetzt dank der Taschenlampe in der Dunkelheit abzeichneten. Dabei registrierte sie, dass sie sich links von der Stelle befand, an der sich der größte Teil des Rundholzes angehäuft hatte. Sie entschied sich, die Ansammlung zu umrunden.

Wenn du Sprudel nicht bald findest, dann könnte es tatsächlich sein, dass er es nicht mehr über die Leitplanke geschafft hat!

Fanni begann zu schluchzen, während sie vorwärtsstolperte.

8

»Sprudel?«

»Fanni?«

»Sprudel!« Sie begann zu laufen, fiel hin, sprang auf, rannte weiter.

»Sprudel?«

»Ich bin hier, Fanni.«

Dem Ruf folgte ein Knacken und Rascheln. Offenbar versuchte Sprudel, ihr entgegenzugehen.

Das Geräusch brechender Zweige kam näher. Fanni hielt darauf zu. Einen Augenblick später warf sie sich in Sprudels Arme.

Als sie ihr Gesicht an seine Wange legte, zuckte er zurück. Einen Moment lang war sie irritiert, bis sie die klebrige Nässe spürte. Sie löste sich von ihm und leuchtete in sein Gesicht. Sprudel kniff geblendet die Augen zu.

Fanni sog scharf die Luft ein, als sie die klaffende Wunde quer über seiner Wange sah.

Er nahm ihr die Taschenlampe aus der Hand.

»Warum hast du dich nicht schon eher gemeldet?«, fragte Fanni vorwurfsvoll.

Sprudel zögerte mit der Antwort. »Ich fürchte, ich habe für kurze Zeit die Besinnung verloren.« Das Eingeständnis schien ihm peinlich zu sein. »Als ich zu mir gekommen bin, hat es eine Weile gedauert, bis ich wieder wusste, was passiert ist. Dann habe ich dich rufen hören und mich sofort gemeldet.«

Fanni bedauerte den tadelnden Ton und sagte fürsorglich: »Bist du verletzt – außer an der Wange, meine ich?«

Sprudel verneinte. »Jedenfalls nicht ernsthaft, denke ich«, fügte er hinzu. Dann verstummte er, und sie standen sich eine Weile schweigend gegenüber.

Was wird das jetzt? Ein Tête-à-Tête im Tannicht?

Sprudel räusperte sich. »Wir sollten versuchen, uns nach Hause durchzuschlagen.«

Sie kamen schnell überein, dass es unmöglich sein würde, den Steilhang, den sie in Begleitung der Holzstämme hinuntergekullert waren, wieder zu erklimmen. Aber selbst wenn es ihnen gelingen sollte, sich hinaufzuarbeiten – wäre es klug, zur Straße zurückzukehren? Warum in aller Welt hatte der Wagen so unbeirrt auf sie zugehalten? War der Fahrer eingeschlafen, oder hatte er es auf sie abgesehen gehabt?

Jedenfalls würden sie die Straße vorsichtshalber meiden.

Never challenge your fate!

Fanni stöhnte vernehmlich auf. Großer Gott! Hatte einer der Holzprügel der Gedankenstimme ein Schleudertrauma verpasst? Fanni war ja einiges gewohnt aus ihrer Gedankenwelt – aber Never-Sprüche?

»Bist du etwa verletzt?«, fragte Sprudel erschrocken.

»Bestimmt nicht ernstlich«, beruhigte ihn Fanni und setzte sich in Bewegung. »Wir haben wohl keine andere Wahl, als uns hier unten parallel der Fahrbahn entlangzukämpfen.«

»Und zu hoffen«, ergänzte Sprudel, »dass wir heimfinden.«

Das Vorwärtskommen am Fuß der Böschung zeigte sich bedeutend schwieriger als gedacht. Dorniges Gestrüpp musste umgangen werden, Geäst und Felsbrocken erwiesen sich als Stolperfallen, es galt, Gräben und Aushöhlungen zu überwinden.

Sprudel tappte mit der Lampe in der Hand voran, und Fanni blieb ganz dicht – auf Tuchfühlung quasi – hinter ihm.

Wir schaffen es nicht, dachte sie, nachdem sie eine Weile im Zickzack gelaufen waren. Zu ihrer Misere kam hinzu, dass Sprudel sichtlich hinkte. Bei jedem Schritt unterdrückte er ein Stöhnen.

Und er tut gut daran, es zu unterdrücken! Ihr müsst ja weiter, oder wollt ihr hier Wurzeln schlagen wie das Gestrüpp um euch herum?

Wir könnten über Handy einen Notruf absetzen, dachte Fanni.

Sie wollte es gerade aussprechen, als sie Sprudel befreit aufatmen hörte. Gespannt spähte sie über seine Schulter.

Im Schein der Lampe konnte sie erkennen, dass der Bewuchs

auf einmal spärlicher wurde. Nach wenigen Metern hörte er ganz auf.

»Der Gänseanger«, sagte Sprudel erleichtert.

Kein Zweifel! Da drüben lässt sich sogar die Scheune mit dem eingebrochenen Dach ausmachen, die auch von Lenis Anwesen aus zu sehen ist! Jetzt habt ihr es nicht mehr weit!

Wir müssen den Anger allerdings noch überqueren, dachte Fanni.

Sprudel hinkte langsam weiter.

Hier war das Vorwärtskommen einfacher, der Untergrund zeigte sich weich, geradezu elastisch.

Es war zwar immer noch sehr dunkel, aber die Schwärze wirkte nun nicht mehr ganz so dicht. Der Lichtkegel der Taschenlampe schien auf einmal einen ausgedehnteren Umkreis zu erfassen, und Sprudels Gestalt trat viel ausgeprägter hervor.

Fanni erkannte, dass es der rechte Fuß war, der ihm Schwierigkeiten bereitete. Als sie schärfer hinschaute, wurde ihr klar, warum.

Heiliger Bimbam! Er hat ja den rechten Schuh verloren! Kein Wunder, dass er so humpelt! Die Dornen müssen ihn ganz schön gepiesackt haben!

Mit zwei schnellen Schritten holte Fanni auf, sodass sie auf gleicher Höhe mit Sprudel war, und bat ihn, sich auf sie zu stützen.

Sprudel legte ihr gehorsam den Arm um ihre Schultern – jedoch ohne sein Gewicht im Geringsten zu verlagern. Fanni setzte zu einem Protest an.

Willst du eine Debatte anfangen oder so schnell wie möglich nach Hause kommen?

Nach Hause, dachte Fanni und ließ zu, dass Sprudel sich weiter abplagte.

Während sie den Anger querten, schien der sich auszudehnen und mit jeder Minute größer zu werden.

Fanni stöhnte gepeinigt. Jeder Zentimeter ihres Körpers tat ihr weh. Sprudel zog sie näher an sich heran.

Irgendwann erreichten sie die Westgrenze von Lenis Anwesen, folgten ihr bis zum Gartentor, das offen stand, und humpelten zur Haustür.

Sprudel überließ es Fanni, aufzuschließen, während er an der Hausmauer lehnte.

Die Socke an seinem rechten Fuß, wo er den Schuh eingebüßt hatte, war blutgetränkt.

»Wir müssen dich ins Krankenhaus bringen«, sagte Fanni, als sie ihm im Hausflur gegenüberstand. Sie hatte die Tür eiligst geschlossen und von innen verriegelt.

Sprudel schüttelte den Kopf.

»Dein Fuß muss behandelt und die Wunde an der Wange muss genäht werden«, insistierte Fanni.

Sprudel hob abwehrend die Hände. »Sieht wahrscheinlich schlimmer aus, als es ist. Und außerdem …«

Er sah an sich hinunter.

Erst jetzt bemerkte Fanni, wie zerrissen und verdreckt seine Kleidung war. Am Hemd klebten Erdklumpen, Sägespäne und Grashalme. Im rechten Hosenbein klaffte ein breiter Riss, der eine aufgeschürfte Wade erkennen ließ. Die Socke war nur noch ein Knäuel aus blutigen Fetzen. Ebenso blutige Zehen ragten daraus hervor.

Unfallopfer präsentieren sich nun mal nicht wie aus dem Ei gepellt!

Wohl wahr, dachte Fanni und sagte: »Du brauchst ärztliche Behandlung und eine Tetanusspritze.«

»Ich bin mit sämtlichen Impfungen auf dem Laufenden«, widersprach Sprudel. »Tetanusauffrischung hatte ich erst vor einem Jahr – vor unserer Reise nach Marokko …« Er verstummte. Doch bevor Fanni darauf dringen konnte, dass Fuß und Wange in der Notaufnahme des Krankenhauses fachgerecht verarztet werden müssten, fuhr er fort: »Lass uns so vorgehen: Wir desinfizieren die offenen Schrammen, dann nehme ich ein heißes Bad, und dabei oder danach wird sich herausstellen, wie weit es im Argen liegt.« Er nahm ihre Hand und zog sie vor den Garderobenspiegel. »Du solltest einen Blick hineinwerfen, Fanni.«

Das tat sie und schreckte zurück. Ihr Gesicht war zerkratzt

und blutverschmiert, wobei es sich wohl eher um Sprudels Blut handelte als um ihr eigenes. Sie musste eine ganze Menge davon abbekommen haben, als sie ihre Wange an seine gepresst hatte. Eine Dreckkruste hatte ihre Haare am Kopf geradezu festgebacken, und aus ihrer Stirn wuchs eine veritable Beule.

Sie verzichtete darauf, Restfanni zu begutachten, und nickte Sprudel zu. »Ich nehme eine Dusche.«

Er versuchte sich an einem Lächeln. »Eine Dusche, einen Salbenverband für die Prellungen, Kamillenteeumschläge für die Blutergüsse und ein weiches Bett würde ich Ihnen empfehlen, Miss Marple.«

Fanni nahm Sprudel an der Hand und zog ihn mit sich ins untere Badezimmer, in dem sich auch das Medizinschränkchen befand.

Never walk alone!

Fanni zuckte zusammen. Diese Never-Sprüche *mussten* wieder aufhören!

Während das Wasser in die Wanne lief, desinfizierte Fanni Sprudels Wunden und klebte Pflasterstrips quer über die Schnitte, damit die Wundränder zusammengehalten wurden.

Dann zogen sie sich beide aus und warfen ihre Kleidung in einen Plastikeimer. Um die konnte man sich später kümmern.

Nachdem Sprudel in die Wanne gestiegen war, verschwand Fanni in der Duschkabine.

Never felt less like dancing!

Herrgott. Die Gedankenstimme war übergeschnappt.

In Bademäntel gehüllt saßen sie in der Küche und tranken Kräutertee.

»Wie fühlst du dich?«, fragte Sprudel.

»Ehrlich gesagt, wie in einen Reißwolf geraten«, erwiderte Fanni. »Und du?«

»Genauso«, antwortete er. »Es wird bestimmt auch eine ganze Weile dauern, bis die Beulen, Prellungen, Zerrungen und Was-weiß-ich-noch-alles verheilt sind – ob mit oder ohne Arzt. Ich wette, das macht keinen Unterschied. Und ich würde mich jetzt viel lieber schlafen legen, als in der Gegend herumzugondeln, um mir ein neues Pflaster aufkleben zu lassen.«

Fanni sah ihn argwöhnisch an. »Meinst du nicht, dass du eine Gehirnerschütterung hast? Schließlich bist du eine Zeit lang bewusstlos gewesen, da sollte man doch damit rechnen.«

»Auf alle Fälle«, erwiderte Sprudel. »Aber wenn man eine Gehirnerschütterung hat, sollte man stillliegen; ein guter Grund also, nicht herumzugondeln.«

Trotz gewisser Bedenken musste Fanni ihm recht geben »Na gut, legen wir uns hin und versuchen wir, zu schlafen.«

Dem ersten Impuls gehorchend, folgte sie Sprudel nach oben in das Schlafzimmer, das sie (wie man ihr glaubhaft versichert hatte) immer benutzt hatten, als sie (wie man ihr ebenfalls versichert hatte) ein Paar gewesen waren.

Never sleep alone!

Herrgott noch mal.

9

Als Fanni erwachte, füllte Sonnenschein das Zimmer.

Die Sonne steht hoch! Es muss schon nach Mittag sein!

Fanni war geradezu dankbar, dass ihr die Gedankenstimme nicht gleich wieder einen dieser Never-Sprüche auftischte.

Sie warf einen Blick auf die Uhr am Nachttisch: vierzehn Uhr drei.

Ein wenig zögernd drehte sie sich zur anderen Seite, um – unter spürbarem Herzklopfen – Sprudel anzusehen.

Sie schaute in ein lächelndes Gesicht.

Gesicht? Seine Visage sieht zum Fürchten aus!

Das ließ sich nicht bestreiten. Abgesehen von dem hässlichen Riss in der Wange und allen möglichen Kratzern hatte er einen Bluterguss seitlich am Kinn und eine Schwellung unterm Auge.

Als Fanni seinen Blick auffing, wusste sie, dass sie nicht viel besser aussah. Sie fühlte sich wie ein Boxer nach etlichen Runden im Ring.

Sprudel hob fragend eine Augenbraue.

»Windelweich geschlagen, aber spürbar auf dem Weg der Besserung«, sagte Fanni. »Ein kräftiges Frühstück, und ich bin wieder so gut wie neu.«

Sprudel behauptete von sich dasselbe, deshalb beschlossen sie, aufzustehen und es in die Tat umzusetzen.

Fanni hatte sich gerade die dritte Tasse Milchkaffee eingeschenkt und die dritte Brotschnitte in Angriff genommen, als es an der Haustür klingelte. Sie bat Sprudel, der sich wegen seines lädierten Fußes beim Laufen schwerer tat als sie, sitzen zu bleiben, und ging – ein wenig hinkend noch – zur Tür.

Draußen stand Hans Rot. Er starrte entsetzt auf die inzwischen blau verfärbte Beule auf Fannis Stirn, auf die Schrammen in ihrem Gesicht und die Quetschung an ihrem Hals. Dann lief er dunkelrot an.

»Hat dich der Kerl etwa …« Er sprach nicht weiter, aber es war offensichtlich, was er dachte.

Das kann doch nur Hans Rot einfallen – zu glauben, Sprudel hätte dich verprügelt!

Fanni machte sich nicht die Mühe, seinen Verdacht mit Worten zu entkräften. Sie sagte bloß »Komm rein« und führte ihn zum Essplatz. Hans hatte die Fäuste geballt, während er hinter ihr herstapfte.

Als er Sprudel sah, entspannte er sich. »Was ist denn euch passiert?«

»Kleines Missgeschick«, antwortete Sprudel in einem Ton, der weitere Fragen vorerst unterband.

Fanni stellte eine Tasse Kaffee vor Hans hin, reichte ihm den Brotkorb und forderte ihn auf, zuzugreifen. Er bediente sich. Einige Minuten lang aßen sie schweigend. Als Fanni jedoch merkte, dass Hans nicht länger an sich halten konnte – eine Sekunde noch, und er würde kategorisch verlangen, darüber aufgeklärt zu werden, was vorgefallen war –, kam sie ihm zuvor.

»Kennst du eigentlich Kajetan Wagenbauer, der in Birkenweiler ein Bauunternehmen betreibt?«

Hans ließ sich ablenken. »Den Kajetan?«, erwiderte er (wie eh und je mit vollem Mund). »Klar kenn ich den. Der kommt ganz nach seinem Vater, dem Wagenbauer Kaspar, mit dem die Linsenlocherin in erster Ehe verheiratet gewesen ist. Der Kaspar hat was draufgehabt, der hätte es weit gebracht, wenn ihn nicht am Birkberg der Blitz erschlagen hätt.« Er biss wieder in sein Käsebrot und fuhr kauend fort: »Seit der Kajetan wieder da ist, geht's hoch her im Gemeinderat von Birkenweiler. Vor drei Jahren hat er durchgesetzt, dass der Fuchsenanger zum Baugebiet erklärt worden ist, dann hat der Wolfanger hermüssen, und jetzt will er's richtig krachen lassen.«

»Feriendorf Birkenweiler«, warf Sprudel ein. »*Die* Touristenattraktion.«

Hans grinste. »Ein paar von unseren Gemeinderäten in Erlenweiler – vom Feriendorf-Projekt wäre ja die ganze Region betroffen – sind schwer dafür. Der Kajetan macht es uns aber auch richtig schmackhaft: Arbeitsplätze noch und noch, umfassende Erschließung, bessere Verkehrsanbindung, vernünftige Abfallentsorgung.« Er hob die Hand mit dem Käsebrot. »Mit der Abfallentsorgung krankt es doch hinten und vorne bei uns, da können die vom ZAW verkünden, was sie wollen. Tatsache bleibt, dass jede verschissene Windel zur Entsorgung nach München geschickt wird. Das muss man sich mal auf der Zunge zergehen lassen.« Hans biss vom Brot ab und sagte kauend: »Abfallentsorgung ist in unserer Zeit zu einer der größten Herausforderungen geworden.«

Ah, dachte Fanni, Hans hat sich die Diskussionen im Gemeinderat persönlich angehört.

Womöglich sitzt er ja selbst drin! Kann doch gut sein, dass er längst hineingewählt worden ist!

Fanni nickte. Es war durchaus wahrscheinlich.

Inzwischen hatte Hans weitergesprochen. »... ein Kostenfaktor, der nicht zu unterschätzen ist. Und was folgt daraus? Wir müssen zusehen, dass der Müll uns auch was einbringt. Was könnte das denn sein?« Er schaute fragend in die Runde.

Fanni gab sich kein bisschen Mühe, darüber nachzudenken. Hans würde die Musterlösung des Müllproblems ohnehin gleich zum Besten geben. Sie warf einen Blick auf Sprudel, der mit völlig ausdrucksloser Miene seinen Kaffee trank.

»Der Müll muss uns Energie liefern«, sagte Hans mit selbstgefälliger Stimme. »Die Dänen beispielsweise sind uns da weit voraus. L90 im dänischen Esbjerg ...« Er begann mit Fachausdrücken und Zahlen um sich zu werfen: »Wärmeleistung, Heizwert ...« Fanni hörte nicht mehr hin.

Sie erhob sich, um die Kaffeekanne aufzufüllen. Dann riss sie ein Blatt von der Küchenrolle und feuchtete es an, weil Hans Zucker auf dem Tisch verstreut hatte, den er nun mit dem Jackenärmel in sämtliche Richtungen verteilte. Sie wischte alles auf und warf das Küchentuch in den Mülleimer.

Als sie sich wieder an den Tisch setzte, hatte Hans das Thema Abfallwirtschaft offenbar beendet, denn er sagte gerade: »... fette

Einnahmen. So ein Feriendorf würde unseren Geschäften und Betrieben fette Einnahmen bringen.«

»Aber wenn ich es recht verstanden habe«, sagte Sprudel, »fehlen dem Bauherrn für sein ambitioniertes Projekt noch ein paar Grundstücke, die leider nicht zu haben sind.«

»Sag das nicht«, antwortete Hans Rot. »Das Linsenlocher-Gehöft hat die Linsenlocherin zwar längst dem Hubert und der Erika überschrieben, aber die können gar nicht anders, als sich mit dem Kajetan irgendwie einig zu werden, weil die sowieso nicht mehr aus noch ein wissen. Das Gehöft wirft ja fast nichts mehr ab, wie es heißt. Und der Hubert ist keiner, der selber groß was auf die Beine stellen könnte.«

Hans schlürfte einen Schluck Kaffee und grinste hämisch. »Der Einzige, der dem Projekt hätte gefährlich werden können, weil er niemals verkauft hätte und sowieso absolut gegen den Ferienpark gewesen ist, war der Ole Jesper. Aber der lebt ja nun nicht mehr.« Er machte eine bedeutsame Pause, bevor er hinzufügte: »Und selbst den hätte der Kajetan austricksen können.«

Sprudel tat ihm den Gefallen zu fragen: »Wie denn?«

»Mit dem Linsenlocher-Grund hat doch der Kajetan den Fuß in der Tür«, belehrte ihn Hans und hob schulmeisterlich den Zeigefinger. »Er braucht doch einfach bloß hergehen und anfangen, dort rumzugraben: Grundfest fürs Hotel, Grube für den Pool, dies und das. Den ganzen Tag nichts als Lärm, Dreck überall, Baucontainer, wo die Arbeiter untergebracht sind, die – na ja, man kann sich ja denken, woher die kommen.«

Hans schwieg einen Moment, bis ihm einzufallen schien, worauf er eigentlich hinauswollte. »Meint ihr, der Birkengrund und euer Häuschen da sind dann noch Fleckchen, wo man wohnen mag?« Er zog fragend eine Augenbraue hoch. »Nicht für Geld und gute Worte – wie es so schön heißt – hätte der Jesper dem Kajetan den Birkengrund gegeben. Aber lasst euch eins gesagt sein, den Baulärm hätte er nicht lang ausgehalten. Und spätestens wenn das Wasser im Birkenbach als verschlammte Brühe an seiner Hütte vorbeigeflossen wäre, hätte der Jesper aufgegeben und den Birkengrund, ohne lang zu fackeln, verhökert.«

Hans lehnte sich zufrieden zurück, beugte sich im nächsten Moment jedoch wieder nach vorn und sagte mit Nachdruck: »Lasst bloß nicht zu, dass die Leni wartet, bis sie keine andere Wahl mehr hat, als zu verkaufen. Am besten, sie versucht sofort herauszuschlagen, was geht, sobald ihr der Kajetan ein Angebot macht. Nicht, dass sie irgendwann froh sein muss, wenn er ihr überhaupt noch was gibt für den Grund.« Mit einem Nicken nahm er den Teller mit Muffins entgegen, den Fanni ihm reichte. »Glaubt mir, der Kajetan sitzt am längeren Hebel. Der hat die Baulobby hinter sich, und die hat das Sagen. So läuft das bei uns, aber es läuft ja nicht schlecht.«

Never touch a running system!

»Grmpf«, machte Fanni. Die beiden Männer warfen ihr fragende Blicke zu. Da beeilte sie sich zu sagen: »Was den Birkengrund betrifft, hat Kajetan ja jetzt sein Fell auf dem Trockenen.«

Sie sah Sprudel nicken, Hans jedoch erschrocken die Hand heben. Dabei brach von dem Muffin, den er sich genommen hatte, ein erkleckliches Stück ab, fiel auf den Boden und zerbröselte dort.

»Jetzt hätte ich beinahe vergessen, warum ich eigentlich hergekommen bin. Die Leni hat mich vorhin angerufen und gesagt, ich soll nachsehen, was los ist. Sie versucht seit Stunden, euch zu erreichen. Handys, Festnetz – alles tot.«

Leni hat Hans Rot geschickt, um nach euch zu sehen? Sie muss ja völlig außer sich sein vor Sorge! Hans Rot hierherzuschicken! Never stop asking why!

»Leni hat nämlich in den Nachrichten gehört«, erzählte Hans weiter, »dass die Annemarie Linsenlocher heute Nacht umgekommen ist.«

Einen Augenblick lang herrschte fassungslose Stille. Dann sagte Fanni mit gepresster Stimme: »Istari ist tot?«

Hans Rot nickte. »So hat sie genannt werden wollen, seit sie auf diesem Eso-Trip ist. Scheinen sich aber nicht viele Leute daran gehalten zu haben. Ja, sie ist in einer Schlammgrube ertrunken.«

»Wie …?«, begann Fanni und wusste dann nicht recht weiter.

Hans zuckte die Schultern. »Im Radio haben die sich nicht näher darüber ausgelassen, und die Praml hat mir auch nicht mehr dazu sagen können.«

Hans Rot hatte also bereits bei den Nachbarn herumgefragt, insbesondere bei Frau Praml, der Vorsitzenden des katholischen Frauenbundes. Unter Frau Pramls Oberhoheit liefen zwar mehr Mitteilungen hinter vorgehaltener Hand zusammen als im Beichtstuhl des Pfarrers, aber offenbar hatten sich noch keine Einzelheiten herumgesprochen.

Fanni fühlte sich wie vor den Kopf geschlagen, und Sprudel schien es ähnlich zu ergehen. Keiner der beiden wusste etwas zu sagen.

Hans merkte anscheinend, wie betroffen sie waren, denn er aß schweigend den Rest seines Muffins auf, trank die Kaffeetasse leer und erhob sich. Mit einem bedeutsamen Blick auf den Frühstückstisch und auf die legere Kleidung der beiden (Fanni trug ein ausgeblichenes T-Shirt über schlabberigen Baumwollhosen, Sprudel ein Sweatshirt zu Jogginghosen) sagte er: »Dann kann ich Leni ja berichten, dass es euch – bis auf ein paar mysteriöse Blessuren – gut geht und dass ihr nur nicht gestört werden wolltet.« Was er dann noch hinzufügte, klang bissig. »Schön, dass ich wenigstens noch den Boten spielen darf.«

Never tell me to keep calm!

Ich *bin* ruhig, dachte Fanni. Ich bin die Ruhe selbst. Hans kann reagieren, wie er will; sagen, was er will; tun, was er will; bröseln, wie er will – ich sehe es völlig gelassen.

Sie stand auf, begleitete ihn zur Tür, dankte ihm fürs Vorbeikommen. Doch anstatt dann höflich abzuwarten, bis er in seinen Wagen gestiegen war, ließ sie die Haustür recht unsanft ins Schloss fallen und eilte in die Küche zurück, wo sie kraftlos auf ihren Stuhl sank.

Sprudel legte ihr wortlos die Hand auf den Arm.

»Sprudel, *wir* sind schuld, dass sie nicht mehr lebt«, stieß

Fanni hervor. »Istari muss gestern auf dem Rückweg in diesen Graben hinter dem Absperrband gefallen sein, weil sie *uns* die Taschenlampe überlassen hat.«

Sprudel war deutlich anzusehen, dass er ebenso dachte. Dennoch sagte er: »Lass uns nicht vorschnell –«

Fanni schnitt ihm das Wort ab. »Wir müssen uns vergewissern.« Noch während sie sprach, sprang sie auf.

»Aber wie –«, begann Sprudel.

Erneut fiel sie ihm ins Wort. »Wir machen einen Kondolenzbesuch.«

»So, wie wir aussehen?«

»Wir ziehen uns um und pudern uns die Nase. Das genügt.«

Sowieso, ihr geht ja nicht zu einem Casting!

Fanni wartete mit angehaltenem Atem, doch das »never …« blieb aus.

Sie eilte ins Badezimmer.

Never hesitate!

Wie tags zuvor benutzten Fanni und Sprudel den Pfad am Birkenbach entlang, um zum Linsenlocher-Anwesen zu gelangen. Sie kamen allerdings bedeutend langsamer voran als gestern.

Die Zehen an Sprudels rechtem Fuß waren inzwischen angeschwollen, sodass sie, obwohl er Sandalen trug, bei jedem Schritt zwickten und zwackten. In Fannis Knie saß ein ziehender Schmerz, der nun, sobald sie es belastete, zu einem fiesen Stechen wurde. Am liebsten hätte sie sich auf einen Stock gestützt.

Als sie nach etlichen Rastpausen das Linsenlocher-Gehöft erreichten, war der gesamte Vorplatz mit Autos zugeparkt. Auf der Gred standen zwei Männer mit qualmenden Zigaretten.

Eindeutig Linsenlocher Gfrieser!

Trotz der kruden Ausdrucksweise musste Fanni ihrer Gedankenstimme recht geben. Die Männer – der eine gut in den Dreißigern, der andere ein bisschen jünger – waren unverkennbar Brüder von Annemarie und Erika Linsenlocher. Genauso wie die beiden Schwestern waren sie spitznasig und hohlwangig, ihre Augen lagen tief in den Höhlen, insgesamt wirkten ihre Gesichtszüge auffällig scharf.

Fanni ging auf die beiden zu und sprach ihnen ihr Beileid aus. Sprudel folgte ihrem Beispiel.

Der ältere der Linsenlocher Brüder wies mit der brennenden Zigarette auf die Haustür. »Geht's nur rein.«

Die Wohnstube war derartig überfüllt, dass Fanni und Sprudel am Eingang stehen bleiben mussten.

Fanni sah sich suchend um, entdeckte jedoch kein vertrautes Gesicht. Am liebsten wäre sie wieder umgekehrt und nach Hause gegangen. Was hatte es für einen Sinn, sich unter all diese fremden Leute zu mischen? Selbst wenn sie versuchte, mit dem einen oder anderen ein Gespräch anzuknüpfen, würde sie dann die Informationen bekommen, auf die sie aus war?

Warum nicht?

Fanni zögerte. Der Gedanke, in diese Menschenansammlung eintauchen zu müssen, ließ sie schaudern. Ihr Knie begann zu pochen. Und Sprudel …

Never break down!

Fanni schluckte ein Schimpfwort hinunter und fing an, sich durch die Menge zu winden.

Ein Kleinkind auf einem Trettraktor zwang sie, in Richtung des Nebenraumes auszuweichen, in dem sie mit Basti – war das wirklich noch keine vierundzwanzig Stunden her? – Hausaufgaben gemacht hatte. Als sie einen Blick hineinwarf, sah sie ihn auf dem Sofa sitzen.

Er fuhrwerkte an einem Gerät herum, das Fanni für den tags zuvor erwähnten Nintendo hielt.

Sie trat ein und schaute ihm über die Schulter.

Er sah nur für einen winzigen Augenblick zu ihr auf. »›Race Stars‹.«

»Auch von Ole?«, fragte Fanni, während sie sich neben ihn setzte. Sprudel nahm ebenfalls Platz und streckte mit einem unterdrückten Stöhnen das rechte Bein von sich.

Basti schüttelte den Kopf. »Von seinem Bruder.«

Die Auskunft verblüffte Fanni. »Ole Jespers Bruder?«
»Genau, Sven heißt er.«
Fanni war so überrascht, dass sie zu stottern begann: »Sven Jesper hat … Er hat dir ein … er hat dir ein Computerspiel geschenkt?«
Basti nickte. »Neulich, wie er da war.«
Bevor Fanni erneut ein Stammeln von sich geben konnte, sagte Sprudel: »Hat euch Sven Jesper öfters besucht?«
Basti verneinte.
»Und warum das eine Mal?«, fragte Sprudel ohne Umschweife.
Basti zuckte die Schultern. »Ich glaub, der ist wegen dem Kajetan gekommen. Weil mit dem ist er dann zum Birkberg rübergefahren, wo er seine Firma hat – der Kajetan.« Er hob den Kopf und warf einen Blick in die Wohnstube hinüber. »Wenn ihr wissen wollt, was die zwei miteinander zum Bereden gehabt haben, dann müsst ihr den Kajetan selber fragen, der kommt eh grad.«
Offenbar wollte Kajetan soeben am Durchgang zum Nebenzimmer vorbeigehen. Er blieb jedoch abrupt stehen, als er Fanni und Sprudel dort drinnen sitzen sah. Einen Augenblick lang schaute er sie derart bestürzt an, dass Fanni sich fragte, ob sich etwa die Puderschicht aufgelöst hatte, mit der sie die Schrammen und Blutergüsse in ihren Gesichtern zu kaschieren versucht hatte. Ein Blick auf Sprudel zeigte ihr jedoch, dass außer dem Schnitt in der Wange so gut wie nichts zu sehen war.
Inzwischen hatte sich Kajetan gefangen. Er betrat den Raum, zog sich einen Hocker heran und setzte sich Fanni und Sprudel gegenüber.
»Trauriger Anlass, der euch hergeführt hat.«
Fanni schluckte. »Wir fühlen uns schuldig. Annemarie hat uns gestern ihre Lampe überlassen und wollte in völliger Dunkelheit zum Haus zurückgehen. Dabei muss sie …« Sie konnte nicht weitersprechen.
»Vielleicht hätte ihr eine Lampe was genützt«, antwortete

Kajetan. »Vielleicht aber auch nicht. Die Antwort darauf macht sie jedenfalls nicht wieder lebendig.«

»Sie muss dort, wo das Absperrband hing, in die Schlammgrube gestürzt sein«, sagte Fanni.

»Keine Frage, dass es so war«, antwortete Kajetan. »Die Polizei hat den Hergang genau rekonstruiert.«

Fanni und Sprudel sahen ihn daraufhin so erwartungsvoll an, dass er sich genötigt sah zu erklären: »Anscheinend hat die Annemarie auf dem Rückweg zum Haus ihre Hand am Absperrband entlanglaufen lassen. Das hätte wahrscheinlich jeder so gemacht, weil das Band in der Dunkelheit die deutlichste Streckenführung war. Aber unglücklicherweise muss kurz zuvor ein Stück vom Grubenrand eingebrochen und abgesackt sein, sodass das Band statt über feste Erde über ein Loch gespannt war. Die Annemarie ist da dann wohl voll hineingetreten und in die Grube gerutscht. Und dabei ist es wieder ganz und gar unglückselig zugegangen. Sie ist nämlich mit dem Kopf auf einen Stein aufgeschlagen, und davon muss sie ohnmächtig geworden sein. Das wiederum hat dazu geführt, dass sie ertrunken ist. Ja, so ist das abgelaufen, sagt die Polizei.«

Fannis Stirn legte sich in argwöhnische Falten. Konnte es sein, dass Istari Siblingers Demonstration innerhalb weniger Minuten vergessen hatte? Wusste sie auf dem Rückweg schon nicht mehr, dass unter dem Absperrband eine Bresche klaffte?

Wie oft rennst du selbst denn blind und kopflos herum?

Kajetan machte eine einladende Geste zur Wohnstube. »Die Eltern sitzen da drüben. Ich nehme an, ihr wollt ihnen euer Beileid aussprechen.«

Fanni und Sprudel nickten und erhoben sich.

Fanni warf einen Blick auf Basti, der jedoch so in seinen Gameboy vertieft war, dass sie davon absah, ihn mit einem Abschiedsgruß zu belästigen. Schweigend folgte sie Kajetan in den angrenzenden Raum, der ihr nun etwas gelichtet schien. Ein paar der Besucher hatten sich offenbar inzwischen verabschiedet.

Kajetan führte Fanni und Sprudel an den Tisch, an dem sie tags zuvor zu Abend gegessen hatten.

Im stoischen Gesicht der Linsenlocherin zuckte kein Muskel, als Fanni ihr kondolierte. Der Linsenlocher nahm die Beileidsbezeugung mit einem Grunzen zur Kenntnis.

Erika, die mit rot geweinten Augen neben ihren Eltern saß, bedankte sich bei Fanni und Sprudel für die Anteilnahme und nötigte sie auf zwei Stühle, die soeben frei geworden waren.

Fanni kam neben Hubert zu sitzen, der apathisch in sein Bierglas stierte.

»Oft und oft hat mir die Annemarie gesagt, dass der Ole und sie nebeneinander beerdigt werden wollen, wenn ihnen was passieren tät«, sagte Erika.

Offensichtlich hatte sich das Gespräch der Familie um Fragen zur Bestattung gedreht, war jedoch durch das Auftauchen von Fanni und Sprudel unterbrochen worden.

Die Linsenlocherin reckte den Kopf und fasste ihre Tochter scharf ins Auge. »Die Annemarie wird in unserm Familiengrab auf dem Birkenweiler Friedhof beerdigt. Der Herrgott gebe ihr die ewige Ruhe.« Der Ton der Alten ließ nicht den geringsten Widerspruch zu.

Amen!

»Die Annemarie hat aber ...«, wagte Erika einzuwenden.

Der eisige Blick ihrer Mutter schien ihr die Zunge gefrieren zu lassen, bevor sie ausreden konnte. Hilfesuchend sah sie zu ihrem Mann hinüber.

Der schaute von Erika zu seiner Schwiegermutter und wieder zurück. Dann sagte er bedächtig: »Weiberleut reden viel, wenn der Tag lang ist.«

Der alte Linsenlocher grunzte zustimmend.

»Versteh doch, Erika«, sagte Kajetan, der sich neben sie auf die Bank gequetscht hatte. »Den Ole holt seine Familie ab, sobald seine Leiche freigegeben ist, und bringt ihn nach Dänemark. Sollen wir denen unsere Annemarie einfach mitgeben, meinst, sie würden sie nehmen?«

Erika fing an zu schluchzen.

»Und wir«, setzte er hinzu, »wollen sie doch auch gar nicht hergeben, oder? Wir wollen ihr doch sonntags ein Licht anzünden auf dem Grab, wollen ihr Blumen hinlegen und zu Weihnachten Tannenzweige.«

Erika weinte jetzt still vor sich hin. Kajetan legte ihr den Arm um die Schultern.

Daraufhin wurde nicht mehr viel gesprochen, bis eine Frau etwa in Istaris Alter an den Tisch trat und in geradezu trotziger Pose davor stehen blieb.

»Wo is'n der Hias?«, fragte die Linsenlocherin.

Die Frau machte mit dem Kinn eine Bewegung zum Fenster, woraus Fanni schloss, dass einer der beiden Brüder dort draußen ihr Ehemann war.

»Wenn's geh'n wollts, dann geht's halt«, sagte die Linsenlocherin.

Ihre Schwiegertochter schüttelte den Kopf. »Fragen wollt ich dich was.«

»Aha.«

»Krieg ich die Rezepte von der Annemarie und das, was man für die Salben braucht, die CDs fürs Yoga und die Bücher mit den Abbildungen?«

»Und das hat net Zeit, bis sie unter der Erd ist?«, antwortete die Linsenlocherin in einem Ton, als hätte sie diese Frage erwartet.

»Birgit, wie kannst du bloß …«, begann Erika mit erstickter Stimme. Aber ihre Mutter brachte sie mit einer herrischen Geste zum Schweigen. »Hat's net?«

Birgits Haltung wurde noch um einige Nuancen trotziger. »Hat's net.«

»Geh, Birgit«, mischte sich Kajetan ein. »Lass dir halt Zeit. Das Zeug will sowieso niemand außer dir. Wir wissen ja alle, dass du die ganze Woche in Niederalteich im Yogakurs gewesen und scharf auf die Sachen bist. Aber ein bisserl musst dich schon gedulden. Im Moment kommt eh keiner ran, weil die Polizei das Haus im Birkengrund versiegelt hat.«

Birgits Kinn machte einen Ruck Richtung Zimmerdecke. »Drei Ordner mit Rezepten aus Indien und zwei Schachteln voll Bücher und CDs sind noch in dem abgesperrten Schrank im oberen Flur.«

»Und da bleiben die auch«, beschied ihr die Linsenlocherin.

In der Wohnstube wurde es auf einmal laut, weil eine Gruppe neuer Besucher eingetroffen war. Kajetan stand auf und schenkte Kräuterlikör aus. Um der Höflichkeit Genüge zu tun, tranken auch Fanni und Sprudel ein Glas.

Die neuen Gäste, drei Frauen, gut in den Siebzigern, hatten den alten Linsenlocher und Hubert beiseitegedrängt und sich um die Linsenlocherin geschart. Noch bevor sie ihre Rosenkränze aus den Jackentaschen angelten, schwante Fanni, was nun kommen würde. Eilig verabschiedete sie sich. Sprudel warf ihr einen dankbaren Blick zu und tat es ihr nach.

10

Draußen auf dem Vorplatz, wo jetzt nur noch wenige Autos parkten, sah sich Fanni einen Augenblick lang nachdenklich um, dann schlug sie zielstrebig den Weg in Richtung Straße ein.

Sprudel zog verwundert die Augenbrauen hoch, doch im nächsten Moment schien ihm klar zu werden, was sie vorhatte.

Kurz darauf standen sie vor dem rot-weißen Absperrband, das ungerührt dahing, als sei nicht das Geringste geschehen.

Ungefähr in der Mitte der Strecke, die es markierte, befand sich die Abbruchstelle. Sie bildete eine gezackte Ausbuchtung, die nun mit einem Bauzaun gesichert war. Die Bresche schien sich vergrößert zu haben, denn einige Bruchstellen sahen ganz frisch aus.

Dahinter lag die Grube. Eineinhalb Meter tief, hatte Siblinger gesagt. Und da sich der Wasserspiegel gut einen halben Meter unterhalb der Kante befand, stand die Schlammbrühe knapp einen Meter hoch.

»Was meinst du, Sprudel«, sagte Fanni. »Hätte es die Polizei herausgefunden, wenn Istari nicht allein gewesen wäre, als sie eingebrochen ist?«

Sprudel sah sie betroffen an.

Never know!

Mein Gott, dachte Fanni, wenn die Gedankenstimme nicht aufhört, diesen Quatsch zu verzapfen, werde ich mich wieder in psychotherapeutische Behandlung begeben müssen. Diesmal allerdings nicht in einer noblen Privatklinik.

»Falls es hier einen Kampf gegeben hätte, wären vermutlich eindeutige Spuren zurückgeblieben«, sagte Sprudel.

»Zweifellos«, erwiderte Fanni. »Aber was, wenn Istari keine Zeit hatte, sich zu wehren?«

Darauf blieb Sprudel eine Antwort schuldig.

Die beiden starrten eine Weile schweigend in die Grube, bevor sie sich wieder dem Gehöft zuwandten.

Um für den Heimweg die Abkürzung über den Birkenbachpfad nehmen zu können, mussten sie noch einmal den Vorplatz überqueren. Dort trafen sie erneut auf Kajetan.

»Wer hat Istari denn gefunden?«, fragte Fanni.

»Ich«, antwortete er. »Heute früh um halb sieben, als ich mich auf den Weg in die Firma gemacht habe. Die grüne Jacke von der Erika, die sie sich beim Rausgehen umgehängt hatte, ist auf dem Wasser getrieben. Das hat mich stutzig gemacht.«

»Heute Morgen erst?«, erwiderte Fanni erschüttert. »Hat denn gestern Abend niemand gemerkt, dass sie nicht zurückgekommen ist?«

»Klar haben wir uns eine Zeit lang gewundert, wo sie bleibt«, räumte Kajetan ein. »Aber dann haben wir uns gesagt, dass der Siblinger Nägel mit Köpfen gemacht hat.« Auf Fannis verständnislosen Blick hin führte er aus: »Habt ihr nicht selber gesehen, wie er sich an sie rangemacht hat? Und sie hat eindeutig nichts dagegen gehabt. Da haben wir uns halt gedacht, der Siblinger, der Sauhund, hat seine Chance genutzt und die Annemarie abgeschleppt.«

»Einen Tag nach Oles Tod?«, platzte Fanni heraus.

Kajetans Miene wirkte harmlos. »Warum denn nicht?«

Never mind!

Fanni knirschte innerlich mit den Zähnen.

»Wir packen's dann wieder.«

Fanni hatte gar nicht mitbekommen, dass einer von Annemaries Brüdern (der ältere der beiden Raucher von vorhin), eine Frau in annähernd gleichem Alter (seine Ehefrau vermutlich) und ein etwa fünfzehnjähriges Mädchen (die Tochter, dem Aussehen nach) aus dem Haus gekommen waren.

»Schon recht«, antwortete Kajetan.

»Um halb sieben, zum Totengedenken, sind wir wieder da«, sagte die Frau.

Kajetan nickte. »Schon recht.«

Die beiden Erwachsenen gingen weiter, doch das Mädchen blieb stehen. Sie sah Kajetan herausfordernd an.

»Wer zahlt mir jetzt die Fotos?«

Kajetan lächelte müde. »Melli, von was redest denn du?«

Das Mädchen verzog verdrossen den Mund, musste sich jedoch wohl oder übel zu einer Erklärung herbeilassen. »Gestern, nein, vorgestern – am Markttag halt –, hab ich von der Annemarie ihrem Stand Fotos gemacht und nebenbei mindestens eine halbe Stunde lang ihr Zeug verkauft, weil sie wegmüssen hat. Sie hat mir einen Fünfziger für zwei Poster versprochen. Gibt's saugünstig im Internet, aber man muss halt wissen, wie's geht.«

Kajetan hatte bereits sein Portemonnaie gezückt und reichte Melli einen Fünfzig-Euro-Schein. »Hast du die Poster schon bestellt?«

»Na klar«, bekam er zur Antwort.

»Dann krieg ich die aber auch.«

Melli nickte. Als sie den Geldschein in der Hosentasche verschwinden ließ, sagte Fanni: »Wann hast du denn an Istaris Marktstand ausgeholfen?«

Melli sah sie so abschätzig an, dass Fanni mit einem »Was geht denn dich das an?« als Antwort rechnete. Aber Kajetan warf seiner Nichte einen warnenden Blick zu, was sie offenbar davon abhielt, patzig zu werden.

Sie verdrehte nur genervt die Augen und sagte: »Am Markttag halt.«

»Ja«, antwortete Fanni freundlich. »Das habe ich mitbekommen. Ich meine die Uhrzeit.«

Melli zuckte die Schultern. »Vor zwölf halt. Die Annemarie hat gesagt, sie braucht eine halbe Stunde, aber zum Zusammenpacken ist sie wieder da. Ich hab mir aber gleich gedacht, dass sie es nicht rechtzeitig schafft, weil ich gesehen hab, wie sie hinter dem Stand noch ewig mit dem Hubert palavert hat. Mindestens zehn Minuten hat sie da vertrödelt.«

Zehn Minuten können tatsächlich manchmal Ewigkeiten sein! Never judge too early!

Fanni wedelte mit der Hand, als sei sie in einen Mückenschwarm geraten. Diese blöden Sprüche machten sie wahnsinnig, brachten sie völlig aus dem Konzept – was hatte sie eben fragen wollen?

Zum Glück hatte Sprudel seine Sinne noch beieinander. »Wo wollte deine Tante denn hin?«

Melli warf ihm einen halb abfälligen, halb anklagenden Blick zu. »Das hat sie mir nicht auf die Nase gebunden.«

Sprudel ließ sich nicht beirren. »Und wann ist sie wieder zurückgekommen?«

Bereits im Weggehen begriffen, erwiderte Melli: »Na, zu spät halt. Die meisten anderen haben ihre Stände schon fast abgebaut gehabt.« Damit lief sie auf einen Geländewagen zu, den ihr Vater soeben entriegelte.

Mit einer beredten Geste zu dem Fahrzeug hinüber, das die Familie nun bestieg, sagte Kajetan: »Der Sepp ist Holzhändler. Da braucht man so eine Karre.« Falls er vorhatte, weiterzusprechen, wurde er vom Klingelton eines Mobiltelefons unterbrochen. Er griff in die Brusttasche seines Jacketts, entschuldigte sich und eilte davon.

Fanni und Sprudel wollten gerade den Weg zum Birkenbachpfad einschlagen, als Fanni aus den Augenwinkeln eine Bewegung hinterm Hauseck wahrnahm, wo eine ausladende Holunderstaude wuchs. Automatisch machte sie ein paar Schritte darauf zu. Sie hätte die beiden Frauen am Hintereingang dennoch nicht gleich bemerkt, wäre nicht auf einmal Erikas aufgebrachte Stimme an ihr Ohr gedrungen.

»Hab ich's mir doch gedacht, dass du dir die Sachen einfach nimmst. Aber glaub bloß nicht, dass ich das zulasse.«

Es war Birgits zänkische Stimme, die antwortete: »Du willst sie doch gar nicht.«

Fanni rückte näher, duckte sich hinter den Strauch, um zu lauschen, und forderte Sprudel mit einer schnellen, warnenden Handbewegung auf, zu bleiben, wo er war.

»Ganz bestimmt nicht«, erwiderte Erika. »Aber eher kommt das Zeug auf den Misthaufen als in deine Drecksfinger.«

Statt einer Antwort erfolgte ein Keuchen und Schnaufen. Als Fanni einen Blick riskierte, sah sie die beiden um ein offensichtlich schweres Paket ringen.

»Neidig bist du ihr gewesen, der Annemarie«, japste Erika

und zerrte an dem Paket. »Nix hast du ihr gegönnt. Den Ole nicht, das Haus nicht, das Geschäft nicht. Hättest sie am liebsten abgemurkst, so neidig bist du ihr gewesen. Und jetzt, wo sie tot ist, glaubst du …« Sie hielt erschrocken inne, was Birgit nutzte, um das Paket an sich zu bringen. »Hast *du* sie in die Grube gestoßen?«

Birgit hatte sich bereits abgewandt, um mit ihrer Beute das Weite zu suchen. »Du spinnst ja«, rief sie zurück, und bevor Fanni es sich versah, sprintete sie auf den Holunderbusch zu und lief direkt in sie hinein.

»Ich …«, begann Fanni, krampfhaft nach einer plausiblen Begründung für ihre Anwesenheit suchend. Birgit aber bedachte sie mit einem derart hasserfüllten Blick, dass sie aufgab.

Istaris Schwägerin drückte sich an ihr vorbei und war im nächsten Moment verschwunden.

Fanni kehrte zu Sprudel zurück, wortlos bogen sie in den Bachpfad ein.

Reizende Familie! Never trust anybody!

Fanni hatte nicht einmal mehr die Kraft, sich über die Gedankenstimme aufzuregen. Sämtliche Knochen taten ihr weh, das Knie piesackte sie bei jedem Schritt, und in ihrem Rücken hatte ein fieses Stechen eingesetzt.

Sprudel wirkte nicht so, als ginge es ihm besser als ihr. Er humpelte erbärmlich.

Kein Wunder, dass es eine Weile dauerte, bis sie zu Hause ankamen. Der Wintergarten war von den spärlichen Sonnenstrahlen dieses Tages angenehm, aber nicht zu sehr aufgeheizt, weshalb sie sich auf die Couch mit dem Rahmen aus Weidengeflecht sinken ließen.

Never do without a rest!

Fanni schloss die Augen.

Sprudel legte den Arm um ihre Schultern, sie schmiegte sich hinein. Es fühlte sich gut und richtig an.

Lange Zeit fiel kein Wort.

Irgendwann merkte Fanni, dass es kühler und dunkler geworden war. Ein Blick durch die Glasfront zeigte ihr eine geschlossene Wolkendecke, aus der Regentropfen herunterklatschten. Sie warf einen Blick auf ihre Armbanduhr und richtete sich erschrocken auf.

»Nach sechs schon.«

»Dann sollten wir uns mal übers Abendbrot Gedanken machen«, sagte Sprudel und legte grüblerisch die Stirn in Falten.

»Salat, Nudeln mit Pesto, Rotwein«, schlug Fanni vor.

Sprudels Miene hellte sich auf.

»Also los«, sagte Fanni und wollte aufstehen.

Aber Sprudel hielt sie zurück. »Warte. Bevor wir uns an die Arbeit machen, müssen wir uns unbedingt stärken. Was hältst du von einem Schluck Rotwein vorweg zur Kräftigung?«

Von Rotwein hat Fanni schon immer eine ganze Menge gehalten! In puncto Rotwein heißt ihre Devise: Never say no!

Fanni atmete vernehmlich aus, was Sprudel offenbar als Zustimmung bewertete, denn er erhob sich, verschwand in der Küche und kam bald darauf mit einer Flasche und zwei Gläsern zurück.

Während er einschenkte, sagte Fanni: »Und wenn tatsächlich jemand nachgeholfen hat?« Was sie Erika zu ihrer Schwägerin sagen gehört hatte, behielt sie für sich. Solche Bezichtigungen hatten selten etwas zu bedeuten, Zwietracht hin oder her.

»Ich weiß, dass dir der Gedanke im Kopf umgeht«, antwortete Sprudel. »Mir geht es genauso. Man meint, den Zusammenhang zwischen den beiden Todesfällen mit Händen greifen zu können. Und ja, du hast recht. Falls jemand Istari aufgelauert, das Überraschungsmoment genutzt und sie in den Graben gestoßen hat, wären womöglich keine eindeutigen Spuren zurückgeblieben, die auf die Tat schließen lassen. Man braucht ja kaum Kraft aufzuwenden, um jemanden, der nicht auf einen Angriff gefasst ist, aus dem Gleichgewicht zu bringen. Und Fußabdrücke müssen viel zu viele da gewesen sein, als dass sie etwas aussagen könnten.«

Sprudel machte eine bedeutsame Pause, bevor er hinzufügte: »Der Täter konnte allerdings nicht sicher sein, dass Istari in der Schlammgrube umkommen würde.«

»Genauso wenig wie der Fahrer von dem Wagen gestern sicher sein konnte, dass er uns zerquetschen würde«, ergänzte Fanni.

Vielleicht war ja alles nur Zufall!

Fanni hielt die Luft an, doch die Gedankenstimme begnügte sich mit dem Einwurf und ersparte ihr den Never-Spruch.

»Was uns gestern passiert ist, mag tatsächlich ein Unfall gewesen sein. Der Fahrer ist eingeschlafen, hat uns nicht gesehen …« Fanni verstummte, als sie den Zweifel in Sprudels Augen bemerkte.

»Auf so einer kurvigen Strecke schläft man nicht ein«, erwiderte er. »Und um uns zu übersehen, müsste der Kerl stockbesoffen gewesen sein.«

»Ein recht dilettantischer Anschlag also«, resümierte Fanni.

»So dilettantisch nun auch wieder nicht«, sagte Sprudel. »Die Chancen dafür, dass der Plan aufgehen würde, standen recht gut.«

»Besser als die bei einem Anschlag auf Istari«, meinte Fanni.

Sprudel setzte zu einem Nicken an, hielt jedoch plötzlich inne und bekam einen starren Blick. Einen Moment später wischte er sich mit der Hand über die Augen, als müsse er ein Bild auslöschen.

»Der Täter konnte sehr wohl sicher sein, dass Istari in der Schlammgrube umkommen würde. Er brauchte ja bloß zu warten, ob sie wieder auftauchen würde, und wenn ja, dann hätte er eben dafür sorgen müssen, dass sie unter Wasser bleibt.«

Um ihr den Rest zu geben! Never be careless!

Aus Sprudels angespannter Miene las Fanni, dass ihm diese Erkenntnis gar nicht gefiel. Behutsam sagte sie: »Wir sollten vorsichtshalber davon ausgehen, es mit zwei Morden zu tun zu haben. Und für beide gibt es eine ganze Palette Verdächtiger.«

Sprudel wirkte verwundert. »Eine ganze Palette? Mir fällt hauptsächlich einer ein.«

»Kajetan?«, fragte Fanni.

Er nickte.

»Kajetan an erster Stelle«, stimmte ihm Fanni zu. »Er steht sozusagen im Fokus.«

Sprudel nickte abermals. »Womöglich ist ihm jedes Mittel recht, die Grundstücke, die er für sein Hotel-Vorhaben braucht, in die Hand zu bekommen.« Er klopfte mit den Fingerspitzen der rechten Hand auf die Tischplatte. »Ist nicht er es gewesen, der dafür gesorgt hat, dass gestern Abend niemand nach Istari gesucht hat?«

»Hat sich ganz so angehört«, stimmte ihm Fanni zu. »Aber so einleuchtend seine Motive für den Mord an Ole sind, was sollte er für einen Grund haben, Istari umzubringen?«

Sprudel sah sie erstaunt an. »Weil er erfahren hat, dass Ole den Birkengrund an Istari vererbt hat. Kajetan ist einer der wenigen, die das wissen. Und weißt du, wem das Grundstück nach ihrem Tod dem Erbrecht gemäß zufällt? Ihren Eltern! Damit hat Kajetan gewonnen.«

»Kajetan«, murmelte Fanni. »Kajetan. Für meinen Geschmack steht er ein bisschen zu *sehr* im Fokus.«

Seit wann stützen sich Mordermittlungen auf Geschmacksfragen?

»Kajetan ist gewieft«, fuhr sie fort, »sonst hätte er es geschäftlich nicht so weit gebracht. Wenn Kajetan unser Täter wäre, hätte er alles so hingedreht, dass ein anderer verdächtig ist.«

»Was in Oles Fall ja beinahe geklappt hätte«, entgegnete Sprudel. »Und bei Istari gehen sowieso alle von einem Unfall aus.«

Dagegen hatte Fanni einiges einzuwenden: »Würde Kajetan dahinterstecken, dann hätte es bei Ole hundertprozentig geklappt. Und was Istaris Unfall betrifft ...« Sie wiederholte nun doch, was sie Erika zu Birgit hatte sagen hören.

»Traust du Birgit die Morde zu?«, fragte Sprudel.

Fanni dachte an den hasserfüllten Blick, den Birgit ihr zugedacht hatte, und bejahte in überzeugtem Ton. »Sie scheint mir geradezu zerfressen vor Neid und Hass.«

»Dann hätten wir also Birgit auf unserer Verdächtigen-Palette«, sagte Sprudel nachgiebig. »Und wen noch?«

»Otto Siblinger«, antwortete Fanni wie aus der Pistole geschossen. »Er wollte Istari zurückhaben. Nur deshalb hat er sich mit Ole angefreundet. Wenn stimmt, was bei den Linsenlochers so geredet wird, dann hat ihn der Widerstand gegen den

Donauausbau nicht die Bohne interessiert. Er scheint da nur mitgemacht zu haben, um an Ole und damit an Istari dranzubleiben.« Sie hob Aufmerksamkeit heischend den Zeigefinger. »Und zwar ganz im Sinne seines Dienstherrn Kajetan – als Spitzel, als Mittelsmann und nach dem Motto: Wer den Feind umarmt, macht ihn bewegungsunfähig.«

»Siblinger, der Falschspieler«, sagte Sprudel nachdenklich.

»Wenn wir also davon ausgehen«, schob Fanni nach, »dass er, was das Bauprojekt in Birkenweiler betrifft, auf Kajetans Seite steht und dass er Istari für sich haben wollte, dann hätten wir zwei hübsche Motive für einen Mord.«

»Für *einen*«, bestätigte Sprudel. »Nämlich für den an Ole. Istaris Tod müsste demnach tatsächlich ein Unfall gewesen sein, wovon die Polizei ja auch ausgeht. Was Istari betrifft, hätte Siblinger sowieso ein Alibi.«

»Ich weiß«, sagte Fanni. »Selbst wenn er zum Linsenlocher-Gehöft zurückgekehrt wäre, nachdem er sich von uns getrennt hat, hätte er Istari nicht mehr draußen angetroffen.«

Daraufhin herrschte eine Weile Stille, bis Sprudel sagte: »Wen hast du denn noch auf deiner Liste?«

»Was den Mord an Ole betrifft: Istari«, antwortete Fanni. »Vor einer knappen Stunde ist ihr Alibi geplatzt.«

Sprudel blies die Backen auf. »Aber Istari hast du doch am Anfang für unschuldig gehalten.«

»Das tue ich eigentlich immer noch«, antwortete Fanni. »Trotzdem. Wir dürfen Fakten nicht einfach unter den Teppich kehren. Wenn Istari den Markt gegen Mittag für eine halbe Stunde verlassen hat, dann könnte sie den Mord theoretisch begangen haben. Was dafür spricht, ist, dass sie mit keinem Wort erwähnt hat, wo sie zwischendurch gewesen ist.«

»Das vermerken wir als Indiz«, verfügte Sprudel. »Der Nächste bitte.«

»Istaris Bruder, dieser Holzhändler«, erklärte Fanni. »Sicherlich hat er ein geschäftliches Interesse an Kajetans Projekt. Wald müsste abgeholzt werden, Bohlen, Bretter, Platten würden benötigt werden.«

»Keine Frage«, pflichtete Sprudel ihr bei. »Der Absatzmarkt in der Gegend würde explodieren. Aber wir haben keinen einzigen Anhaltspunkt, der auf die Spur des Holzhändlers führt. Ich fürchte, in dieser Richtung zu ermitteln, verspricht wenig Erfolg.« Nach einer kleinen Pause fügte er hinzu: »Allerdings besitzt Sepp Linsenlocher einen Geländewagen.«

Fanni machte eine wegwerfende Geste. »Warum hätte er es auf uns abgesehen haben sollen? Er konnte ja nicht wissen, dass wir Ermittlungen anstellen.«

Die alte Linsenlocherin gehört auch noch in den Katalog! Never let her go!

Sprudel schaute Fanni einen Moment lang prüfend an, dann sagte er. »Du siehst aus, als hättest du noch ein Ass im Ärmel.«

»Sven Jesper.«

»Oles Bruder? Wie kommst du denn auf ihn?«

»Weil er Basti ein Computerspiel geschenkt hat.«

Wenn du das nicht ganz schnell schlüssig untermauerst, hält Sprudel dich für meschugge!

Fanni beeilte sich, fortzufahren: »Sven Jesper ist zum Linsenlocher-Gehöft gefahren und hat Basti ein Computerspiel mitgebracht. Die einzig logische Erklärung, die mir dafür einfällt, ist, dass er den Jungen und dessen Familie schon seit Längerem kennt.«

»Was nicht unbedingt erstaunlich oder gar verdächtig ist«, wandte Sprudel ein.

»Nein«, gab Fanni zu. »Aber wenn man bedenkt, dass Sven – laut Basti – mit Kajetan etwas zu bereden hatte, wenn man weiß, dass Kajetan und Ole sich spinnefeind waren, und wenn man davon ausgeht, dass für Kajetans geplanten Ferienpark die Müllentsorgung gesichert sein muss, könnte einem ein gewisser Verdacht schon kommen.«

»Du meinst, Kajetan und Sven waren sich über das Bauprojekt – speziell was die Müllentsorgung betrifft – einig, nur Ole stand dem Ganzen im Weg?«, fragte Sprudel.

»So stelle ich es mir vor«, antwortete Fanni. »Ich glaube nämlich, dass Hans recht hat. Müll legt von Ostbayern aus oft weite Wege zurück, bevor er dort ankommt, wo er verwertet werden kann. Womöglich sieht die Jesper AG mit dem Bau des Ferienparks eine Chance, hier in der Region ganz groß zum Zug zu kommen.«

»Eine dänische Firma?« Sprudels Ton drückte hörbar Skepsis aus.

»Hm«, machte Fanni. »Hat Hans nicht heute Mittag ein Loblied auf dänische Müllverbrennungsanlagen gesungen? Und vielleicht ist Ole ja nicht der einzige Jesper-Spross, der in Deutschland Fuß gefasst hat. Istari hat einmal erwähnt, dass Oles Mutter Deutsche ist. Womöglich haben die Jespers eine Menge Beziehungen hier.«

Sie erhob sich, ging ins Wohnzimmer hinüber und kam mit dem Laptop zurück. »Wir könnten doch mal nachsehen, was bei Google zum Vorschein kommt, wenn wir ›Jesper‹ und ›Müllentsorgung‹ eingeben.«

Die Skepsis in Sprudels Miene vertiefte sich. Der Blick, mit dem er den Laptop bedachte, war alles andere als freundlich.

»Was kann es schaden?«, fragte Fanni.

Plötzlich erhellte ein Lächeln Sprudels Gesicht. »Was hältst du von Arbeitsteilung? Du versuchst dein Glück im Internet, und ich kümmere mich währenddessen ums Abendessen.«

Er schob seinen Stuhl zurück und stand auf.

Wie hat unsere Leni doch neulich gesagt: Im Pastazubereiten kommt absolut niemand an Sprudel heran! Never block him up!

Fanni drosch auf die Enter-Taste.

»Hat mir nicht so was geschwant?«, sagte Fanni nach etlichen Mausklicks laut, womit sie Sprudel aus der Küche lockte. »Schau!«

Sprudel äugte pflichtschuldig auf den Bildschirm, wo eine mit fettem Gras bewachsene Wiese dem Betrachter zu suggerieren versuchte, dass das Gebäude mit dem hohen Schornstein im Hintergrund ganz in Einklang mit der Natur stand.

»Jesper GmbH«, sagte Fanni. »Kopenhagen, Kiel, München. Hab ich es mir doch gedacht, dass die Standorte in Deutschland haben. Und weißt du, wer in München die Geschäfte führt? Sven Jesper.«

»Mit dem du wohl gern ein Wörtchen reden möchtest.« Sprudel seufzte. »Auch mir beginnt was zu schwanen.« Damit verzog er sich wieder in die Küche.

»Leni hat recht«, sagte Fanni, nachdem sie ihren Teller leer gegessen hatte. »Was die Zubereitung von Pastagerichten betrifft, kann dir niemand das Wasser reichen.«

Sprudel machte ein enttäuschtes Gesicht. »Ein Pluspunkt, der kaum ins Gewicht fällt, und wenn es der einzige ist, den es zu entdecken gibt …«

Fanni ließ ihn nicht weiterreden. Sie legte die Hand auf seinen Arm. »Es dauert halt seine Zeit, sämtliche deiner Qualitäten wiederzuentdecken.«

Sprudel umfasste ihre Hand und sah sie eindringlich an. »Lass sie uns zusammen verbringen.«

»Das tun wir doch gerade, Sprudel.«

Erneut drückte seine Miene Enttäuschung aus.

Zum Teufel, Fanni! Kapierst du nicht, dass er sich benutzt vorkommt? Benutzt als Aufpasser, benutzt als Gehilfe und dienstbarer Geist, als Faktotum sozusagen?

Fanni war die Zwischenrufe in ihrem Kopf leid. Sie ballte die Fäuste. »Lass uns versuchen, den Fall zu klären, Sprudel. Mir liegt sehr daran, wegen Ole, wegen Istari …«

Hans Rot würde jetzt sagen, dass du ein dickschädeliges Trumm bist, womit er recht hätte!

Sprudel lächelte melancholisch. »Ich nehme an, wir werden uns morgen in aller Früh auf den Weg nach München machen.«

Fanni drückte seine Hand. »Wolltest du nicht schon lange wieder einmal das Glockenspiel auf dem Marienplatz hören? Im Café Luitpold ein Stück Herrentorte essen? Bei Dallmayr ein Döschen Entenpastete kaufen?«

»Das haben wir nie getan«, erwiderte Sprudel, noch immer melancholisch lächelnd.

»Wird es dann nicht höchste Zeit?«, fragte Fanni. Doch

plötzlich kamen ihr Bedenken, und sie fragte besorgt: »Glaubst du, dein Fuß würde dabei mitspielen?«

Sprudel strich mit dem Daumen sanft über ihren Handrücken. »Solange wir keinen Stadtmarathon planen … Marienplatz, Brienner Straße, Residenzstraße liegen ja recht nah beieinander. Aber wohin wird uns der Weg *noch* führen?«

»Riem«, antwortete Fanni prompt. »Wo früher der Flughafen gewesen ist.«

»Ah«, machte Sprudel. »Heutzutage wächst da ein Gewerbegebiet. Hat die Jesper GmbH ihre Niederlassung etwa in Riem?«

»In der Helsinkistraße, wenn Google richtigliegt«, antwortete Fanni. Bevor Sprudel wieder zu Wort kam, sprach sie weiter: »Natürlich ist es unsinnig, dort ohne Anmeldung aufzukreuzen. Ich nehme an, man muss einen Termin vereinbaren, wenn man bei Sven Jesper vorgelassen werden will.«

Sprudel stimmte ihr zu. »Man wird sogar einen triftigen Grund angeben müssen, um einen Termin bei ihm zu bekommen.«

»Meinst du, kondolieren wollen ist nicht Grund genug?«, fragte Fanni.

Sprudel wiegte zweifelnd den Kopf.

Darauf brütete Fanni eine Weile vor sich hin, während Sprudel das Geschirr abräumte.

Plötzlich hellte sich ihr Gesicht auf. »Glaubst du, Ole wäre mit einer kleinen, sagen wir Transaktion einverstanden, wenn sie uns dabei helfen könnte, seinen Mörder finden?«

Als Sprudel – wenn auch zögernd – nickte, sprang sie auf, eilte aus dem Zimmer und kehrte kurze Zeit später mit einer von Oles Klangschalen zurück. »Die hat er mir geschenkt. Schau, wie schön sie verziert ist.«

Sprudel betrachtete das Objekt und fragte sich offenkundig, worauf Fanni hinauswollte. Er sollte es gleich erfahren.

»Gehen wir also davon aus«, erklärte sie, »dass Ole nichts dagegen hat, wenn ich seinem Bruder die Klangschale gebe und ihm vorschwindle, Ole hätte sie eigens für ihn angefertigt.«

Sprudel runzelte die Stirn. »Das könnte zwar insoweit funktionieren, als man dich zu Jesper vorlässt, aber er wird dich fragen, wie das Ding in deinen Besitz kommt, wenn es doch für ihn bestimmt war.«

»Hm«, machte Fanni und schwieg. Nach einer Weile sagte sie: »Wie wäre es damit: Ich habe zugeschaut, als Ole die Schale fertiggestellt hat, und ihn gebeten, sie mir ein paar Tage zu überlassen, weil ich sie Leni und ihrem Mann zeigen wollte. Nachdem Ole tot war, habe ich mich verpflichtet gefühlt, sie persönlich an denjenigen zu übergeben, für den sie gedacht war.«

»Hört sich plausibel an«, gestand ihr Sprudel zu. »Unwahr, aber plausibel.«

Never lie, cheat or steal!

Never speak again!, giftete Fanni in Gedanken.

»Wenn er nicht ungehobelt erscheinen will«, sprach Sprudel indessen weiter, »wird Sven Jesper gar nicht anders können, als dich zu empfangen.«

»Wir nehmen die Bahn«, sagte Fanni.

Sprudel machte keinerlei Einwände geltend.

Fannis Wagen stand zwar vollgetankt in der Garage, würde jedoch nur für die kurze Fahrt nach Plattling zum Bahnhof benutzt und auf dem angrenzenden Parkplatz abgestellt werden.

»Mit dem Zug ist es bequemer«, erklärte Fanni. »Besonders für dich. Autofahren täte deinem lädierten Fuß bestimmt nicht gut, und ich kann dich leider nicht chauffieren. Jedenfalls nicht über die A 92 bis München.«

Sämtliche Straßenbeläge in Niederbayern wussten, was Fanni für eine ungeübte Autofahrerin war.

»Der Verkehr in der Hauptstadt soll sowieso mörderisch sein«, fuhr sie fort.

Freie Bahn mit der Bahn!

Fanni stöhnte auf.

»Dein Knie?«, fragte Sprudel mitfühlend.

»Mein Hirn.« Sie griff nach dem Laptop, klappte ihn auf, gab bei Google »Deutsche Bahn« ein und klickte dann auf »Fahrpläne«.

Fanni war regelrecht stolz auf ihr trotz der Amnesie so flink wiedererworbenes Können. Als Leni ihr schon bald nach der Entlassung aus dem Krankenhaus den Laptop mitgebracht hatte, hatte sie überhaupt nichts damit anzufangen gewusst.

»Du brauchst einen Crashkurs«, hatte Leni entschieden und sich sogleich darangemacht, ihre Mutter zu unterrichten. Seither hatte Fanni fleißig geübt und war begeistert, was die Suchmaschinen alles für einen herausfanden.

»Die Züge nach München fahren zur vollen Stunde«, teilte sie Sprudel nun mit, der gerade einen kleinen Teller, auf dem er Mangoscheiben und Bel Paese angerichtet hatte, aus der Küche herüberbrachte. »Wenn wir den Neun-Uhr-Zug erwischen, wären wir um halb elf in München.«

»Das bedeutet Frühstück um halb acht«, sagte Sprudel mit Leidensmiene. Wie Fanni war auch er ein Langschläfer. Aber manchmal mussten halt Zugeständnisse gemacht werden.

»Punkt acht werde ich in Riem anrufen und um einen Termin bitten.« Fanni klappte den Laptop zu. »Hoffen wir, dass wir Glück haben. Wäre doch schade, wenn wir morgen ganz umsonst in aller Früh aufstehen.«

Wie auch immer, aufstehen mussten sie, und deshalb war es empfehlenswert, zeitig zu Bett zu gehen, zumal sie beide noch ziemlich angeschlagen waren und Bettruhe nötig hatten.

Wogegen Sprudel bestimmt nichts hätte, wenn er dich wieder in den Armen halten dürfte! Aber daraus wird wohl nichts?

Nein, dachte Fanni, daraus wird nichts, weil es unvernünftig wäre, leichtfertig und übereilt.

11

Am Münchner Hauptbahnhof stiegen Fanni und Sprudel in die U2 um.

In der Bahn zog Fanni vorsichtshalber noch mal die Notizen zurate, die sie sich gemacht hatte, nachdem sie die Verkehrsanbindung zur Helsinkistraße gegoogelt hatte.

»Die Station, an der wir aussteigen müssen, heißt Messestadt West«, klärte sie Sprudel auf.

»Mindestens ein Dutzend Haltestellen bis dorthin«, ergänzte Sprudel, der inzwischen eine Abbildung des Münchner Liniennetzes studiert hatte.

Fanni dankte allen himmlischen Heerscharen, dass die Bahn halb leer war, weshalb genügend Sitzplätze zur Verfügung standen.

Als Fanni und Sprudel nach einer knappen halben Stunde am Edinburghplatz aus dem Untergrund auftauchten, fanden sie sich den Riem Arcaden gegenüber.

»Das ist also Münchens drittgrößtes Einkaufszentrum«, sagte Fanni und fügte sichtlich beeindruckt hinzu: »Wirklich gar nicht übel.«

Für eine Shoppingtour war allerdings keine Zeit. Mittlerweile war es kurz vor halb zwölf, der Zug aus Plattling hatte wie gewohnt Verspätung gehabt. Es blieben ihnen nur noch ein paar Minuten für den Weg die Helsinkistraße entlang zum Bürokomplex der Jesper GmbH, wenn sie rechtzeitig zu ihrem Termin bei Sven Jesper kommen wollten.

Als Fanni am Morgen zum Telefonhörer gegriffen hatte, war sie dafür gewappnet gewesen, eine Abfuhr hinnehmen zu müssen. Nach dem ersten Wortwechsel sah es auch ganz danach aus. Doch als sie noch einmal betonte, es handle sich um einen kurzen, privaten Besuch, der in Zusammenhang mit dem Tod von Ole Jesper stehe, nahm Sven Jespers Vorzimmerdame

Rücksprache mit ihrem Chef, worauf sie erklärte, Herr Jesper könne die Herrschaften um halb zwölf empfangen.

Oles Bruder begrüßte sie in einem modern eingerichteten Büroraum, wo er sie zu einer Sitzgruppe führte und sie Platz zu nehmen bat.

Obwohl eine gewisse Ähnlichkeit vorhanden war (markante Gesichtszüge, jugendliche Haartolle), hätten die Brüder unterschiedlicher nicht auftreten können. Fanni hatte Ole nie anders als in zerrissenen Jeans und ausgeblichenen T-Shirts gesehen, und er hatte sich immer lässig gegeben – hemdsärmelig, wie es so schön heißt.

Sven trug einen schicken Anzug –

Von Armani, wetten?

– ein weißes Hemd und eine Seidenkrawatte. Er war geschniegelt vom Scheitel bis zur Sohle und hielt den Oberkörper so kerzengerade, als wäre er in ein Korsett gezwängt.

Eine junge Frau brachte Tee, Kaffee, Wasser und Gebäck. Nachdem sie den Raum wieder verlassen hatte, begann Fanni: »Ich möchte Ihnen mein tief empfundenes Beileid aussprechen. Der Tod Ihres Bruders hat mich sehr getroffen. Anfangs waren wir nur gute Nachbarn, aber mit der Zeit haben wir uns angefreundet.« Dann förderte sie die Klangschale zutage und tischte dazu die Geschichte auf, die sie sich am Abend zuvor zurechtgelegt hatte.

»Er hat sie speziell für Sie hergestellt. Ich weiß das, weil er es mir gesagt hat, als ich ihm bei der Arbeit daran zugesehen habe. Und es ist ganz deutlich zu sehen gewesen, wie außerordentlich wichtig es ihm war, dass Sie sie auch bekommen. Deshalb wollte ich sie Ihnen persönlich überbringen.«

Sven Jesper nahm die Schale in beide Hände und betrachtete sie gedankenverloren. Nach einer Weile sagte er: »Ole war ein Träumer.«

»Ole war klug, gebildet, talentiert, kreativ, geistreich …« Als Fanni eine Pause einlegte, um nach weiteren Attributen zu suchen, hob Sven Jesper die Hand.

»Das war es ja, was unseren Vater so empört hat. Wenn Ole dumm gewesen wäre, hätte er ihn eben abgeschrieben. Aber dass Oles beträchtliche Qualitäten für die Firma verloren sein sollten, konnte er nicht akzeptieren.«

»Das heißt, er wollte ihn zu einer Mitarbeit im Unternehmen überreden?«, fragte Fanni.

»In letzter Zeit nicht mehr«, antwortete Jesper.

»Er hat Sie geschickt«, rutschte es Fanni heraus.

Aber Jesper schüttelte den Kopf. »Selbst wenn, hätte ich mich nicht dazu hergegeben. Ich wusste nämlich ganz genau, wie aussichtslos es gewesen wäre.«

Fanni nutzte die Chance, das Gespräch weiter in die von ihr gewünschte Richtung zu steuern. »Trotzdem haben Sie ihn besucht.«

»Selten«, antwortete Jesper. »Meine Besuche in Birkenweiler lassen sich an einer Hand abzählen. Ole und ich mochten uns zwar, aber zu sagen hatten wir uns nicht mehr viel. Meine letzten beiden Besuche galten – um ehrlich zu sein – Oles Schwager.«

»Ah, sie waren geschäftlicher Natur«, sagte Fanni.

Jesper nickte. »Kajetan Wagenbauer hat mich vor einiger Zeit kontaktiert, weil er sich für eine ökonomische, effiziente Müllbeseitigung interessierte, wie wir sie in Dänemark entwickelt haben. Vollautomatische Verbrennungsregelung, selbstlernende Adaptivität, garantierte Zielerreichung …«

Fannis Gedanken schweiften ab. Kajetan stand also tatsächlich mit Jesper wegen einer Müllverbrennungsanlage in Verhandlungen. Das bedeutete doch, dass sein Projekt viel weiter fortgeschritten war, als er zugab – oder? Hieß das womöglich sogar, dass er von offizieller Seite aus bereits grünes Licht hatte und alles nur noch davon abhing, die nötigen Grundstücke in die Hand zu bekommen?

Als Fanni Jesper sagen hörte, die Verhandlungen mit Kajetan seien irgendwie festgefahren, kehrte ihre Aufmerksamkeit zurück. Doch bevor sie fragen konnte, weshalb, trat die junge Frau wieder ins Zimmer und teilte ihm mit gesenkter Stimme etwas mit. Obwohl Fanni tüchtig die Ohren spitzte, fing sie nicht auf, worum es ging.

Jesper entschuldigte sich, bat Fanni und Sprudel, sich zu bedienen, und verließ den Raum.

Fanni knabberte einen dänischen Butterkeks, trank eine Tasse Tee und sah sich um.

Schöner Arbeitsplatz, dachte sie. Hell, geräumig, dezent.

Nachdem sie den Keks aufgegessen hatte, erhob sie sich kurz entschlossen und ging zu dem Schreibtisch hinüber, der schräg vor einem breiten Fenster stand, das den Blick auf eine hübsche Parkanlage freigab. Die Papiere, die in schlampigen Stapeln wild durcheinander auf der Schreibtischplatte lagen, bildeten einen krassen Gegensatz zu der peinlichen Ordnung im übrigen Raum.

Sven und Ole scheinen ja doch Gemeinsamkeiten gehabt zu haben, ging es ihr durch den Sinn.

Sie ließ den Blick über die Schriftstücke schweifen, sah da und dort genauer hin, fand jedoch hauptsächlich Listen und Berechnungen, Faltpläne mit technischen Zeichnungen, zwei Arbeitsverträge, die offenbar auf Jespers Unterschrift warteten.

Sie streckte die Hand aus und schob die oberste Schicht Papier vorsichtig weg, sodass sie einen Blick auf das Darunterliegende werfen konnte.

»Fanni!«, rief Sprudel unterdrückt, aber deutlich tadelnd.

Sie reagierte nicht darauf, denn sie hatte zwischen Werbebroschüren und Notizzetteln etwas entdeckt, das sie sich genauer ansehen wollte.

Es handelte sich um eine topografische Karte vom Landkreis Birkdorf. Sie war aufgeschlagen. Der Teil, der oben lag, zeigte Birkenweiler und seine Umgebung. Die Sektoren, in denen sich das Linsenlocher-Gehöft, der Birkengrund und Lenis Anwesen befanden, waren rot schraffiert.

»Fanni!« Sprudels Warnung kam scharf.

Hastig machte sie einen Schritt aufs Fenster zu und schaute hinaus.

Im nächsten Moment öffnete sich die Tür.

Fanni tat, als fiele es ihr schwer, sich von der Aussicht, die sich ihr bot, loszureißen, und drehte sich widerstrebend um.

Jesper fiel offenbar darauf herein. »Wir haben es recht hübsch hier in Riem, nicht wahr?«, sagte er lächelnd. »Aber Sie sollten einmal die Aussicht von unseren Büros in Kopenhagen erleben. Der Blick auf den alten Hafen ist atemberaubend.«

Fanni hätte viel lieber einen Blick auf den Vertragsentwurf geworfen, der – zum größten Teil von ihr verdeckt – unter der topografischen Karte gelegen hatte. Dazu würde sie allerdings keine Gelegenheit mehr bekommen, denn Jesper sagte:

»Unglücklicherweise steht eine dringende Besprechung an, sodass ich mich leider schon von Ihnen verabschieden muss. Ihr Besuch hat mich sehr gefreut. Vielen herzlichen Dank, dass Sie sich die Mühe gemacht haben, herzukommen.«

Während sie ihm zum Abschied die Hand schüttelte, erwiderte Fanni: »Vielleicht laufen wir uns ja über den Weg, wenn Sie das nächste Mal nach Birkenweiler kommen.«

Jespers Lächeln und sein höfliches Nicken verrieten ihr nichts.

Das Glockenspiel war längst vorüber, als Fanni und Sprudel am Marienplatz aus der Bahn stiegen. Die Menschenmenge hatte sich beim letzten Ton wieder in Bewegung gesetzt und wogte nun in alle Richtungen.

»Lass uns einmal rund um den Platz spazieren, bevor wir uns zu Dallmayr und zum Café Luitpold aufmachen«, sagte Fanni und hakte Sprudel unter.

Ihr Vorhaben erwies sich als schwieriger als gedacht. Reisegruppen, die sich in Knäueln um ihre Guides versammelt hatten, blockierten den Weg; ungehobelte Passanten erzwangen Ausweichmanöver; Eltern mit Kleinkindern erwarteten Rücksichtnahme.

Macht nichts, dachte Fanni, wenn man in der glücklichen Lage ist, sich Zeit lassen zu können.

Sie schlenderten an der Fassade des Rathauses entlang – »Neugotisch«, hörten sie einen der Fremdenführer sagen – und blieben am Fischbrunnen stehen. Dort bekam Fanni mit, wie ein englisch sprechender Guide, der eine Gruppe Amerikaner im Schlepptau hatte, von der Tradition des Geldbeutelwaschens berichtete. Fanni hatte noch nie davon gehört und lauschte deshalb gebannt.

Seit dem Jahr 1426, lernte sie, fand alljährlich am Aschermittwoch das traditionelle Geldbeutelwaschen mit dem Oberbürgermeister statt. Wer bei dieser Gelegenheit seinen Geldbeutel im Fischbrunnen wusch, hatte angeblich das ganze Jahr über keine Geldsorgen.

Ein paar aus der Reisegruppe zückten ihr Portemonnaie, aber der Guide wehrte ab. »Only on Ash Wednesday.«

Vom Fischbrunnen spazierten Fanni und Sprudel zum Alten Rathaus hinüber, dessen Baugeschichte bis ins 14. Jahrhundert zurückreichte. Im Turm war das Spielzeugmuseum untergebracht; vor vielen Jahren hatte Fanni es einmal mit Leni, Leo und Vera besichtigt.

Anschließend machten die beiden noch einen kleinen Abstecher zum Rindermarkt, wo es ein kleines Geschäft gab, in dem kandierte Früchte in allen Variationen angeboten wurden. Fanni wollte Sprudel unbedingt die Auslage zeigen, in der Berge von gelierten Ananas, Orangen, Weintrauben und sonstigen Obstsorten lagen. Als Kind hatte sie sich daran kaum sattsehen können. Probieren wollte sie allerdings nie.

Kurz nach ein Uhr kehrten sie zur Mariensäule zurück, kreuzten zum Rathaus hinüber, ließen es rechter Hand zurück und betraten das Feinkostgeschäft Dallmayr.

Obwohl die Strecke, die sie zurückgelegt hatten, kaum nennenswert war, stach und pochte Fannis Knie. Sie verzog schmerzhaft das Gesicht, während sie registrierte, dass es Sprudel noch schlechter ging als ihr. Er bot einen geradezu gepeinigten Anblick.

Sein Gesicht hellte sich jedoch auf, als er das Warenangebot bei Dallmayr erblickte. Er humpelte an den Auslagen mit den Feinkostprodukten entlang und konnte sich nicht entscheiden zwischen Gänselebermousse, Enten-, Hasen- und Wildschweinterrine, Steinpilzcreme mit Trüffel, Gutsleberwurst …

»Sprudel, Sprudel«, mahnte Fanni. »Ein knackiger Salatkopf vom Viktualienmarkt wäre bei Weitem gesünder als Wildschweinterrine.«

Sprudel schmunzelte. »Lebertran ist auch gesünder.«

Fanni verdrehte die Augen und enthielt sich jeden Kommentars, als Sprudel noch Räucherlachs und Baumkuchenspitzen in seinen Einkaufskorb packte.

Mit Delikatessen beladen machten sie sich auf den Weg zum Café Luitpold.

Sprudel weigerte sich, bei Herrentorte und Milchkaffee die Ermittlungsergebnisse im Mordfall Ole Jesper und im potenziellen Mordfall Annemarie Linsenlocher zu diskutieren.

»Muße, Beschaulichkeit, Dolcefarniente«, beschied er Fanni.

Sie fügte sich nicht ungern, weil es ihr gefiel, mit ihm in diesem renommierten Kaffeehaus zu sitzen, das Dasein zu genießen und einfach nichts Gewichtiges zu denken.

Weit mehr als eine Stunde verweilten sie an ihrem Tisch am Fenster, schauten auf die Brienner Straße hinaus oder ließen die Blicke durchs Café schweifen; machten die eine und andere verstohlene Bemerkung über einige besonders elegante weibliche Gäste oder über diejenigen, die einfach nur aufgetakelt waren; beobachteten das Kommen und Gehen oder warfen (halbwegs diskrete) Blicke darauf, was an den Tischen ringsum serviert wurde.

Das von Sprudel heraufbeschworene Dolcefarniente lullte sie ein, und der Cointreau, den sie nach dem Kaffee tranken, trug das Seine dazu bei, sie in eine wohlig behagliche Welt zu versetzen, in der es keine ermordeten Naturschützer gab, keine mutmaßlich ermordeten jungen Frauen und keine Amnesien, durch die man eines wesentlichen Teils seines Lebens beraubt wurde.

Als sie schließlich den Rückweg zum Bahnhof einschlugen, wurde Fanni bewusst, wie sehr Sprudel hinkte.

Ich würde sagen: Ihn drückt der Schuh! Und zwar in vielerlei Hinsicht!

Ausnahmsweise musste Fanni ihrer Gedankenstimme beipflichten.

Der Zug nach Passau war wie immer am späten Nachmittag voll besetzt, und wie immer leerte er sich in Landshut zusehends.

Mit der Distanz zu Birkenweiler schmolz auch der Zauber des Nachmittags dahin.

»Kajetan«, sagte Fanni kurz vor Dingolfing. »Es läuft doch alles auf Kajetan hinaus.«

Von Sprudel kam ein leiser Seufzer.

Er ist es leid! Das Ermitteln, das In-Gefahr-Geraten, das Verletzt-Werden! Das Nicht-wissen-woran-er-mit-dir-Ist! Das schmerzhafte Pochen seiner Zehen!

Fanni überging Sprudels Seufzer und den Einwurf ihrer Gedankenstimme. »Auch wenn er recht salopp tut, Kajetan liegt bestimmt eine ganze Menge an seinem Bauvorhaben. Ich bin mir ziemlich sicher, dass die Planung viel weiter fortgeschritten ist, als er zugibt. Auf Jespers Schreibtisch habe ich eine topografische Karte von Birkenweiler gesehen, auf der bestimmte Flächen schraffiert waren. In dem kleinen Wohnzimmer auf dem Linsenlocher-Gehöft gab es ebenfalls Landkarten von der betreffenden Gegend, und in einer Schreibtischschublade habe ich Vertragsentwürfe …«

Von Sprudel kam etwas wie ein Ächzen.

Erneut überging Fanni die Unterbrechung. »Womöglich ist Kajetan längst Verpflichtungen eingegangen, die er nicht mehr rückgängig machen kann. Ich könnte mir vorstellen, Sprudel, dass Kajetan sich schlicht und einfach überschätzt hat. Er muss geglaubt haben, dass er an die Grundstücke, die er für sein Projekt braucht, genauso leicht rankommt wie an dasjenige, das er sich gleich bei seiner Rückkehr nach Birkenweiler unter den Nagel gerissen hat.«

Sie streckte den Zeigefinger aus und wedelte damit vor Sprudels Nase herum. »Das Linsenlocher-Grundstück zu bekommen wäre ihm sicherlich gelungen, aber in puncto Birkengrund hat er unverändert auf Granit gebissen.« Sie begann aufzuzählen:

»Erstens wollte sich Ole nicht von seinem Anwesen trennen. Der Birkengrund war ihm lieb und wert. Zweitens hat er sich mit Händen und Füßen dagegen gesträubt, aus Birkenweiler einen Touristenort wie Berchtesgaden, Tegernsee oder Bodenmais werden zu lassen. Denn was Ole wollte, war nur: Natur pur.«

Hübscher Reim!

Mit einer abwehrenden Geste ließ sie die Hand sinken und sagte kopfschüttelnd: »Wenn ich es mir recht überlege, bleibt allerdings schleierhaft, wieso Kajetan nicht grundsätzlich davon ausgegangen ist, dass Ole gehörig Widerstand leisten würde. So, wie Ole gegen den Donauausbau gekämpft hat, war eigentlich klar, dass er auch gegen einen Ferienpark in Birkenweiler kämpfen würde – noch leidenschaftlicher sogar, weil es ihn ja ganz persönlich betraf.«

Nachdenklich fuhr sie fort: »Hat Kajetan eigentlich für den Zeitraum, in dem Ole erstochen worden sein muss, ein Alibi?« Ohne auf eine Antwort darauf zu warten, machte sie weiter. »Er war einer der wenigen, die mitbekommen haben, dass Istari den Birkengrund von Ole erben würde, und auf mich hat sie ganz so gewirkt, als ob sie das Anwesen auch behalten wollte.«

Fanni sah Sprudel eindringlich an. »Kajetan hatte die Möglichkeit, Istari gestern Abend auf dem Rückweg zum Haus abzufangen und sie in die Grube zu stoßen. Danach hätte er noch Zeit genug gehabt, auf dem Gehöft den Traktor oder einen Geländewagen zu starten, über die Wiesen zur Landstraße hinunterzufahren und uns zu Brei zu zerquetschen.«

Sprudel hob fragend die Brauen. »Aber warum hätte er das tun sollen?«

»Er hat mich erwischt, als ich im Nebenzimmer in den Schriftstücken aus dem Schreibtisch herumgeschnüffelt habe«, antwortete Fanni. »Er hat vielleicht sogar mitbekommen, wie ich Basti ausgehorcht habe. Falls ihm – und davon dürfen wir wohl ausgehen – irgendwann zu Ohren gekommen ist, wie viele Mordfälle wir beide in den vergangenen Jahren aufgeklärt haben, muss er damit rechnen, dass wir auch im Fall Ole Jesper nicht lockerlassen, bis der Täter überführt ist.«

Sprudel gab keine Antwort, doch ein kurzer Seitenblick zeigte Fanni, dass er wiederholt nickte.

»Du hattest recht, Sprudel, als du ihn als Hauptverdächtigen bezeichnet hast.«

Als daraufhin abermals keine Antwort kam, wandte sie sich ihm zu und schaute ihm fragend ins Gesicht.

Sprudel war eingeschlafen und nickte im Takt der Vibrationen des Zugwaggons vor sich hin.

Dabei sieht er aber kein bisschen entspannt aus! Sieh nur, wie verkniffen seine Mundwinkel sind! Und scheint es nicht, als wären seine Wangen noch viel faltiger als sonst?

Fanni spürte Besorgnis in sich aufsteigen. Ja, so war es. Sprudel wirkte selbst im Schlaf angegriffen. Sie legte ihre Hand an seine zerfurchte Wange und strich sanft darüber.

Er öffnete die Augen.

»Plattling«, tat im selben Augenblick eine Stimme aus dem Lautsprecher kund. »Der Ausstieg ist in Fahrtrichtung rechts.«

12

Sie saßen im Wintergarten, tranken Rotwein, knabberten an Toastscheiben, die sie mit Gutsleberwurst von Dallmayr bestrichen hatten, und fanden keine Worte.

Sprudel wirkte bedrückt.

Fanni fragte sich, ob er grundsätzlich zu solchen depressiven Verstimmungen neigte. Während der Zeit, die sie in der Parkklinik verbracht hatte, wohin Sprudel täglich zu Besuch gekommen war, hatte sie nie etwas Derartiges an ihm bemerkt. Immer war er aufgeschlossen gewesen, aufmerksam und herzlich –

Voll und ganz dir zugetan!

Ja, dachte Fanni, aber irgendwie hat er sich verändert seitdem.

Und weißt du, warum?

Fanni wusste es, aber die Gedankenstimme ließ es sich trotzdem nicht nehmen zu vermelden:

Weil du kein anderes Gesprächsthema kennst als Mord! Täter, Opfer – Alibi hier, Motiv dort! Ermittlungen Tag und Nacht! Morgens, mittags, abends! Fanni! Never get on somebody's nerves!

Fanni gab ein Schnauben von sich. Einer von diesen Never-Sprüchen noch, die aus einer englischen Version von »Josef Filsers Briefwexel« zu stammen schienen, und sie würde mit dem Kopf gegen die Wand rennen, bis die Gedankenstimme mundtot gemacht war.

Sprudel schaute auf. »Tut mir leid, Fanni. Ich weiß, du würdest gern über den Fall debattieren. Aber irgendwie bin ich zu müde dafür.« Er lächelte bedauernd. »Wollen wir es auf morgen verschieben? Beim Frühstück sind wir frisch und ausgeruht, die Eingebungen werden nur so – sprudeln.«

Fanni musste lachen, wurde jedoch schnell wieder ernst, als sie sah, wie mühsam Sprudel sich erhob und wie umständlich er zur Tür humpelte.

Sein Fuß macht ihm offenbar mehr zu schaffen, als er zugibt, dachte sie.

Und never forget: Sprudel ist kein Jüngling mehr!

Fanni barg stöhnend den Kopf in den Händen.

Auf die eine oder andere Weise würde sie wohl mit »never« leben müssen.

Als Sprudel am nächsten Morgen in der Küche erschien, wo Fanni gerade Äpfel fürs Müsli schnippelte, wirkten seine Augen glanzlos, und seine Haut hatte einen kränklichen gelblich grauen Ton. Anstelle seiner Birkenstocksandalen, die er normalerweise im Haus trug, hatte er dicke Wollsocken an; am rechten Fuß bildete die große Zehe einen veritablen Buckel.

»Zieh die Socken aus, Sprudel.«

Er sah sie erschrocken an.

»Auf der Stelle.«

Sprudel rührte sich nicht.

»Soll ich es tun?«

Da ließ er sich auf einen Stuhl fallen und zog die linke Socke herunter. Fanni begutachtete die Zehen. Sie sahen aus, wie sie aussehen sollten.

»Und jetzt die andere.«

Sprudel zögerte.

»Soll ich …«

Seufzend fuhr er mit beiden Daumen unter den Rand der Socke, dehnte ihn so weit als möglich und zog die Socke aus, indem er sie umstülpte. Als sie über die Zehen glitt, entwich ihm ein unterdrückter Schmerzlaut.

Entsetzt starrte Fanni auf das Ausmaß der Entzündung, das sich ihr bot. Die große Zehe und die beiden daneben leuchteten glühend rot und waren so angeschwollen, als wollten sie im nächsten Moment platzen.

Fanni hob den Blick und starrte Sprudel an. »Wie konntest du es nur so weit kommen lassen? Das ist eine Infektion, die sich gewaschen hat. Da helfen nur noch Antibiotika. Man hätte gestern Abend schon –«

Sprudel unterbrach sie, indem er die Hand hob. »Du hast ja recht. Aber gestern Abend habe ich gehofft, die Schwellung würde über Nacht zurückgehen, wenn der Schuh nicht mehr draufdrückt. Dummerweise ist sie schlimmer geworden.«

Fanni legte ihm die Hand auf die Stirn. »Und Fieber hast du auch.«

»Neununddreißig zwei«, erwiderte Sprudel verlegen.

»Frühstück kann warten«, entschied Fanni. »Wir fahren auf der Stelle zum Arzt.«

Es ging nicht anders. Fanni musste selbst chauffieren. Sprudel hätte weder Gas- noch Bremspedal bedienen können, zudem war man mit neununddreißig Komma zwei Grad Körpertemperatur wohl nicht mehr uneingeschränkt fahrtüchtig.

Fannis Wagen, den sie und Sprudel tags zuvor auch für die Fahrt zum Plattlinger Bahnhof benutzt hatten, parkte seit Monaten in der Garage des Birkenweiler Anwesens. Vor ihrer Reise nach Marokko hatten sie ihn dort abgestellt, was sich nachgerade als hellseherisch erwies. Denn somit stand er für sie bereit, als sie sich nach ihrem Aufenthalt in der Parkklinik auf dem Anwesen häuslich einrichtete.

Fanni rangierte den Wagen in die Zufahrt und wartete, bis Sprudel sich auf den Beifahrersitz gequält hatte.

Während sie vorsichtig in die Landstraße einbog und langsam die Strecke entlangfuhr, die ihnen vor zwei Tagen beinahe zur Todesfalle geworden wäre, plagten sie Gewissensbisse. Anstatt dafür zu sorgen, dass Sprudels Blessuren rechtzeitig behandelt wurden, hatte sie ihn gestern durch halb München geschleppt und dabei kaum einen Gedanken an seinen Zustand verschwendet.

Was wieder einmal beweist, dass du nichts weiter willst, als ihn vor deinen Karren zu spannen! Never deny!

Fanni umklammerte das Steuerrad mit beiden Händen, sodass die Knöchel weiß hervortraten. Und ob ich das bestreite, dachte sie. Mir liegt eine ganze Menge an Sprudel. Und *ich* wollte ihn ja noch am Abend des Unfalls ins Krankenhaus bringen.

Du?

Wir hätten ein Taxi bestellen können. Aber Sprudel wollte

ja lieber daheimbleiben. Hätte ich einfach eines rufen sollen? Hätte ich Sprudel einfach abtransportieren lassen sollen? Er hatte ja schließlich keinen Dachschaden abbekommen. Er war bei Sinnen, hat kein wirres Zeug geredet …

Und tags darauf? Am nächsten Morgen wäre es noch rechtzeitig genug gewesen! Am nächsten Morgen hättest du ihn überreden können, zum Arzt zu gehen! Never remain impassively!

Ich bin nicht gleichgültig geblieben, verteidigte sich Fanni. Tags darauf habe ich ständig ein Auge auf ihn gehabt. Aber er hat den Eindruck erweckt, als ginge es ihm besser – nicht wirklich gut, aber besser. Sodass ich zu dem Schluss kam, seine Verletzungen würden von selbst heilen, wie bei mir ja auch.

Weil er als Notfall eingestuft wurde, musste Sprudel sich nicht lange gedulden, bis man ihn ins Behandlungszimmer rief.

Fanni hatte sich entschieden, die Praxis ihres ehemaligen Hausarztes aufzusuchen, den sie als kompetent, freundlich und besonnen in Erinnerung hatte. Sie wollte sich jedoch nicht aufdrängen und wartete im Eingangsbereich, wo es Sitzgelegenheiten und Zeitschriften gab.

Ihr gegenüber saßen ein älteres Paar und eine Mutter mit zwei Kindern. Fanni studierte gerade ein Quiche-Rezept in der Zeitschrift »Essen und Trinken«, als eine weitere Person hereinkam und neben ihr Platz nahm. Womöglich hätte sie gar nicht hinübergesehen, hätte diese Person nicht angefangen zu telefonieren. Fanni kannte die Stimme, die in das Handy sprach, und als sie aufblickte, erkannte sie auch das Profil, das sich ihr darbot.

Birgit Linsenlocher.

»Kommt nicht in Frage, dass ich hinwerf«, sagte Birgit. »Dafür hab ich mich schon viel zu weit aus dem Fenster gehängt. Das mit den Salben krieg ich schon hin, und wenn ich mir die Anleitungen, die ich dafür brauch … – Was? … – Ja, den Standplatz am Markt hat mir die Kramerin zugesagt … – Was? … – Na und. Die kann doch erzählen, was sie will, beweisen kann sie gar nix.«

Sprudel kam aus dem Sprechzimmer gehumpelt. Er zwinkerte Fanni zu. »Kein Grund zur Besorgnis, hat der Doktor gesagt.«

»Hat er nicht«, erwiderte Fanni hitzig, während sie die Praxis verließen. Sie gab nicht nach, bis Sprudel eingestand, dass er eine Injektion bekommen hatte und zehn Tage lang ein Antibiotikum einnehmen müsse, für das ihm der Arzt ein Rezept mitgegeben habe. Außerdem seien Umschläge mit Retterspitz empfehlenswert.

»Lassen Sie sich bloß von niemandem auf die Füße treten«, hatte ihm Dr. Albert zum Abschied noch nahegelegt.

Eine ausgewachsene Sepsis also! Damit ist aber gar nicht zu spaßen! Nev–.

Und dämliche Never-Sprüche machen alles nur noch schlimmer, fiel Fanni ihrer Gedankenstimme ins Wort.

Das Medikament erwies sich in der Sonnenapotheke zum Glück als vorrätig. Fanni schnappte sich die Packung unmanierlich hastig und eilte zum Wagen zurück, dessen Heck viel zu weit aus der Parkbucht ragte. Sprudel hatte eine Augenbraue hochgezogen, als sie so schlampig einparkte, sich jedoch jeden Kommentars enthalten.

Ebenso enthielt er sich jeden Kommentars, als Fanni auf dem Heimweg etliche Geschwindigkeitsbegrenzungen übertrat. Wo die Zufahrtswege nach Erlenweiler, Fichtenweiler und Buchenweiler abgingen, waren nur fünfzig Stundenkilometer erlaubt. Fanni behielt jedoch ihr Tempo von siebzig bei.

Warum auf einmal so eilig? Du tust ja so, als hinge Sprudels Leben davon ab, wie schnell er das Antibiotikum verabreicht bekommt!

Ist es nicht so?

Never dramatize! Außerdem hatte er ja schon eine Inj–

Knapp vor dem Garagentor brachte Fanni den Wagen mit einem Ruck zum Stehen, wobei sie den Motor und gleichzeitig die Gedankenstimme abwürgte.

Sprudel legte ihr die Hand auf den Arm, schwieg jedoch.

Fanni entzog sich ihm, beeilte sich, aus dem Wagen zu kommen. Sie rannte zur Haustür, schloss auf und hastete in die

Küche. Als Sprudel hereinkam, hatte sie schon ein Glas Wasser bereitgestellt und eine der Kapseln aus der Arzneipackung danebengelegt.

Geradezu gebieterisch wachte sie darüber, dass er sie schluckte. Dann nötigte sie ihn im Wohnzimmer auf die Couch und bettete den entzündeten Fuß auf ein dickes Polster.

»Und jetzt gibt's Frühstück«, verkündete sie, nachdem sie sich davon überzeugt hatte, dass Sprudel bequem lag.

Sie kehrte in die Küche zurück, wo sie das restliche Obst klein schnitt und es auf die beiden Schalen verteilte, die sie vor dem Arztbesuch bereits mit Müslimischung und Hafermilch gefüllt hatte.

Obwohl Sprudel keinerlei Einwände erhob, als sie ihm die Müslischale reichte, sagte sie diktatorisch: »Du musst unbedingt was in den Magen bekommen, damit er gut ausgekleidet ist, sodass das Antibiotikum die Schleimhäute nicht angreifen kann.«

Sprudel nickte gefügig.

Fanni stopfte ihm etliche Polster in den Rücken, bis er fast aufrecht saß, dann sah sie ihn auffordernd an.

Folgsam tauchte Sprudel den Löffel in die Schale.

Erst nachdem er den ersten Löffel voll geschluckt hatte, griff auch sie nach ihrem Schälchen, setzte sich ihm gegenüber und begann zu essen.

Fanni hatte ihr Müsli knapp zur Hälfte aufgegessen, als es an der Haustür klingelte. Sie schnitt eine ärgerliche Grimasse, erhob sich jedoch und ging in den Flur hinaus, um zu öffnen.

Erstaunt sah sie sich Hubert Neumeier, Istaris Schwager, gegenüber.

Der las offenbar nicht nur Erstaunen, sondern auch einen gewissen Unmut in ihrer Miene, denn er begann verlegen zu stammeln: »Ich wollte … eigentlich wollte ich … komme ich ungelegen?«

Fanni bat ihn herein.

Er folgte ihr ins Wohnzimmer, wo er jedoch unschlüssig an der Tür stehen blieb. »Ich wollte wirklich nur …«

Fanni nötigte ihn in einen der Sessel gegenüber dem Sofa, räumte die Müslischalen ab (Sprudel hatte seine Portion brav aufgegessen) und brachte eine Kanne Tee herein.

In der Zwischenzeit musste Sprudel die Sprache auf Istaris Unfall gebracht haben, denn Neumeier sagte gerade: »… ja, ja, die Polizei ist sich ganz sicher, dass es ein Unfall gewesen ist. Die Annemarie hätt halt nicht so nah an dem Absperrband entlanggehen dürfen, weil doch der Grubenrand so brüchig ist.« Er fuhr sich mit beiden Händen übers Gesicht. »Der Kajetan hätt zwischen dem Band und der Grubenkante mindestens eineinhalb Meter Platz lassen müssen, dann wär nichts passiert. Ich hab's ihm gleich gesagt. ›Kajetan‹, hab ich gesagt, ›die Absperrung gehört weiter weg von dem Loch.‹ Aber er hat ja nicht auf mich hören wollen.«

Neumeier sah von Sprudel zu Fanni. Sein Blick wirkte vorwurfsvoll und anklagend. »Wie dann die Annemarie gekommen ist und der Siblinger und später noch ihr zwei, hab ich noch mal von der Sach angefangen. Und da hat der Kajetan sogar gesagt: ›Hast ja recht, Hubert, hast ja recht.‹ Aber unternommen hat er nix. Hat sich halt nicht die Zeit nehmen wollen. Hat lieber in der Stube gehockt und palavert – bis es finster geworden ist und zu spät zum Werkeln draußen.«

»Droht ihm dafür nicht eine Anzeige?«, fragte Fanni, während sie Teetassen auf den Tisch stellte.

Neumeier schien verblüfft. »Weil er in der Stube gehockt ist?«

Fanni musste leises Grollen unterdrücken. »Weil die Baustelle nicht vorschriftsmäßig gesichert war.«

»Vorschriftsmäßig«, wiederholte Neumeier gedehnt. »Was heißt denn ›vorschriftsmäßig‹? Vielleicht ist ja alles *vorschriftsmäßig* gewesen. Und überhaupt ist die Grube auf unserem Grund. Auf Linsenlocher-Grund. Auf deinem eigenen Grund und Boden kannst du Löcher buddeln, so viel du willst. Die kannst du dann *vorschriftsmäßig* sichern oder nicht, das ist deine Sache.«

Fanni bot Neumeier eine Tasse Tee an, die er mit einem Nicken akzeptierte. Während er trank, sagte sie: »Kajetan hat ja, was sein Projekt betrifft, jetzt freie Bahn. Mit Is… mit Annemaries Tod fällt doch der Birkengrund an ihre Eltern. Ich nehme an, sie werden ihn Kajetan überlassen. Werden Sie und Erika mit dem Linsenlocher-Grund dasselbe tun?«

Neumeier stellte seine Tasse ab und fuhr sich mit den Handflächen so heftig über das Gesicht, als wolle er es schmirgeln. »Ich weiß nicht.«

Fanni sah ihn erstaunt an. »Und ich habe geglaubt, Sie wären froh, das Gehöft loszuwerden. Schluckt es nicht mehr, als es abwirft?«

»Das schon«, gab Neumeier zu.

»Dann können Sie mit Kajetans Plan ja nur gewinnen«, beharrte Fanni. »Oder versucht er, Sie über den Tisch zu ziehen? Wie lautet denn sein Vorschlag? Will er kaufen, oder bietet er eine Gewinnbeteiligung an?«

»Das können wir uns aussuchen«, antwortete Neumeier in so hoffnungslosem Ton, dass Fanni sagte: »Sie trauen ihm nicht. Sie glauben tatsächlich, er will Sie hereinlegen.«

»Nein, das ist es eigentlich nicht«, widersprach Neumeier.

»Was ist es dann?«, bohrte Fanni.

Neumeier wand sich. »Ich und die Erika – wir meinen halt, die Sache ist eine Nummer zu groß für ihn. Der Kajetan ist doch bloß ein Rotzlöffel aus unserm Birkenweiler-Nest. Eine große Gosche hat er, unbestreitbar. Aber das langt halt nicht. Feriendorf, Skilift, Schwimmbad, Wanderwegnetz ... Da braucht es schon mehr als wie den kleinen Betrieb, den wo er da unterm Birkberg aufgezogen hat. Da braucht es eine große Baugesellschaft mit allem Drum und Dran.«

»Denkt die restliche Verwandtschaft auch so?«, fragte Fanni.

Neumeier wiegte den Kopf. »Mit der Verwandtschaft ist es wie mit dem Gemeinderat. Wenn es im Gemeinderat heut zu einer Abstimmung käme ... Wer weiß, wie die ausgehen tät.« Er richtete den Blick so konzentriert auf ein gerahmtes Foto, das Leni auf einem Schwebebalken zeigte, als könne er dort ablesen, was er in Worte zu kleiden versuchen wollte. »›Das Pro-Kopf-Einkommen in Birkenweiler tät sich verzehnfachen‹, sagt der Siblinger ...«

Er unterbrach sich. »Siblinger – da ist jetzt nicht der Otto gemeint, der wo vorgestern mit euch zwei heimgegangen ist, sondern der Dorfwirt, der älteste Bruder vom Otto«, erklärte er. »Aber neulich beim Stammtisch ist ihm der Bürgermeister ganz schön über den Mund gefahren.« Jetzt richtete Neumeier einen intensiven Blick auf die Delfter Vase im Bücherregal. »›So ein Feriendorf kann man nicht aus dem Boden stampfen wie einen Heustadel. Da gibt es Vorgaben. Da braucht es eine Infrastruktur. Strom- und Wasserversorgung, Abfallverwertung …‹, ja, so hat der Bürgermeister gesagt«

»Als ob Kajetan das nicht wüsste«, murmelte Fanni, während Neumeier im Detail ausführte, wie kontrovers Kajetans Projekt sowohl im Gemeinderat als auch im gesamten Ort diskutiert worden war und wohl immer noch wurde.

Der Pfarrer: »Birkenweiler darf nicht zu einem Touristenrummelplatz verkommen.« – Der Vorstand vom Sportverein: »Ein Skilift direkt vor der Haustür, das wär gar keine schlechte Sache, dann kann uns Skifahrern der Geißkopf nämlich gestohlen bleiben.« – Sein Stellvertreter: »Eine Gondel, eine Gondel. Da täten die Habischrieder vor Neid gelb anlaufen.« – Sepp Linsenlocher, der Holzhändler: »Die Preise für den Festmeter Stammholz sind momentan erste Klasse. Holzt schon mal euern Waldbesitz ab, Leute, und ich garantier euch saftige Einnahmen.«

Fanni hörte nicht mehr hin. Sie fragte sich, wie es sein konnte, dass sie nichts von all dem mitbekommen hatte, obwohl sie nun schon seit Wochen hier wohnte. Da war sie – in letzter Zeit zumindest – bei Istari und Ole quasi aus und ein gegangen, und kein einziges Mal war das Thema aufs Tapet gekommen. Dabei betraf Kajetans Projekt Ole und Istari weit persönlicher als die meisten anderen, die meinten, mitreden zu müssen.

Ole hat in meinem Beisein eigentlich immer nur von seinem Kampf gegen den Donauausbau gesprochen, dachte Fanni. Vom intakten Fluss-Ökosystem, das unzähligen Tier- und Pflanzenarten eine Heimat bietet; von der Schatzkiste Donau; von Biodiversität. Warum hat er nie den Eingriff in das Ökosystem Birkenweiler erwähnt, den Kajetan plante? Hat er Istaris Halbbruder womöglich gar nicht richtig ernst genommen?

Fanni horchte auf, denn die Antwort auf diese Frage kam soeben aus Neumeiers Mund: »Die Geschäftsleute und die Waldbesitzer, die Handwerker und der Sparkassenchef, die täten schon Ja sagen zu dem Feriendorf. Wer sagt denn Nein, wenn ein Geldsegen ins Haus steht? Aber so recht trauen sie sich alle nicht. Die Erika meint, der Kajetan ist einfach zu großgoschig. Man fragt sich die ganze Zeit, sagt die Erika, was man alles wegstreichen muss von dem, was er in Aussicht stellt, und irgendwann streicht man alles.«

Ole hat ihn tatsächlich nicht ernst genommen! Niemand hat wirklich gewagt, es zu tun!

Trotzdem hat Ole sich mit ihm angelegt, dachte Fanni.

Um die Sache endgültig zu beenden! Offenbar hat Kajetan ja keine Ruhe gegeben! Anscheinend hat er immer wieder Vorstöße unternommen!

Und trotz aller Kassandrarufe das Projekt vorangetrieben, dachte Fanni.

Du gehst also davon aus, dass er Sven Jesper hinsichtlich einer Müllverwertungsanlage kontaktiert hat?

Spricht nicht eine Menge dafür? Die topografische Karte von Birkenweiler auf Jespers Schreibtisch in Riem; dessen Besuch auf dem Linsenlocher-Anwesen; die Schriftstücke dort.

Warum liegen die eigentlich dort und nicht in Kajetans Büro auf seinem Firmengelände am Birkberg?

Vielleicht hat er sie Hubert und Erika und den alten Linsenlochern gezeigt, überlegte Fanni, um ihnen zu beweisen, wie er sich darum kümmert, die nötigen Voraussetzungen für sein Projekt zu schaffen.

Sie fragte Neumeier danach.

Der wirkte erschrocken. »Müllverwertungsanlage? Ja, natürlich. Eine Müllverwertungsanlage müsste unbedingt her.«

Von konkreten Plänen scheint er aber nichts zu wissen!

Im nächsten Augenblick schlug sich Neumeier an die Stirn.

»Jetzt hätte ich beinahe vergessen, warum ich überhaupt gekommen bin.«

Daraufhin berichtete er in seiner etwas umständlichen Art, dass für den Eintrag ins Sterberegister eine Geburtsurkunde der Verstorbenen vorgelegt werden müsse. Deswegen habe Erika ihn zum Birkengrund geschickt; er solle dort nachsehen, ob eine zu finden sei.

»Und wie ich ins Haus reinwill«, erzählte Neumeier, »merke ich erst, dass ich den Schlüssel nicht dabeihabe. Ich wollte grad wieder heimfahren, da ist mir eingefallen, dass ihr vielleicht einen haben könntet.«

»Einen Hausschlüssel hat Istari bei uns nicht hinterlegt«, sagte Fanni. »Aber sie hat mir verraten, wie man auch ohne ins Haus kommt.«

Vor der Verwandtschaft hat sie es offenbar geheim gehalten! Never trust ...

Fanni blendete die Gedankenstimme aus. »Aber ich fürchte, niemand darf das Haus betreten. Die Polizei hat nämlich –«

Neumeier unterbrach sie, indem er vehement den Kopf schüttelte. »Das gilt nicht mehr.«

Fanni wunderte sich darüber, dass der Tatort freigegeben worden war, obwohl man den Täter noch nicht überführt hatte. Was, wenn neue Fragen auftauchten? Was, wenn es noch etwas nachzuprüfen galt?

Aber gut, es lag nicht an ihr, darüber zu entscheiden. Deshalb erhob sie sich und begleitete Neumeier zum Nachbarhaus, wo sie ihm den unter der Blende verborgenen Riegel an der Hintertür zeigte, die in die Küche führte.

Er schob ihn zurück, öffnete und blieb abwartend stehen.

Du erwartest doch nicht etwa, dass er dich um weiteres Geleit bittet?

Ein wenig widerstrebend wandte Fanni sich ab und kehrte nach Hause zurück. Dort fand sie Sprudel schlafend auf der Wohnzimmercouch.

Gut sieht er nicht aus! Er ist nach wie vor grau im Gesicht und hat womöglich noch mehr Falten um die Nase als heute früh!

Fanni wollte ihm gerade über die zerfurchte Wange streichen, als sie das Telefon läuten hörte. Sie eilte in den Flur, wo der Festnetzapparat auf einem runden Tisch stand, der von zwei Schwingstühlen flankiert war.

Das Display zeigte eine vertraute Mobilfunknummer an. Fanni hob den Hörer ab und sagte: »Hallo, Leni.«

Leni hielt sich nicht mit langen Vorreden auf. »Seit gestern versuche ich, dich zu erreichen. Ermittelst du jetzt etwa auch in dem anderen obskuren Todesfall?«

»Gar nicht obskur, Leni. In den Augen der Polizei steht fest, dass es ein Unfall war.«

»Willst du mir etwa einreden, Mama, dass du mit der Polizei einer Meinung bist?«

Darauf blieb Fanni die Antwort schuldig. Sie würde Leni nicht anlügen. Auf keinen Fall.

»Also nicht«, sagte Leni in einem Ton, der bestätigte, dass sie genau das gedacht hatte. »Was sagt Sprudel dazu?«

»Sprudel geht es nicht so gut. Er muss ein Antibiotikum einnehmen, weil er am Fuß eine Entzündung hat.« Fanni verschwieg, woher, und Leni hakte zum Glück nicht nach.

Stattdessen fragte sie: »Wirkt es?«

Fanni brauchte einen Moment, bis ihr aufging, dass Leni das Medikament meinte. »Er hat die erste Tablette vor knapp zwei Stunden genommen. Ist es da nicht zu früh, schon eine Besserung zu erwarten?«

»Antibiotika wirken zwar schnell«, stimmte Leni ihr zu, »aber vierundzwanzig Stunden muss man ihnen schon Zeit lassen. Gib ihm ein Bussi von mir.«

Fanni nickte, als ob Leni das sehen könnte. Dann fragte sie: »Gibt es in Polizeikreisen etwas Neues im Mordfall Ole Jesper?«

Leni verneinte. »Es geht wohl alles seinen Gang. Spuren werden untersucht, Gewebeproben vom Tatort, Alibis werden überprüft.«

Fanni unterließ es zu erwähnen, was sie von Melli, der Tochter des Holzhändlers und Linsenlocher-Sprosses Sepp Linsenlocher, hinsichtlich Istaris Alibi erfahren hatte.

Eine weise Entscheidung! Denn mit dem Platzen ihres Alibis rückt sie wieder als Täterin in den Fokus. Und weil sie inzwischen tot ist, kann man ihr den Mord problemlos anlasten! Die Polizei lacht sich ins Fäustchen und schließt die Akte!

So einfach wollen wir es den Ermittlern aber nicht machen, dachte Fanni.

»Ich habe gestern auch schon ein paarmal vergeblich bei euch angerufen«, sagte Leni. »Wo habt ihr euch denn herumgetrieben?«

»Wir haben einen Ausflug nach München gemacht«, antwortete Fanni mit absichtsvoller Begeisterung in der Stimme, um Leni glauben zu machen, es hätte sich um einen reinen Vergnügungsausflug gehandelt. »Wir haben im Luitpold Kaffee getrunken und bei Dallmayr Gänseleberpastete gekauft.«

»Und was hat euch zu diesem Ausflug veranlasst?«, fragte Leni trocken.

Auf solche plumpen Tricks fällt deine Tochter doch nicht herein!

Fanni wollte gerade Farbe bekennen, da ertönte ein Pfeifton aus dem Hörer und gleich darauf Lenis erhobene Stimme. »Ich muss Schluss machen. Der Temperaturalarm … Ich melde mich heute Abend noch mal.« Damit war die Verbindung unterbrochen.

Als Fanni ins Wohnzimmer zurückkam, sah sie, dass Sprudel aufgewacht war.

Er sieht aber noch kein bisschen besser aus!

Fanni brachte ihm ein großes Glas Wasser und nötigte ihn zu trinken. »Das ist wirklich wichtig. Die Giftstoffe müssen ausgespült werden.«

Sprudel nickte ergeben und trank.

Fanni füllte das Glas von Neuem. Dann sagte sie: »Ich muss einkaufen fahren, Sprudel. Wir haben nicht einmal mehr Milch für den Kaffee.«

Wieder nickte er, dann schloss er die Augen.

13

Auf halbem Weg zwischen Birkenweiler und Birkdorf war kürzlich ein Supermarkt eröffnet worden, der die Konsumwilligen aus den Weilern und Dörfern östlich von Deggendorf absorbierte wie eine Ansaugvorrichtung.

Eilig packte Fanni in den Einkaufswagen, was ihr dringend erforderlich schien – Obst, Gemüse, Milchprodukte, Brot und Brötchen zum Aufbacken. Obwohl nur eine der drei Kassen besetzt war, hatte sich keine Schlange gebildet, sodass sie den Markt innerhalb kurzer Zeit wieder verlassen konnte. Sie verstaute ihre Einkäufe im Auto und karrte dann den leeren Einkaufswagen zu seinem überdachten Standort.

Auf dem Rückweg zum Parkplatz lief sie Otto Siblinger über den Weg. Offensichtlich kam er gerade aus dem Markt, denn er hatte eine Tiefkühlpizza – Meeresfrüchte – und eine Literflasche Chianti dabei. Fanni blieb vor ihm stehen und streckte ihm die Hand entgegen. Um sie nehmen zu können, musste er den Pizzakarton unter den Arm klemmen.

»Es tut mir leid«, sagte Fanni, »schrecklich leid, dass Sie die Annemarie endgültig verloren haben. Ich bin mir sicher, Sie beide hätten wieder zusammengefunden.«

Siblingers Augen waren feucht, als er Fannis Händedruck erwiderte.

»Wir hätten sie nicht allein im Dunkeln zurückgehen lassen dürfen«, sagte Fanni.

Siblinger nickte zuerst, dann schüttelte er den Kopf. »An der Dunkelheit lag es nicht. Die Dunkelheit hätte ihr nichts anhaben können.« Der Atemzug, den er machte, klang wie ein Stöhnen. »Ihre Gemütsverfassung war schuld an dem Unglück.« Seine Stimme wirkte derart gequält, dass Fanni seine Hand in der ihren behielt, obwohl sie merkte, dass der Pizzakarton ins Rutschen kam. »Sie hat einfach nicht darauf geachtet, wo sie hintrat«, setzte er verzweifelt hinzu. »Ich hätte bei ihr bleiben sollen.«

Fanni musste jäh seine Hand loslassen, um die Pizza vor dem Absturz zu bewahren. So ist es doch immer, dachte sie. Wenn alles zu spät ist, weiß man, wie das Unheil zu verhindern gewesen wäre. Sie sprach es jedoch nicht aus.

Siblinger wischte sich die Augen mit dem Jackenärmel.

In einem allerdings hatte der Siblinger recht. Istari war durcheinander. Sie war aufgewühlt und traurig, erschüttert und voller Kummer.

In diesem Zustand hat sie Siblingers Engagement sicherlich begrüßt!

Aber hat sie ihm Hoffnungen gemacht? Wäre das nicht ein bisschen verfrüht gewesen?

Vielleicht hat sich die ganze Sache ja so zugetragen: Istari sagt dem Siblinger klipp und klar ins Gesicht: »Ich will dich – als Freund. Aber bilde dir bloß nicht ein, dass wir je wieder ein Paar werden.« Siblinger akzeptiert das vorderhand, aber dann, auf dem Heimweg, nachdem er sich von euch getrennt hat, überkommt ihn die Leidenschaft. Er läuft zuruck, trifft Istari, redet auf sie ein, versucht, sie zu küssen – wie so etwas halt abläuft. Doch sie weist ihn ab, wehrt sich und – platsch! –, Siblinger rennt kopflos davon!

Unsinn, dachte Fanni. Siblinger hätte nicht genug Zeit gehabt, umzukehren und Istari noch einzuholen.

Es sei denn, sie hätte …

Hat sie nicht. Warum sollte sie bei der Kanalgrube herumstehen?

Never …

Schnauze!

Fannis Blick fiel auf die Weinflasche und auf den Pizzakarton, den Siblinger nun wieder in der Hand hielt. »Es sieht fast so aus, als wollten Sie für heute schon Feierabend machen.«

»Das schaut nicht bloß so aus«, erwiderte er. »Kajetan hat mir für den Nachmittag freigegeben.«

»Dann sind Sie wohl auf dem Weg zum Linsenlocher-Gehöft.«

Er schüttelte den Kopf, und wieder wurden seine Augen feucht. »Da könnte ich es nicht aushalten.«

»Aber Kajetan wird dort sein«, sagte Fanni halb zu sich selbst.

Erneut verneinte Siblinger. »Kajetan ist schon seit in der Früh auswärts unterwegs. Vor einer Stunde ist er von einem seiner Wasserkraftwerke in Tschechien zurückgekommen, hat im Büro hereingeschaut und gesagt, dass ich für heute dichtmachen kann. Dann ist er nach München losgefahren, wegen einer wichtigen Besprechung.«

»Geht es dabei um das Ferienpark-Projekt?«, fragte Fanni rundweg. »Um die Abfallentsorgung, die sichergestellt sein muss?«

Siblinger zuckte die Schultern. »Nicht, dass ich wüsste. Ich dachte eigentlich, es geht um das Bauprojekt östlich vom Münchner Flughafen. Für das habe ich vergangene Woche die Pläne fertig gemacht. Ein Großgrundbesitzer aus Oberding hat einen zweihundert Quadratmeter großen überdachten Carport in Auftrag gegeben. Die Bauern da in der Gegend verdienen sich eine goldene Nase, indem sie Parkplätze zur Verfügung stellen und einen Shuttledienst zum Flughafen betreiben.«

Fanni hatte schon davon gehört, dass diese Geschäftsidee voll eingeschlagen war. Zahlreiche in der Nähe des Flughafens ansässige Grundbesitzer boten inzwischen »Park-and-fly« an. Sie interessierte sich jedoch im Moment weniger für die Findigkeit der Leute im Hallbergmoos als dafür, wie es konkret um das Ferienpark-Projekt bestellt war. Hatte Siblinger auch hierfür schon die Pläne fertig? Sie setzte zu einer weiteren Frage an.

Aber Siblinger wollte offenbar nicht länger ins Verhör genommen werden, denn er winkte kurz zum Abschied und war auch schon verschwunden.

Fanni blieb nichts anderes übrig, als ebenfalls Leine zu ziehen.

Nachdenklich ging sie zu ihrem Wagen, stieg ein und ließ den Motor an, während in ihrem Kopf ein Plan keimte.

Kajetan hatte sein Büro für heute geschlossen und war in Richtung München unterwegs. Das Grundstück am Birkberg, wo sich sein Privathaus und das Firmengebäude befanden, lag demnach verlassen da.

Es wird noch andere Mitarbeiter geben, eine Sekretärin, die Anrufe entgegennimmt, Besucher empfängt – kurz gesagt, die Stellung hält! Und womöglich hat Kajetan eine Freundin, die zu Hause ist, und eine Putzfrau, die seine Akten abstaubt, oder eine Haushälterin …

Der Einwurf war nicht von der Hand zu weisen. Fanni dachte darüber nach.

Als sie den Ortsrand von Birkenweiler erreicht hatte, musste sie sich entscheiden: auf direktem Weg nach Hause oder … Sie zögerte einen Augenblick, dann bog sie in Richtung Birkberg ab. Sie würde das Risiko eingehen, auf dem Firmengelände auf eine Sekretärin, Putzfrau oder wen auch immer zu treffen. Passieren konnte ihr schließlich nichts. Im Gegenteil, vielleicht würde sie noch die eine oder andere Frage beantwortet bekommen.

Sprudel wartet auf dich!

Es wird nicht lange dauern.

Was willst du dort eigentlich?

Mich umsehen.

Im Vorgarten?

Fanni stellte den Wagen hinter dem Schild ab, das neben der Landstraße angebracht war und die Zufahrt zu Kajetans Grundstück kennzeichnete. Es hatte die Größe einer Schultafel und zeigte verschiedenförmige Hausdächer sowie die Aufschrift: »Wagenbauer – wir bauen Ihre Träume!«

Kajetan hatte sein Grundstück weder eingezäunt noch sonst irgendwie abgesteckt. Der Garten des recht bescheidenen Wohnhauses ging nahtlos in eine Weide über, und an die Rückwand des Firmengebäudes wuchsen die Ausläufer des benachbarten Waldes heran. Der östliche Teil des angrenzenden geteerten Parkplatzes (auf dem eine einsame Rüttelplatte stand, die offensichtlich im Moment auf keiner der Baustellen gebraucht wurde) verwandelte sich in eine stark zerklüftete sandige Flur, der der Abhang des Birkbergs ein Ende setzte. Die Rinnen im Sand zeugten davon, dass hier oft schwere Geräte wie Bagger und andere Baumaschinen abgestellt wurden.

Fanni schenkte dem Wohnhaus kaum einen Blick und hielt zielstrebig auf das Firmengebäude zu, genauer gesagt auf eine Glastür, die mit der Aufschrift »Büro« gekennzeichnet war.

Und was jetzt? Willst du vorgehen wie diese Serienhelden? Fanni MacGyver? Du zückst deine Scheckkarte, und Sesam, öffne dich?

Oder hoffst du, dass Siblinger eigens für Fanni Rot die Tür offen gelassen hat? Und: Was suchst du denn da drin?

Selbst wenn Fanni den Trick mit der Scheckkarte draufgehabt hätte, das Türschloss sah nicht so aus, als ließe es sich auf diese simple Weise knacken.

Eventuell ist es sogar mit einem Alarm gesichert!

Diese Möglichkeit muss man in Betracht ziehen, dachte Fanni.

Zunächst aber drehte sie am Türknauf, was nichts bewirkte.

Überraschung! Es ist abgeschlossen! WARUM, ZUM HENKER, WILLST DU DENN HINEIN?

Starrsinnig machte Fanni sich daran, das Gebäude zu umkreisen.

Falls es Kajetan mit seinem Projekt ernst ist, weiß er, dass er allein nicht viel ausrichten kann, rekapitulierte Fanni, was ihr seit gestern durch den Kopf ging. Abgesehen von Geldgebern, den erforderlichen Grundstücken und der Zustimmung der Gemeinde braucht er Unternehmen, die sich auf bestimmte Fachgebiete spezialisiert haben. Spezialisten sozusagen. Wenn er aber mit einschlägigen Unternehmen bereits feste Verträge hat, dann ist er festgenagelt und muss alles tun, um die Sache durchzuziehen. Das bedeutet, er hätte für die beiden Morde ein derart starkes Motiv, dass man etwaige Alibis mit äußerstem Misstrauen betrachten müsste.

Geschäftsführer solcher Unternehmen trifft man nicht im Dorfwirtshaus von Birkenweiler, führte Fanni ihren Gedankengang fort, wo man sich per Handschlag heute auf das und morgen auf etwas anderes einigt. Richtige Firmenmanager schließen aller Wahrscheinlichkeit nach schriftliche Verträge. Und sie sorgen dafür, dass diese eingehalten werden, indem sie Vertragsstrafen darin festschreiben, die jeden vertragsbrüchigen Partner in den Ruin treiben können.

Du meinst, sie fesseln und knebeln ihre Geschäftspartner?

Ich denke, sie lassen ihnen keine Wahl. Und ich möchte wissen, ob Kajetan noch eine hatte. Was, wenn es mit Sven Jesper eine verbindliche Vereinbarung hinsichtlich einer Müllverwertungsanlage gibt? Was, wenn Kajetan längst bei Kanalbaufirmen und Stromanbietern in der Pflicht ist?

Dann kann er nicht mehr zurück!

Eben. In diesem Fall musste ihm jedes Mittel recht sein, an die nötigen Grundstücke zu kommen. Erst dann würde ihm niemand in der Gemeinde mehr einen Stein in den Weg legen.

Du willst also herausfinden, ob solche Verträge existieren! Dann wird es wohl am besten sein, du verwandelst dich in eine Maus oder – vorteilhafter noch – in eine Assel!

Fanni schnitt ihrer Gedankenstimme eine Grimasse, während sie um die Ecke bog, um zur Rückseite des Firmengebäudes zu gelangen. Aufmerksam schritt sie es entlang, entdeckte aber weder zugängliche Kellerschächte noch geöffnete Fensterflügel. Unterm Dach des Flachbaus gab es allerdings eine offene Luke, die anscheinend dazu da war, für Belüftung zu sorgen. Fanni maß den Abstand zwischen sich und der Luke mit unzufriedenem Blick.

Stabhochsprung wäre eventuell eine Option, falls du dir zutraust, den Olympiarekord zu brechen! Dort drüben in dem Unterstand liegt ein Haufen Stangen!

Fanni eilte hinüber. Nicht weil sie sich wie Sergej Bubka in die Luft schwingen wollte, sondern weil sie hoffte, eine Leiter zu finden.

Es gab sogar zwei.

Fanni entschied sich für die längere und zog und zerrte daran, bis sie sie zur Hauswand geschleppt hatte. Als sie sich daranmachte, sie aufzustellen, war sie beinahe versucht, wieder aufzugeben. Die Leiter war schwer und unhandlich, sie rutschte und kippte mal hierhin, mal dorthin, wollte einfach nicht stehen bleiben, drohte umzufallen und Fanni zu erschlagen.

Lass es sein, bevor sie dich plattmacht!

Ein allerletzter Versuch noch, dachte Fanni und setzte ihre ganze Kraft ein.

Stück für Stück kratzte die Leiter an der Wand entlang in Richtung Senkrechte. Um sie in die ideale vertikale Position zu bringen, musste Fanni immer wieder eine Sprosse tiefer greifen, was jedes Mal zu einem bedenklichen Schlenkern und Wackeln führte. Als sie es beinahe geschafft hatte, die Leiter aufzustellen, geriet durch das Umgreifen erneut alles aus dem Gleichgewicht. Mit einem fiesen Schrammen rutschte die Leiter seitwärts ab. Fanni sprang weg, um nicht in die Falllinie zu geraten. Doch wider Erwarten schlug die Leiter nicht in der nächsten Sekunde auf dem Boden auf, sondern blieb in einem Winkel von etwa dreißig Grad zur Vertikalen stehen. Eine der Sprossen hatte sich an einem Fenstersims verkeilt.

Das Ding saß fest.

Fanni machte sich daran, hinaufzuklettern.

Bist du verrückt? Das Ding steht total schief! Du wirst hinunterfallen wie ein fauler Apfel!

Fanni achtete nicht auf die Gedankenstimme, kletterte weiter.

Siehst du, jetzt sitzt du in der Tinte!

So ist es, musste Fanni zugeben.

Weil die Leiter nicht gerade stand, klaffte ein horizontaler Abstand von gut einem halben Meter zwischen der letzten Sprosse und der offenen Luke.

Aber darüber hing die Dachrinne.

Das wirst du nicht tun! Das ist ja glatter Selbstmord!

Fanni hatte sich so weit wie möglich zur Luke hinübergebeugt und den Rand der Dachrinne gepackt. Nun stieß sie sich ab, schwang die Beine auf die Luke zu und durch die Öffnung hinein. Gleichzeitig löste sie den Griff.

Ihre Rückenpartie schrappte schmerzhaft an der Unterkante der Luke entlang, bis sie Boden unter den Füßen hatte. Ihre Hände klammerten sich an den Seitenkanten fest. So hing sie eine Weile da, bis sie sich stabil genug fühlte, auf den Füßen zu stehen.

Großer Gott!

Fanni atmete durch und begann zu erkunden, wo sie gelandet war.

Es handelte sich um einen offenen, bis auf einige Kisten leeren Dachboden, von dem aus eine Wendeltreppe nach unten führte, die in einem Korridor endete.

Freier Durchgang am Ende der Treppe, das nennt man Dusel!

Fanni eilte hinunter.

Vom Korridor gingen mehrere Türen ab. Die erste trug die Aufschrift »WC«, die zweite »Teeküche«. Die nächste war als Registratur bezeichnet, und die übernächste hatte überhaupt kein Schild.

Fanni ignorierte sie alle.

Kajetans Büro, dachte sie, muss an der Frontseite des Gebäudes liegen.

Sie folgte dem Korridor, bis er eine Biegung machte und sich zu einer Art Halle verbreiterte.

Das ist der offizielle Eingangsbereich! Hierhin gelangt man, wenn man die Haustür benutzt, wie sich das gehören würde!

In der Halle gab es nur zwei Türen, die allerdings recht nobel wirkten. Weiter den Flur hinunter mussten noch Eingänge zu den Büros der übrigen Angestellten sein.

Eben! Und diese Angestellten liegen nicht im Koma!

Sie könnten mit irgendwelchen Aufträgen außer Haus unterwegs oder bereits in den Feierabend geschickt worden sein, wie Siblinger.

Für einen Rückzieher war es ohnehin zu spät.

Fanni blieb vor der ersten Tür stehen und spähte durch den Glaseinsatz, der den Blick auf zwei überdimensionale Zeichentische freigab.

Siblingers Reich!

Ohne zu zögern, eilte sie weiter und legte die Hand auf die Klinke der nächsten Tür, hinter der sich nun zwangsläufig das Chefbüro befinden musste.

Sie öffnete, trat ein und blieb stehen, weil sie im ersten Moment nur schattenhafte Umrisse erkennen konnte. Während sich ihre Augen langsam an das schwache Licht gewöhnten, begriff sie, dass im Chefbüro sämtliche Jalousien heruntergelassen waren.

Unwillkürlich betätigte sie den Lichtschalter.

Im selben Moment ging der Alarm los.

Fanni machte einen Satz, der sie ein schönes Stück in den Raum hineintrug.

Sieh bloß zu, dass du hier wegkommst!

Einen Augenblick lang war Fanni wie gelähmt. Sie stand da und starrte die Jalousien an, die die Fenster verhüllten.

Fenster als Fluchtweg ungeeignet! Du hast nämlich nicht genügend Zeit, hinter den Lamellen herumzufummeln, bis du eine Entriegelung findest! Also Rückzug!

Fanni machte einen Schritt vorwärts.

RAUS HIER! Durch die Tür hinter dir! Und pronto, bitte sehr!

Endlich drehte sie sich um, stürmte aus der noch halb offen stehenden Tür und quer durchs Foyer auf den Haupteingang zu.

Sie packte den Türknauf mit beiden Händen und versuchte, ihn nach rechts zu drehen – allerdings erfolglos.

Andere Richtung, schnell!

Fanni probierte es ebenso erfolglos nach links. Der Knauf bewegte sich nicht.

Was jetzt?

Fanni stieß sich ab, rannte zu der Tür mit dem Glaseinsatz und riss sie auf. Im Zeichenbüro fiel Sonnenlicht durch die Scheiben.

Fanni hastete durch den Raum, fasste nach dem erstbesten Fenstergriff, kippte ihn in die Waagrechte und zog daran. Der Fensterflügel lockerte sich widerstandslos und schwang auf.

Ohne sich darum zu kümmern, wo sie draußen aufschlagen würde, hechtete Fanni hinaus.

Sie landete auf Händen und Knien. Ein scharfer Schmerz durchzuckte ihren Daumenballen, ein Stich durchfuhr ihr Knie. Sie registrierte es kaum. Mit einem Ruck kam sie auf die Füße und sprintete zu ihrem Wagen.

Noch während sie lief, angelte sie nach dem Autoschlüssel und drückte so lange auf das Plastikgehäuse, bis zwei Blinklichter am Wagen anzeigten, dass die Türen entriegelt waren. Einen Augenblick später sprang sie hinein.

Obwohl ihre Hände zitterten und ihr Atem unschön rasselte, gelang es ihr, den Motor anzulassen und ein Stück Landstraße hinter sich zu bringen. Als jedoch die Einmündung eines Feldwegs die Gelegenheit dafür bot, stellte sie den Wagen ab. Sie musste sich erst beruhigen, bevor sie nach Hause kam.

Das hat sich ja gelohnt! Du hättest dir den Hals brechen können! Du hättest …

»Never look back«, sagte Fanni bissig.

Zugegeben, sie war ein Risiko eingegangen. Aber war sie nicht heil aus der Sache herausgekommen?

Schade nur, dachte sie, dass ich nicht herausfinden konnte, was ich so gerne wissen wollte.

So ist es halt! Man kann nicht erwarten, immer das große Los zu ziehen!

Fanni fragte sich, wann sie je das große Los gezogen hätte.

An dem Tag, an dem du Sprudel getroffen hast, Dummbacke!

Nach einigen Minuten – ihre Atemzüge hörten sich inzwischen wieder normal an – machte sie sich auf den Heimweg.

Weil sie noch immer zitterte, ihre Arme und Beine sich wie Gummi anfühlten und weil aus unerfindlichen Gründen ihre Augen zu tränen begonnen hatten, fuhr sie fast im Schritttempo. Als sie, gar nicht mehr weit von zu Hause entfernt, am Gänseanger vorbeizuckelte, stand Istari wie so oft in Yogapose neben der verfallenen Schmiede, die eigentlich nur noch ein Haufen Steine war. Sie trug eine leuchtend blaue Pluderhose und das Lakshmi-T-Shirt. Soeben veränderte sie ihre Position, formte mit den Armen einen Kreis über dem Kopf und beugte sich weit nach hinten.

Istari ist tot!

Fanni stieg so abrupt auf die Bremse, dass der Wagen einen Satz machte und der Motor erstarb. Sie kümmerte sich nicht darum, wo das Auto stehen geblieben war, stieg aus und lief auf die Schmiede zu. Als sie etwa auf ein Dutzend Schritte an die Gestalt herangekommen war, ging ihr auf, dass sie nicht den irrlichternden Geist der toten Istari vor sich hatte, sondern eine sehr lebendige Birgit Linsenlocher.

Wo hat sie denn die Klamotten her?

Istari hat die Sachen an dem Tag getragen, an dem Ole starb, dachte Fanni. Die Polizei hat die Blutspuren darauf untersuchen lassen und die Kleidung dann … nein, nicht zurückgegeben. Solche Dinge kommen vermutlich in die Asservatenkammer.

Dann muss sie sich das Zeug bei Yogishop bestellt haben!

Keine Frage, Birgit wollte in die Rolle ihrer Schwägerin schlüpfen, wollte sein, wie *sie* war; haben, was *sie* hatte.

Auf Ole wird sie allerdings verzichten müssen!

Birgit – anscheinend hatte sie Fannis Anwesenheit gespürt – beugte sich ruckartig nach vorn und starrte ihr entgegen.

Fanni wollte etwas sagen (was, wusste sie eigentlich nicht), doch die rasante Abfolge von Regungen in Birgits Gesicht verschloss ihr den Mund. Überraschung – Erschrecken – Wut – blanker Hass.

»Was willst du?«, zischte Birgit. »Willst du wieder schnüffeln? Das werd ich dir schön austreiben.«

Bevor Fanni auch nur im Entferntesten auf die Idee kam, was sie damit meinen könnte, hatte sich Birgit nach einem Stein gebückt und ihn in ihre Richtung geschleudert. Er traf Fanni am linken Oberarm. Der Schmerz war so heftig, dass ihr die Luft wegblieb.

Dann halt den Atem an, aber renn!

Als Birgit sich nach einem weiteren Stein bückte, lief Fanni los.

Im Zickzack! Hörst du! Im Zickzack! Sonst bist du ein leichtes Ziel!

Fanni zickzackte zum Wagen, warf sich hinein, schaffte es, ihn zu starten, trat das Gaspedal durch, schoss die Straße hinunter und bog mit quietschenden Reifen in ihre Zufahrt. Dort würgte sie den Motor ab und blieb im Wagen sitzen.

Die Linsenlochers sind doch alle nicht ganz dicht! Ist nicht jedem von ihnen ein Mord zuzutrauen?

Fanni bettete den Kopf auf ihre Hände, die auf dem Lenkrad ruhten, und schloss die Augen.

Erst nach einer ganzen Weile hatte sie sich so weit erholt, dass sie aussteigen und mit einigermaßen gefasster Miene das Haus betreten konnte.

14

Fanni hatte im Supermarkt Karotten, Brokkoli, neue Kartoffeln und Lauchzwiebeln für eine Gemüsesuppe gekauft, aber Sprudel wollte nichts essen. Er sah matt und krank aus, und Fanni begann sich zu fragen, ob ihm der Arzt das richtige Antibiotikum verordnet hatte.

Vierundzwanzig Stunden, hat Leni gesagt! Und wie viele sind vergangen, seit er die erste Kapsel geschluckt hat? Gerade mal fünf!

Nun gut, man würde sich in Geduld üben müssen.

Fanni räumte die Einkäufe in den Kühlschrank und machte sich ein Brot mit Rote-Bete-Aufstrich, den sie in der Bioecke des Supermarkts entdeckt hatte. Da klingelte es zum zweiten Mal an diesem Tag an der Tür.

Draußen stand Hans Rot.

»Ist einer von euch beiden krank geworden? Fehlt dir was, Fanni? Die Praml hat dich und Sprudel heute früh in die Praxis von Dr. Albert gehen sehen.«

Fanni ließ ihren Noch-Ehemann eintreten, während sie sich fragte, wozu die Leute von Birkenweiler und Umgebung eigentlich eine Tageszeitung benötigten. Frau Praml und ihre Mitstreiterinnen vom katholischen Frauenbund berichteten flinker, zuverlässiger und solider als jeder Reporter.

Hans wirkte ernstlich betroffen, als er Sprudel sah.

Dein Mann leidet ja nicht wie du unter fehlender Sozialkompetenz! Wie könnte er in diversen Vereinen als angesehenes Mitglied gelten, wenn er nicht wüsste, was der Kameradschaft geschuldet ist?

In besorgtem Ton fragte er, wie Sprudel sich eine derartige Entzündung zugezogen haben konnte. Als Antwort darauf bot ihm Fanni ein Rote-Bete-Brot an. Hans lehnte ab.

Fanni besann sich, offerierte ihm stattdessen Leberwurstbrot mit einem Ettl Hell, und sofort nahm Hans dankend an.

»Die Praml sagt«, erklärte er mampfend, »nach euch ist der Linsenlocher Sepp – der Holzhändler, kennt ihr doch, oder? –

in die Praxis vom Albert gekommen. Kaum war er ein paar Minuten drin, ist der Sanka vorgefahren und hat ihn abgeholt.«

»Und was schließt Frau Praml daraus?«, erkundigte sich Fanni, denn mit einer bloßen Beobachtung würde die Vorsitzende des katholischen Frauenbundes bestimmt niemanden abspeisen wollen.

»Herzinfarkt«, antwortete Hans.

Fanni sah ihn ungläubig an. »Frau Praml hat diese Diagnose durchs Heckfenster des Krankenwagens gestellt?«

Hans grunzte missbilligend. »Sie hat eins und zwei zusammengezählt.«

»Eins und zwei«, wiederholte Fanni verständnislos. »Ein Wort vom Linsenlocher Sepp und zwei vom Sanitäter?

Hans warf ihr den Blick zu, den normalerweise der Ausspruch »Stell dich nicht dümmer, als du bist« begleitete, verzichtete jedoch darauf, ihn zu äußern. Stattdessen spülte er den letzten Bissen seines Leberwurstbrotes mit Ettl Hell hinunter und erwiderte dann: »Der Linsenlocher Sepp, sagt die Praml – und sie hat das aus sicherer Quelle –, schlägt sich schon eine ganze Zeit lang mit Herzrasen und so was herum. Was kein Wunder ist, sagt die Praml, weil er Lieferverpflichtungen für Stammholz eingegangen ist, die er nicht einhalten kann.«

»Er hat sich darauf verlassen«, riet Fanni, »dass in und um Birkenweiler das große Abholzen beginnt.«

Hans nickte. »Er hat darauf gesetzt, dass Kajetan sein Projekt ratzfatz durchzieht.«

»Aber die Sache ist ins Stocken geraten«, murmelte Fanni und fragte sich, wie viele Leute Oles Weigerung, Kajetan den Birkengrund zu überlassen, eigentlich in Kalamitäten gebracht hatte.

Da hätte einer von den Pechvögeln, die in der Klemme steckten, schon mal auf die Idee kommen können, den guten Ole ins Jenseits zu befördern. Würde es sich vielleicht lohnen, mal ein paar Takte mit der Praml zu schwätzen?

In jedem Fall, dachte Fanni deprimiert.

Der Punkt ist nur, dass du dich nicht dazu aufraffen kannst!

Stimmt, gab Fanni zu.

Weil du damit rechnen musst, dass sie dir die kalte Schulter zeigt!

Das wird sie mit Sicherheit tun, sagte sich Fanni, denn dieses oder jenes Getuschel kam sogar ihr zu Ohren. Außerdem hatte sie lange genug mit Hans Rot zusammen in Erlenweiler gelebt, um zu wissen, wie der Hase lief.

Während ihres Aufenthaltes in der Privatklinik Hornschuh waren die ehemaligen Nachbarinnen, allen voran Frau Praml, über die Maßen freundlich zu ihr gewesen. Nicht grundlos, versteht sich. Praml und Co. wollten Fanni unbedingt in Erlenweiler (genauer gesagt in Hans Rots Haus am Erlenweiler Ring Nummer 8) zurückhaben, damit in der Siedlung wieder Ruhe einkehren konnte.

Frau Praml und ihr Gefolge hatten Fanni nie wirklich gemocht und akzeptiert. Man hatte sie als Außenseiterin betrachtet und meist scheel angesehen.

Ressentiments, die auf Gegenseitigkeit beruhten.

Aber nachdem Fanni Erlenweiler und Hans Rot verlassen hatte, hatte man einsehen müssen, dass das Leben in der Siedlung, solange die zurückhaltende, im Prinzip ja recht umgängliche Fanni mit Hans Rot zusammengelebt hatte, bedeutend einfacher gewesen war. Inzwischen zuckten die Anwohner am Erlenweiler Ring bei jedem Türklingeln erschrocken zusammen und fragten sich bang, ob Hans Rot wieder einmal vor der Tür stand und auf Gesellschaft aus war.

Fanni hätte, wäre sie nach dem Klinikaufenthalt nach Erlenweiler zurückgekehrt, mit einem frenetischen Willkommen seitens sämtlicher Nachbarn rechnen dürfen. Aber sie hatte ja – wieder einmal – alle brüskiert und war in Lenis Haus in Birkenweiler eingezogen.

Frau Praml und ihr Gefolge hatten die Stirn gerunzelt, jedoch vorerst einmal abgewartet. Fanni war ja schon immer für Überraschungen gut gewesen.

Womöglich würde sie sich doch noch besinnen.

Aber mit Sprudels Ankunft in Birkenweiler war die Katze

aus dem Sack. Fanni hatte sich gegen Hans Rot entschieden. Anders waren die Umstände wohl nicht zu deuten – oder?

Die Würfel sind gefallen, tuschelte es den Erlenweiler Ring hinauf und hinunter.

Folglich waren Fannis ehemalige Nachbarinnen, allen voran Frau Praml, gekränkt, pikiert, verschnupft, verstimmt, und was Hans Rot betraf, ohne brauchbare Perspektive.

Ich könnte es Frau Praml nicht mal verdenken, dachte Fanni, wenn sie sich nur widerstrebend oder gar nicht dazu bewegen ließe, mit mir zu reden.

Dabei sind Insiderinformationen nicht mit Gold aufzuwiegen!

In diesem Fall aber kaum zu haben, entschied Fanni.

Never say never!

Sie schreckte auf, weil Hans sich an die Stirn schlug. »Mist, jetzt habe ich doch glatt die Kiste stehen lassen.«

Fanni ersparte sich die Frage, was damit nun wieder gemeint war, weil sie davon ausging, dass die erforderliche Erklärung auch so kommen würde. Sie musste sich nicht lange gedulden.

»Die Sache mit dem Linsenlocher Sepp, die wüsste ich nicht, wenn ich nicht heute Vormittag mit der Praml auf dem Klein-Hof zusammengetroffen wäre. Ich hab mir Eier geholt, sie hat sich Eier geholt – ihr kennt das ja. Bei der Gelegenheit hat sie mir auch erzählt, dass sie euch zwei beim Doktor gesehen hat, und ich hab drauf gesagt, dass ich nach Birkenweiler fahren würde, schauen, was los ist. Das hat dann die Olga mitbekommen und mich gefragt, ob ich auf dem Weg am Hof vorbeifahren könnte. Sie wollte in der Zwischenzeit ein paar Sachen für dich herrichten: ein bisschen Gemüse aus ihrem Garten, ein paar selbst gemachte Quarkschnecken und Eier natürlich. Die Kiste mit den Sachen wollte sie auf die Gred hinausstellen. Da steht sie jetzt immer noch. Aber ich hole sie euch.«

Fanni wehrte ab. »Mach dir keine Mühe, Hans. Lass mich fahren, dann kann ich mich auch gleich persönlich bedanken.«

Was Fanni da sagte, war längst nicht so zuvorkommend, wie es sich anhörte.

Als Hans den Klein-Hof erwähnt hatte, war ihr nämlich

eingefallen, dass dort der Nachrichtenumschlagplatz schlechthin war. All die Milch- und Eierholer, die tagtäglich den Weg zum Klein-Hof fanden, brachten auch Informationen mit. Und Bauer Klein war einer, der hinhörte. Ganz genau hinhörte, ohne sich je etwas anmerken zu lassen. Dabei entging ihm kein Unterton, keine Schattierung.

Hans hatte mittlerweile die Flasche Ettl Hell geleert und betrachtete sie melancholisch. Fanni hütete sich jedoch, ihm eine zweite anzubieten. Erstaunlicherweise verstand er den Wink.

Nachdem Fanni ihn zur Tür gebracht hatte, stellte sie fest, dass Sprudel wieder eingeschlafen war. Sie entschloss sich, die Zeit zu nutzen und auf der Stelle zum Klein-Hof hinüberzufahren.

Fanni parkte im Schatten des Holunderstrauches, der neben dem Geräteschuppen wuchs –

Was dem Pfarrer sein Weihwasser, ist dem Bauern sein Hollerstrauch!

–, und spazierte gemächlich aufs Wohnhaus zu. Als sie an der Milchkammer vorbeikam, trat eine junge Frau aus der Tür, die sie einen Moment lang anstarrte, dann aber mit einem strahlenden Lächeln auf sie zueilte.

»Frau Rot, das freut mich aber …«

Fanni hatte Mühe, das Lächeln zu erwidern. Sie hatte die Frau noch nie gesehen.

Aber du weißt trotzdem, wer sie ist – Leni hat dir von ihr erzählt! Das ist Olga! Sie hat hier eingeheiratet, nachdem Mirza ermordet worden ist. Du und Sprudel, ihr habt die Tat aufgeklärt, sonst wäre der alte Klein dafür zur Verantwortung gezogen worden und im Kittchen gelandet. Seither steht ihr bei den Kleins in höchstem Ansehen.

Olgas Lächeln hatte sich verflüchtigt. Sie sah Fanni bekümmert an. »Ich weiß, Sie kennen mich nicht mehr.«

Fanni brachte nun doch ein wirkliches Lächeln zustande. »Olga?«

»Was wohl nicht schwer zu erraten ist«, erwiderte die, nun ebenfalls wieder lächelnd.

Fanni erkundigte sich nach Bene, dem jungen Bauern, den

sie von klein auf kannte, und höflichkeitshalber auch nach Olgas Sohn Ivo, an den sie sich wegen des Gedächtnisverlustes jedoch nicht erinnerte. Leni hatte ihn allerdings schon mehrfach erwähnt.

Die beiden, erfuhr sie, waren momentan unterwegs, der eine war beim Futtermähen, der andere musste den Pfarrbrief austragen, weil das zu den Aufgaben der Ministranten gehörte. Fanni nickte als Antwort und fragte dann nach den Milchkühen im Stall, den Hühnern in der Scheune und dem Stand des Getreides auf den Feldern. Ganz zum Schluss fragte sie nach Bauer Klein.

Olga verdrehte gequält die Augen. »Er hat sich eine schwere Bronchitis zugezogen, und Dr. Albert besteht darauf, dass er das Bett hütet. Die Krankheit muss auskuriert werden, sagt der Doktor, sonst wird sie chronisch.«

»Und was meint der Bauer dazu?«, fragte Fanni schmunzelnd.

Olga schnitt eine Grimasse.

»Dass alle Ärzte Quacksalber sind?«, fragte Fanni.

»Der Bauer drückt sich entschieden drastischer aus«, antwortete Olga. »Wie, möchte ich lieber für mich behalten.«

Eine Weile sahen sie sich versonnen an, dann sagte Olga schüchtern: »Ich glaube, er würde sich freuen, Sie zu sehen. Er mag Sie. Und er hat sich Sorgen um Sie gemacht.« Sie zögerte, bevor sie hinzufügte: »Würden Sie sich ein bisschen Zeit für ihn nehmen?«

»Deswegen bin ich hier«, erwiderte Fanni wahrheitsgemäß.

Der alte Klein sah viel ausgemergelter aus, als sie ihn in Erinnerung hatte.

Wie ein ausgetrockneter, halb abgenagter Tannenzapfen!

Obwohl von Hustenanfällen geschüttelt, richtete er sich im Bett auf und schrie mit brüchiger Stimme: »Die Frau Fanni ist da! Die Frau Fanni ist gekommen! Mei, das freut mich. Setz dich her, Frau Fanni. Olga, bring uns einen Schnaps. Das muss gefeiert werden, dass sie wieder da ist, die Frau Fanni.«

»Bauer«, wandte Fanni ein, »mit einer ausgewachsenen Bronchitis sollte man auf Alkohol verzichten.«

»Ein Begrüßungsschnaps für die Frau Fanni ist kein Alkohol«, rief der Bauer heiser. »Ein Begrüßungsschnaps für die Frau Fanni ist Pflicht und Schuldigkeit.«

Olga kam mit zwei Schnapsgläsern herein, die sie jedoch nur einen Fingerbreit gefüllt hatte. Sie zwinkerte Fanni zu, reichte ihr die beiden Gläser und ging wieder hinaus.

Bauer Klein ließ es sich nicht nehmen, sich kerzengerade hinzusetzen, um mit Fanni anzustoßen. Dann kippte er seinen Schnaps und sank entkräftet aufs Kissen zurück.

Fanni setzte sich in den Sessel, den Olga für sie bereitgestellt hatte.

Der alte Klein atmete mühsam und rasselnd, seine Wangen wirkten eingefallen. Die vom ständigen Aufenthalt im Freien dunkel gefärbte Haut ließ eine ungesunde Blässe durchscheinen.

Am besten, du kommst gleich zur Sache! Ein langes Palaver hält er in diesem Zustand bestimmt nicht durch!

Fanni fragte sich, inwieweit überhaupt ein Gespräch mit Bauer Klein möglich war.

Den Versuch kannst du ja machen!

Ohne lange Vorreden brachte Fanni Kajetans Plan, in Birkenweiler ein Feriendorf zu errichten, aufs Tapet.

»Halten Sie es für machbar, Bauer?«, fragte sie.

Klein hatte sich ein wenig erholt, das Atmen schien ihm im Moment ein wenig leichter zu fallen.

Er wiegte den Kopf. »Auch wenn ihn die meisten für ein Großmaul halten, ich trau es dem Kajetan zu, dass er so was auf die Füße stellt. Der hat Verstand, der Bursche. Den hat er von seinem Vater.« Klein musste eine Pause einlegen, bevor er fortfahren konnte. »Kaspar Wagenbauer ist ein findiger Mensch gewesen. Schad um ihn. Der hat in jungen Jahren schon einen Hof beieinandergehabt – Saxendie. Aber er hat ja sterben müssen. Und wie dann seine Witwe den Linsenlocher genommen hat, ist es abwärtsgegangen, immer weiter bergab. Der Linsenlocher ist nämlich ein Volldepp. Und dem seine Brut ist auch nicht g'scheiter wie er.«

»Was glauben Sie, Bauer«, fragte Fanni, »wie weit der Kajetan gehen würde, um ans Ziel zu gelangen?«

Klein sah sie listig an. »Sie meinen, ob ihm jedes Mittel recht wär?«

Fanni nickte.

Der Bauer schwieg eine Weile nachdenklich. Dann sagte er: »Wer kann schon reinschauen in einen andern? Niemand kann das. Aber eins weiß ich g'wiss: Der Wagenbauer Kaspar, das war ein rechtschaffener Mensch. Ein Ehrenmann, wie er im Buche steht. Und der Kajetan – na ja, eine große Goschen hat er schon, aber wenn Sie mich fragen, charakterlich kommt er nach seinem Vater.«

Bauer Klein atmete wieder beängstigend holprig.

Fanni reichte ihm ein Glas Wasser, das Olga auf dem Nachttisch bereitgestellt hatte. »Ich fürchte, wir haben Ihre Bronchien überstrapaziert, Bauer.«

Er trank, dann winkte er ab. »Wenn mich die Frau Fanni besuchen kommt, dann unterhalt ich mich mit ihr. Hab danach wieder genug Zeit, das Maul zu halten.«

Fanni ließ ihm eine Minute, etwas zu Atem zu kommen, bevor sie fragte: »Heißt es nicht, der Kajetan hätte sich den besten Linsenlocher-Grund unter den Nagel gerissen und seine Halbgeschwister im Regen stehen lassen?«

Klein hob schulmeisterlich den Zeigefinger. »Das kannst jetz so sehn oder so. Aber genau genommen ist es doch so, dass alles, was dem Wagenbauer Kaspar gehört hat, von Rechts wegen dem Kajetan zustehen tät – oder nicht? Aber gut, man kann es der Linsenlocherin ja nicht verdenken, dass sie ihre anderen Kinder auch nicht zu kurz kommen lassen will.« Er schnaufte geräuschvoll. »Und alle haben sie was gekriegt, ohne Ausnahme. Ganz vorn dran der Linsenlocher Sepp, der Bazi. Baugründe, Waldbesitz, sogar für die Jüngste, die Annemarie, ist noch was geblieben. Die hat den wertvollen Goldschmuck vom alten Wagenbauer seiner Großmutter gekriegt. Schad drum. Sie hat ihn verscherbelt und das Geld wer weiß wo durchgebracht.«

»Warum nennen Sie den Linsenlocher Sepp einen Bazi?«, fragte Fanni, als Klein verstummte.

»Na, weil er halt einer ist«, antwortete der Bauer. »Er ist der Einzige aus der Linsenlocher-Brut, der nicht bloß dumm ist, sondern auch verschlagen. Und das Schlimmste ist, dass er meistens in die eigene Falle tappt. Das können Sie mir glauben, Frau Fanni, dass der Kajetan für den Sepp schon dutzendfach die Kastanien aus dem Feuer geholt hat. Aber wie man hört, sitzt er jetzt so tief im Schlamassel, dass auch der Kajetan nix mehr machen kann. Wissen S', Frau Fanni, wenn Sie heutzutage einen Liefertermin nicht einhalten können, dann hagelt es Vertragsstrafen, und zwar saftige. Aber der Linsenlocher Sepp hat ja nicht abwarten können, bis sicher war, ob ein Holzeinschlag am Birkenberg überhaupt in Betracht kommt.« Klein deutete ein verständnisloses Kopfschütteln an. »Dabei hätt er bloß ein bisserl Geduld haben müssen. Weil wie man hört, ist der Birkengrund über der Annemarie ihre Leich an die alten Linsenlocher gefallen ...« Er konnte nicht weitersprechen.

Fanni beendete den Satz: »Und damit steht Kajetans Projekt nichts mehr im Weg.« Nach einer kurzen Pause setzte sie hinzu: »Sepp Linsenlocher kann seine Lieferverpflichtungen also doch noch einhalten.«

»Aber nicht termingerecht«, vermeldete der Bauer röchelnd. »Und das ist übel genug. Wenn er sie gar nicht einhalten könnt, wäre er ja komplett im A... äh ... ruiniert, und ein Ausflug in den Knast wär ihm sicher.«

Klein musste wieder verschnaufen, einen Schluck trinken und ein wenig ausruhen.

Indessen dachte Fanni über das eben Gehörte nach. Der Bauer, und seinem Urteil war zu trauen, hielt Kajetan also für integer. Sepp Linsenlocher jedoch schien er jede Untat zuzutrauen. Auch einen Mord, um das Ferienpark-Projekt voranzutreiben?

In Kleins Augen scheint Sepp ein Lumpenhund zu sein!

Ja, dachte Fanni, vor die Wahl gestellt, würde Bauer Klein nicht Kajetan, sondern Sepp Linsenlocher schuldig sprechen; und der hat definitiv ein Motiv.

Es herrschte eine Weile Schweigen, während dem der Bauer nach Luft rang und Fanni sich fragte, wie sie wohl herausbekommen könnte, wo sich Sepp Linsenlocher aufgehalten hatte, als Ole ermordet wurde.

Dafür wirst du noch mal auf dem Linsenlocher-Gehöft aufkreuzen müssen! Und wenn du schon dort bist, kannst du dich gleich noch umhören, ob der Kajetan zur fraglichen Zeit irgendwo gesichtet worden ist!

Fanni dachte an Erika und ihren Mann. Die beiden hatten Kaspar Wagenbauers einst so stattlichen Hof zugeteilt bekommen. Und was hatten sie daraus gemacht?

Nichts, auf das man stolz kein könnte!

Man fragt sich, dachte Fanni, ob sie nicht besser daran täten, Kajetan das Regiment zu überlassen.

Laut sagte sie: »Erika und Hubert Neumeier scheinen sich nicht recht schlüssig zu sein, ob sie auf Kajetan bauen können.«

Klein hatte die Augen geschlossen. Nun öffnete er sie wieder. In seinem Blick spiegelte sich Verwunderung. »Das ist schon irgendwie komisch.«

»Was ist komisch, Bauer?«

»Na ja, gleich am Anfang, da hat es den beiden nicht schnell genug gehen können. Die haben den Kajetan buchstäblich geplagt, sind ihm ständig in den Ohren gelegen und haben keine Ruhe geben wollen, auch wenn er noch so oft gesagt hat, dass man bei so einem Projekt nichts überstürzen darf, dass man besonnen vorgehen und alles lieber zweimal überdenken muss.« Klein musste erneut eine Pause machen, bevor er weitersprechen konnte. »Aber dann, von einem Tag auf den andern, haben sie so getan, als ob ihnen das Feriendorf am A… Also, sie haben sich halt nicht mehr dafür interessiert.«

»Eine Finte vielleicht«, mutmaßte Fanni, »um den Kajetan aufzuschrecken.«

Darüber dachte Klein eine Sekunde nach, dann schüttelte er den Kopf. »Für was hätte das denn gut sein sollen? Das Ganze war ja dem Kajetan sein ureigenstes Ding, und er hat sowieso dafür getan, was möglich war.«

Wo er recht hat, hat er recht, der Bauer! Man muss es ihm lassen, er denkt flink und logisch!

Bauer Klein hatte dazugelernt, sowohl was das Denken als auch was das Reden betraf. Fanni vermutete, dass Olga und ihr Sohn, die Leni zufolge beide blitzgescheit waren, einiges zu Kleins geistigem Wachstum beigetragen hatten.

»Vielleicht haben Hubert und Erika einen Weg gefunden, das Linsenlocher Gehöft über den Berg zu bringen«, meinte Fanni. »Sie sehen Licht am Ende des Tunnels und tragen sich mit dem Gedanken, es zu behalten.«

Klein winkte müde ab. »Da ist nichts mehr zu retten. Und selbst wenn, dann bestimmt nicht vom Hubert. Der ist es doch gewesen, der dem Betrieb den Todesstoß versetzt hat. Weil er nämlich brunzdumm ist und stinkfaul.«

Fanni wartete auf eine Erläuterung dieses Statements, die postwendend auch kam. »Wie die Erika den Neumeier Hubert geheiratet hat, da hat die alte Linsenlocherin noch gemeint, sie kriegt einen tüchtigen Schwiegersohn, und flugs hat sie den beiden das Gehöft überschrieben. Seitdem, da wette ich, möcht sie sich tagtäglich in den Hintern beißen. Der Hubert – ha.«

Der Bauer begann zu keuchen und fuchtelte mit den Armen. »Wissen Sie, was der getan hat, Frau Fanni? Die Milchwirtschaft hat er von heute auf morgen auf Mastbetrieb umgestellt! Bullenmast! Kann man sich denken, dass einer so saublöd ist?«

Fanni strich Bauer Klein beruhigend über den Arm. »Ehrlich gesagt, Bauer, weiß ich nicht, was dagegen spricht.«

Klein erschlaffte. »Nix, wenn man sich damit auskennt.«

Fanni begriff. Mit Milchwirtschaft hatten die Linsenlochers Erfahrung. Die Alten hätten den Jungen unter die Arme greifen können. Mit Bullenmast kannten sie sich so gut wie gar nicht aus, und Hubert offenbar noch weniger.

Hubert Neumeier war kein großes Kirchenlicht, das hatte Fanni schon festgestellt. Sein Sohn Basti allerdings schien nicht auf den Kopf gefallen zu sein. Musste der Bub nicht ungefähr in Ivos Alter sein? Sie wollte Bauer Klein gerade danach fragen, als draußen Stimmen zu hören waren.

»Fein, dass er Besuch bekommen hat«, sagte Dr. Albert, der in den Nachmittagsstunden offenbar seine Hausbesuche machte. »Aber überanstrengen sollte er sich nicht.«

Olga antwortete etwas Unverständliches, worauf Dr. Albert erwiderte: »Schön, dann werden wir uns den Patienten mal ansehen.

Fanni war aufgesprungen und hatte die rechte Hand auf Kleins Arm gelegt. »Zeit für mich zu verschwinden, Bauer. Halten Sie sich ran – mit dem Gesundwerden, meine ich, dann trinken wir wieder eine Runde miteinander.«

Klein versuchte sich an einem Grinsen, das jedoch recht matt ausfiel. »Drei Runden, Frau Fanni, mindestens drei.«

Fanni nickte Dr. Albert, der soeben hereinkam, einen kurzen Gruß zu und eilte hinaus.

Auf der Gred wurde sie von Olga eingeholt. »Die Kiste, Frau Rot. Die Kiste, die ich für Sie hergerichtet habe. Der Hans hat sie stehen lassen. Ich bring sie zu Ihrem Auto. Der Bauer hat drauf bestanden, dass das schönste Stück von unserm Geselchten hineinkommt. Er dreht mich durch den Fleischwolf, wenn ich Ihnen die Sachen jetzt nicht mitgebe.«

Fanni musste lachen. »Er würde Ihnen kein Haar krümmen.«

Olga deutete auf ein großes Büschel grüner Blätter und Stängel. »Ich habe Ihnen was aus meinem Kräutergarten dazugelegt. Basilikum und Salbei, Liebstöckel, Beifuß – ein bisschen von allem, was noch da war, nachdem Istari mich am Markttag völlig ausgeraubt hat.«

Fanni bückte sich gerade, um nach der Kiste zu greifen, die an der Hausmauer bereitstand, richtete sich jedoch hastig wieder auf. »Istari war am Montag hier auf dem Hof?«

»Sie hat sich regelmäßig in meinem Kräutergarten bedient«, erwiderte Olga. »Wir hatten so eine Art Tauschhandel. Heilpflanzen gegen Heilsalbe.«

»Wann genau war sie denn hier?«, fragte Fanni in einem Ton, der Olga aufhorchen ließ. Sie verzichtete jedoch darauf, eine Erklärung für Fannis auffälliges Interesse zu fordern, und antwortete schlicht:

»Sie ist am Mittag da gewesen, kurz bevor der Markt schließt.«

Istari war auf dem Klein-Hof, während Melli Linsenlocher sie an ihrem Stand vertreten hat und während Ole ermordet wurde! Sie hat also doch ein Alibi!

Ja, dachte Fanni, das hat sie. Sie muss einfach vergessen haben, bei der Polizei zu erwähnen, dass sie einen Abstecher zum Klein-Hof gemacht hat.

Wie leicht hätte man ihr einen Strick daraus drehen können!

Never feel safe, stichelte Fanni.

15

»Genügend Gemüse, um einen kaukasischen Winter zu überstehen«, verkündete Fanni, als sie die Kiste in der Küche abstellte. »Wie wäre es mit einer Kostprobe?«

Ein Blick ins Wohnzimmer hatte ihr gezeigt, dass Sprudel zwar noch auf dem Sofa lag, bei ihrer Ankunft aber offenbar aufgewacht war.

Fanni ging zu ihm hinüber, und als sie ganz nah an ihn herantrat, glaubte sie, eine Spur von Farbe in seinem Gesicht zu erkennen. Das kränkliche Grau schien auf dem Rückzug zu sein.

»Geht es dir schon ein bisschen besser?«

Er nickte. »Die Arznei scheint allmählich zu wirken.«

Fanni beugte sich zu ihm hinunter und drückte ihm einen Kuss auf die Wange.

Die neu hinzugekommenen Falten haben sich aber noch nicht geglättet!

Wer hätte je davon gehört, dachte Fanni, dass Falten von allein wieder verschwinden. Sie kommen ungerufen und bleiben, so viel man auch dagegen protestiert.

Laut sagte sie: »Sprudel, ich fürchte, du kommst durch.«

Er schmunzelte ein wenig, wurde jedoch schnell wieder ernst, wirkte geradezu vergrämt.

Fanni ließ sich neben ihm nieder und legte ihm die Hände auf die Schultern. »Was ist?«

Er umfasste ihre Taille so behutsam, als wäre sie aus Glas, und schaute ihr traurig in die Augen. »Es tut mir so leid.«

Seine tiefe Ernsthaftigkeit erschreckte sie. Hatte er, während er allein und leidend hier auf dem Sofa lag, eine schwerwiegende Entscheidung getroffen? War er zu dem Schluss gelangt, dass nichts mehr so werden würde, wie es einmal war und wie er gehofft hatte, dass es wieder sein würde? Hatte er letztendlich entschieden, ihr den Rücken zu kehren?

Wäre es denn ein Wunder, wenn er dir die Freundschaft aufkündigen würde? Du tust ausschließlich, was dir beliebt, bringst ihn und dich in Gefahr, erwartest im Gegenzug, dass er rund um die Uhr für dich da ist, und hältst es nicht für nötig, ihm auch nur den kleinsten Hinweis darauf zu geben, wie eure Zukunft aussehen soll!

Fanni schluckte schwer.

»Es tut mir so leid«, setzte Sprudel noch einmal an, »dass ich bloß eine Last für dich bin. Anstatt dir eine Hilfe zu sein, liege ich nur unnütz herum und bin sogar zum Denken zu müde.«

Fanni fühlte sich dermaßen erleichtert, dass sie ihn mit aller Kraft an sich presste. »Das macht nichts, Sprudel. Das macht überhaupt nichts. Ich bin doch heilfroh, dich bei mir zu haben.«

Sie merkte, dass er ein Stöhnen unterdrückte, und lockerte den Griff. »Außerdem bist du ja bald wieder fit.«

Falls Sprudel darauf etwas hätte antworten wollen, sah er sich daran gehindert, denn Fanni legte ihr Gesicht an seine Wange und flüsterte zerknirscht: »*Mir* tut es leid, Sprudel. *Ich* muss *dich* um Verzeihung bitten, weil ich daran schuld bin, dass du hier liegst – mit einem entzündeten Fuß und bösen Keimen im Blut.«

Daraufhin war es eine Weile still.

Die beiden hielten sich aneinander fest, bis Sprudel leise sagte: »Fanni.«

Statt einer Antwort rieb sie ihre Nase an seiner Wange hin und her.

Das schien ihn dazu zu ermuntern, fortzufahren. »Darf ich dir einen Vorschlag machen?«

Sie rieb die Nase senkrecht auf und ab, was man als Nicken interpretieren konnte.

Sprudel atmete tief durch, bevor er sagte: »Ich weiß, du erinnerst dich nicht, aber vor sechs – nein, fast sieben Jahre muss es her sein –, jedenfalls hat Leni im Zuge ihrer Promotion an der Universität von Genua ein ganzes Jahr lang dort gelebt. Du hast sie besucht und bist zwei Wochen lang geblieben. Wir beide haben viel zusammen unternommen, eine Zeit lang hast du sogar in meinem Haus in Levanto gewohnt. Als Freundin«, fügte er eilig hinzu. »Einfach nur als Freundin.«

Erneut atmete er tief ein, dann zögerte er.

Kein Wunder, dass er sich nicht traut, weiterzumachen! Was, wenn du ablehnst? Muss er dann davon ausgehen, dass du dich bereits entschieden hast – gegen ihn?

Fanni drückte die Nase in eine seiner Wangenfalten.

Endlich sagte er: »Würdest du mitkommen, wenn … wenn das hier vorbei ist?«

Meint er die Entzündung oder die Ermittlungen im Mordfall Ole Jesper?

Beides, dachte Fanni, er meint beides. Und ja, ich werde mitkommen.

Eine weise Entscheidung! Denn dein einsiedlerischer Rückzug aufs Land hat ja außer einem Haufen Ungemach nicht viel gebracht!

»Sobald du dich erholt hast und wir wissen, wer Ole ermordet hat, komme ich mit dir nach Levanto«, versprach Fanni feierlich und fügte dann in lockerem Ton hinzu: »Ich gebe Leni ihr Wochenenddomizil zurück – das sie sicherlich schon schwer vermisst, weil sie seit Wochen auf unsere frische Birkenweiler Landluft verzichten muss – und mache mich in deinem Häuschen an der ligurischen Küste breit.«

Sprudel tat einen Atemzug, als hätte er zuvor minutenlang die Luft angehalten, und schloss die Augen. Seine Arme umklammerten Fanni, als wollten sie sie nie wieder loslassen.

Sie drückte einen Kuss auf seine Schläfe, bevor sie sich behutsam von ihm befreite und sich langsam aufrichtete. »Höchste Zeit für eine kräftige Gemüsesuppe, die dich hoffentlich wieder auf die Beine bringen wird.« Damit eilte sie in die Küche und begann in Olgas Kiste zu stöbern. Sie fand Porree und Karotten, Schnittlauch und Kartoffeln und hatte keine Skrupel, auch noch den Sellerie und den Brokkoli aus dem Supermarkt aus dem Kühlschrank zu holen.

Was soll das denn werden? Ein Eintopfgericht für sämtliche Veganer im Landkreis?

Als alle Gemüsesorten geputzt und klein geschnitten waren und die Kartoffeln bereits im Wasser köchelten, nahm Fanni die Schüssel, in der sie Strünke und Schalen und welke Porreestängel gesammelt hatte, und lief hinaus, um den Abfall auf den Kompost zu kippen.

Auf dem Weg dorthin warf sie einen Blick aufs Nachbargrundstück und entdeckte in der Zufahrt einen Wagen.

Hubert Neumeier?

Quatsch! Der war doch heute Morgen da! Jetzt ist es fünf Uhr nachmittags! Nein, halb sechs schon! Außerdem hatte er keinen Wagen dabei!

Ja, dachte Fanni. Hubert müsste längst wieder fort sein. Er hat ja nur Istaris Geburtsurkunde holen wollen.

Sie stellte die Schüssel mit den Gemüseabfällen auf einen der Pfeiler aus Naturstein, an denen der Gartenzaun befestigt war, und begab sich aufs Nachbargrundstück.

Die Haustür stand offen, weswegen sie sich berechtigt fühlte, einzutreten.

Sowohl aus dem Wohnzimmer als auch aus dem Schlafzimmer drang ein Scharren und Rascheln.

Fanni betrat das Schlafzimmer, wo Erika Neumeier damit beschäftigt war, Istaris Kleidung in einem Koffer zu verstauen.

»Sie packen Is... äh ... Annemaries Sachen?«

Erika fuhr zusammen, als sie die Stimme hörte. Dann blickte sie auf, erkannte, zu wem sie gehörte, und ließ sich auf der Bettkante nieder. »Haben Sie mich aber erschreckt.«

Fanni sagte nichts darauf.

Nach einem Moment des Schweigens schien Erika einzufallen, dass Fanni ihr eine Frage gestellt hatte.

»Das muss ich tun«, sagte sie. »Bei der Testamentseröffnung heute früh hat sich nämlich herausgestellt, dass der Ole den Birkengrund der Annemarie zwar vermacht hat, aber nicht ganz ohne Vorbehalt. Wenn die Annemarie stirbt, heißt es in Oles Testament, dann fällt der Birkengrund an die Familie Jesper.«

Eine vernünftige Klausel, fand Fanni. Warum sollten die Linsenlochers in den Genuss von Oles Besitz kommen? Sie hatten den Dänen nicht einmal leiden können.

»Wie wir das erfahren haben«, fuhr Erika indessen fort, »haben der Hubert und ich uns gedacht, dass es am Gescheitesten wäre, wenn ich die Sachen von der Annemarie schon mal hole.«

»Mama!« Basti kam ins Zimmer gelaufen. »Der Sven hat gesagt, ich darf mir das ganze Werkzeug vom Ole nehmen und die Star-Wars-DVDs auch. Ich hab alles schon eingepackt.«

Ohne eine Antwort abzuwarten, rannte er wieder hinaus. Erika eilte hinter ihm her ins Wohnzimmer, und Fanni folgte den beiden.

»Wann hat der Sven das gesagt?«, fragte Erika.

»Na, heute Nachmittag, wie der Papa mit ihm telefoniert hat«, kam die selbstsichere Antwort.

»Lüg mich nicht an. Die zwei haben nicht telefoniert. Das mit dem Testament haben wir ja vom Notar erfahren.«

»Ich lüg nicht«, verteidigte sich Basti. »Überhaupt nicht. Du hast es bloß nicht mitbekommen, weil du beim Pfarrer gewesen bist – wegen der Beerdigung von der Annemarie.«

Erika ließ sich auf eines der Bodenkissen sinken. »Die letzten Tage geht es nur noch drunter und drüber. Ich weiß gar nicht, was ich zuerst tun und zuerst denken soll.«

Das Zusammenraffen von Istaris Habseligkeiten hätte wohl noch ein wenig warten können!

Fanni bemühte sich, einen besänftigenden Ton in ihre Stimme zu legen. »Lassen Sie sich nicht verrückt machen. Erledigen Sie eins nach dem anderen, das Dringendste zuerst. Annemaries persönliche Sachen einzupacken hat gewiss noch Zeit. Sven Jesper wird sicher nichts dagegen haben, wenn Sie ihren Besitz nach und nach zusammenräumen. Offenbar verhält er sich ja recht großmütig. Das Wichtigste – die Geburtsurkunde, die Sie für die Behörde brauchen –, hat Ihr Mann ja heute Vormittag schon geholt.«

Erika sah verwirrt zu ihr auf. »Der Hubert hat hier eine Geburtsurkunde von der Annemarie geholt? Warum denn? Das hätte er ja gar nicht müssen. Der Hubert ist manchmal so ein Hirni …«

Hirni?

»… die Mutter hat ja noch eine in der Kredenz gehabt,

und die hab ich ihm doch hingelegt – zusammen mit dem Taufzeugnis –, bevor er zum Gemeindeamt gefahren ist.«

»Nix hat Zeit«, ließ Basti sich lautstark vernehmen. Er schloss soeben einen Karton, den er mit allem möglichen Krimskrams vollgepackt hatte. »Morgen kommt der Sven, sperrt zu und nimmt den Schlüssel mit.«

»Wie kommst du drauf, dass der Sven Jesper morgen herkommen tät?«, fragte seine Mutter streng.

Basti verdrehte genervt die Augen. »Das hat er zum Papa am Telefon gesagt. Und der Papa hat es laut nachgebetet, wie er das immer macht, wenn er sich was merken muss. ›Morgen um elf Schlussbesprechung und Schlüsselübergabe für den Birkengrund‹.«

Erika schwieg und starrte vor sich hin. Basti sah sie eine Weile abwartend an, dann gab er auf und strolchte in den Wintergarten. »Nehmen wir die selbst gemachten Salben von der Tante Annemarie auch mit?«, rief er nach einigen Augenblicken von dort.

Erika wurde blass, ihre Antwort klang wie ein Aufschrei. »Nein!«

»Aber das Handwerkszeug schon«, rief Basti zurück. »Die Feinwaage und die ganzen Sachen. Die Annemarie hat immer gesagt, ihr Handwerkszeug ist Gold wert. Wo sind denn die Sachen, Mama? Das musst du doch wissen. Du hast doch hier immer geputzt, und an dem Tag bevor er gestorben ist, hast du dem Ole sogar noch beim Einsammeln von dem Pflanzensaft geholfen.«

Während Basti redete, hatte sich Erika zusammengekrümmt und das Gesicht in den Händen vergraben.

Fanni hastete in den Wintergarten, wo Basti sich suchend umsah.

»Der Arbeitsplatz deiner Tante befindet sich rechts von der Trennwand«, teilte sie ihm kurz angebunden mit. »Von den Salben dürfte aber nichts mehr da sein, das hat alles die Spurensicherung mitgenommen. Die Geräte, die sie benutzt hat, müssten in dem Schränkchen unter ihrem Arbeitstisch sein.« Die letzten Worte sprach sie – bereits im Gehen begriffen – über die Schulter, denn sie hatte es eilig, zu Erika zurückzukehren, die in sich zusammengesunken auf dem Bodenkissen kauerte.

Fanni widerstrebte es, sich ebenfalls am Boden niederzulassen, deshalb zog sie sich einen Stuhl heran und platzierte ihn Erika gegenüber.

»Sie haben bei Ole und Annemarie geputzt?«

Erika ließ den Kopf noch ein Stück weiter sinken, was Fanni als Ja deutete.

Davon hat aber Istari nie was erwähnt!

Warum sollte sie?, dachte Fanni und fragte sachte: »Hat Ihre Schwester Sie darum gebeten?«

Erika nahm die Hände vom Gesicht und schüttelte den Kopf.

Fanni wartete ab.

Tatsächlich begann Erika nach einigen Augenblicken zu sprechen: »So um Weihnachten herum muss es gewesen sein, dass die Annemarie zum Ole gesagt hat, wenn er nicht anfängt, besser Ordnung zu halten, dann wirft sie seinen ganzen Krempel aus dem Fenster. Dem Ole war gleich klar, dass sie das ernst meint. Die Annemarie hat nämlich ganz schön hart sein können.«

Erika machte eine kleine Pause, bevor sie fortfuhr: »Aber ihm ist es halt nicht gegeben gewesen, das Ordnunghalten. Deswegen hat er mich gefragt, ob ich – gegen Bezahlung – ein-, zweimal in der Woche zum Aufräumen und Saubermachen kommen könnt.« Sie wischte sich die Augen und verfiel in Schweigen.

»Nach und nach hat es sich dann ergeben«, mutmaßte Fanni, »dass Sie Ole dort und da zur Hand gingen, bei der Pflege seiner Pflanzen beispielsweise.« Sie deutete Erikas Schweigen als Zustimmung und fügte hinzu: »Und am Tag vor seinem Tod haben Sie beide zusammen den Wolfsmilchextrakt geerntet.«

»Er hat mich gefragt, ob ich ihm dabei helfen könnt«, murmelte Erika. »Weil er sich schon gedacht hat, dass es ein Haufen Arbeit ist. Und pressiert hat es ja auch, weil die Pflanzen schon am Auswachsen waren. Je mehr sie in die Höhe schießen, desto mehr trocknen sie ein. Der Saft wäre von Tag zu Tag weniger geworden.« Sie setzte sich ein wenig aufrechter und strich sich die Haare aus der Stirn. »Eigentlich hat ihm ja die Annemarie versprochen gehabt, sich darum zu kümmern. Das wäre auch gescheiter gewesen. Die Annemarie hätte das am besten hingekriegt. Sie hat doch immer so sauber gearbeitet, und das ist sehr wichtig, wenn Salben und so was gelingen sollen.«

Erika machte eine Verschnaufpause, dann sprach sie weiter. »Aber die Annemarie hat an dem Abend wieder mal keine Zeit gehabt. Sie hat in der Mehrzweckhalle von Birkdorf eine Schnupperstunde Yoga halten müssen und dann noch einen Vortrag darüber, wie gut das Yoga für die Gesundheit ist. Da war klar, dass sie vor Mitternacht nicht heimkommt. Am drauffolgenden Abend war die gleiche Veranstaltung in Schwarzach geplant. Aber der Ole hat ja das Auspressen nicht mehr tagelang hinausschieben können …« Ihre Stimme verebbte.

»Er hat also Sie um Hilfe gebeten, und Sie beide haben sich darangemacht, die Gewächse abzuschneiden und den Saft aus den Stängeln zu pressen«, half ihr Fanni weiter.

Erika nickte. »Wir haben jeder zwei Paar Handschuhe übereinander angezogen, weil der Ole gesagt hat, wir müssen ganz vorsichtig sein. Die Wolfsmilch enthält einen Giftstoff, hat er gesagt, der böse Entzündungen auf der Haut verursachen kann.« Erneut verstummte sie.

Fanni tat ihr Bestes, die Geschichte voranzutreiben. »Sie und Ole haben die Stängel ausgepresst und den Saft in einer Schüssel aufgefangen. Und was haben Sie dann damit gemacht?«

»Ole hat ein paar kleine Schraubgläser hergerichtet gehabt«, antwortete Erika, »da wollte er die Wolfsmilch einfüllen.«

»Aber dazu ist er nicht gekommen«, sagte Fanni.

»Weil das Telefon geklingelt hat«, berichtete Erika. »Irgendein Kollege vom Bund Naturschutz war dran, der mit dem Ole wieder mal so was ungemein Wichtiges wie das Wohlergehen der Fledermäuse an der Donau oder der Muscheln und Schnecken im Isarmündungsgebiet zu besprechen gehabt hat. Ich hab mir gleich gedacht, dass das wieder ewig dauern wird. Dem Ole muss das selber auch klar gewesen sein, weil er mir recht eindeutige Zeichen gemacht hat.«

»Die Ihnen zu verstehen gaben, dass *Sie* das Abfüllen übernehmen sollten«, sagte Fanni. »Was Sie auch getan haben. Aber während Sie die Gläser füllten, haben Sie angefangen, sich über Ole zu ärgern – sogar ganz gehörig zu ärgern.«

In Erikas Augen blitzte Gereiztheit auf. »Er ist so uneinsichtig gewesen, so verbohrt. Hat sich nur für sein Ökozeug interessiert. Alles andere war ihm wurscht. Ein Spinner ist der Ole gewesen. Ein Träumer. Nie hat der sich fragen müssen, von was er seine Rechnungen bezahlen soll. Nie hat der um seine Existenz kämpfen müssen. Mit einem goldenen Löffel im Mund ist der auf die Welt gekommen, hat auf alle Zeit sein Auskommen gehabt.«

»Er hat aber auch bescheiden gelebt«, warf Fanni ein.

Erika überging die Bemerkung. Sie hatte sich in Rage geredet. »Der Ole, der hat nicht einmal zugehört, wenn man ihm zu erklären versucht hat, dass einer, der vor dem Bankrott steht, auf Muscheln und Schnecken keine Rücksicht mehr nehmen kann. Er hat einfach nicht zugehört und hat immer wieder mit der gleichen Leier angefangen. Biotop für die Frösche, Lebensraum für die Libellen, saubere Bäche für die Biber, bla, bla, bla – ich hab es nicht mehr hören können.« Erikas Kopf sank auf ihre Knie.

»Verstehe«, sagte Fanni sanft. »Sie und Hubert haben ums Überleben gekämpft. Ole hätte Sie retten können, indem er Kajetan den Birkengrund überließ. Damit und mit dem Linsenlocher-Grund hätte Kajetan sein Projekt verwirklichen können, und alle wären reich geworden.«

Erika machte eine abwinkende Geste. »Reich! Reich wären wir bestimmt nicht geworden. Aber unser Auskommen hätten wir gehabt. Der Kajetan hätte uns am Gewinn beteiligt, und er hätte dem Hubert einen Arbeitsplatz zugesichert. Der Ole wäre ausbezahlt worden und hätte sich mit dem Geld ein anderes Anwesen kaufen können. Gibt es nicht genug alte Gehöfte zwischen Donau, Hirschenstein und Geißkopf, die zum Verkauf stehen?« Sie richtete sich wieder auf und sah Fanni an. »Es war aber schnell klar, dass der Ole einen Ferienpark in Birkenweiler sowieso mit allen Mitteln verhindert hätte. Die Biber, die Vögel, die Eidechsen – das ganze Kroppzeug halt. Gegen dem Ole seinen Eigensinn ist nichts zu machen gewesen. Der Kajetan hat dann die ganze Sache auf Eis gelegt. Und wir haben nicht gewusst, wie es weitergehen soll.« Sie sackte wieder in sich zusammen.

»Aber auf einmal, wie wir schon nicht mehr damit gerechnet haben, dass sich noch was zum Guten wendet, hat es einen Lichtblick gegeben.« In Erikas Gesicht erschien ein winziges Lächeln. »Der Hubert war ganz aus dem Häuschen vor lauter Begeisterung. ›Das ist unsere Chance‹, hat er ein ums andere Mal gesagt. ›Unser Ausweg. Unser Sprungbrett.‹« Ihr Lächeln vertiefte sich. »Und am meisten, glaube ich, hat ihn gefreut, dass wir bei dem neuen Vorhaben nicht auf den Kajetan angewiesen waren. Der Hubert hat ihm nämlich mit diesem Ferienpark sowieso nicht recht über den Weg getraut. ›Wenn er das Maul zu voll nimmt, der großgoschige Baufuzzi‹, hat der Hubert oft gesagt, ›dann kann uns das ums letzte Hemd bringen.‹«

»War das nicht ein bisschen ungerecht«, warf Fanni ein, »nach allem, was der Kajetan für Sie getan hat? Hat er sich nicht immer darum gekümmert, dass …«

Sie unterbrach sich, weil Erika eine abwehrende Geste machte. »Er ist halt einfach so erleichtert gewesen, der Hubert, dass wir auf einmal nicht mehr von dem Kajetan abhängig waren. Das hat ihn nämlich schon lang gewurmt, wie der sich überall eingemischt hat. Und wir haben die ganze Zeit auch noch froh sein müssen darüber.«

»Sie und Hubert hatten also die Chance, ohne Kajetans Zutun auf die Füße zu kommen«, sagte Fanni. »Aber Oles Mitwirkung scheint dazu erforderlich gewesen zu sein.«

Erikas Miene verfinsterte sich. »Ole hätte nur das hintere Eck von seinem Grundstück hergeben müssen, wo es sowieso so sumpfig ist, dass man nirgendwo hintreten kann. Und wie ihm sein Bruder die Pläne gezeigt hat, hat er selber gesagt – ich hab's mir gemerkt –, dass ›das Konzept zu hundert Prozent umweltverträglich ist‹. Aber trotzdem hat er nicht wollen. Hat wieder mit seiner alten Leier vom Biotop und Habitat angefangen und dass das Bauwerk – umweltverträglich oder nicht – die Gegend verschandelt und die Lebensräume von Weiß-der-Geier-Wem zerstört. Er hat nicht nachgegeben«, fügte sie verbittert hinzu. »Aber ohne das blöde hintere Eck von seinem Grundstück sind wir aufgeschmissen gewesen.«

»Da haben Sie – während Sie mit der giftigen Wolfsmilch herumhantierten – beschlossen, ihm eine Lektion zu erteilen.«

In Erikas Augen traten Tränen. »Ich wollte ihn nicht umbringen. Wirklich nicht.«

»Das haben Sie ja auch nicht«, erwiderte Fanni trocken. »Ole ist erstochen worden.«

Weil Erika daraufhin schwieg, fuhr sie fort: »Aber womöglich haben Sie dem Täter sein Tun erleichtert.«

»Ich wollte nicht, dass Ole stirbt«, schluchzte Erika.

»Sie wollten, dass er leidet«, konstatierte Fanni.

»Ich wollte, dass er auch einmal spürt, wie es ist, wenn man nicht mehr aus und ein weiß«, schniefte Erika.

»Er sollte also leiden«, wiederholte Fanni. »Und dazu schien Ihnen der giftige Wolfsmilchextrakt gut geeignet.« Weil Erika nichts sagte und wieder den Kopf hängen ließ, fuhr sie fort: »Sie haben einen Teil der Wolfsmilch in die Dose mit der Aufschrift ›Ringelblumensalbe‹ getan und mit dem, was noch drin war, vermischt. Offenbar haben Sie ganz genau gewusst, dass Ole die Ringelblumensalbe zur Behandlung seines Ekzems benutzt.«

Erika sah auf. »Ja, aber ich hab doch nicht bedacht –«

Fanni unterbrach sie. »Sie haben anscheinend eine ganze Menge nicht bedacht. Zum Beispiel: Was, wenn es Ole auffällt, dass der Ertrag plötzlich so gering ist? Was, wenn er merkt, dass die Ringelblumensalbe mit etwas anderem versetzt ist? Und, was wirklich schlimm gewesen wäre: Was, wenn Ole nichts merkt, die vergiftete Salbe aber in falsche Hände fällt und ein anderer sich verletzt?«

Erika hörte sich beinahe prahlerisch an, als sie antwortete: »Als ob ich da nicht vorgesorgt hätte. Erstens habe ich dem Ole, wie er nach fast einer Stunde wieder in den Wintergarten gekommen ist, vorgeflunkert, dass mir ein volles Schraubglas auf den Fliesenboden gefallen und zerbrochen wär. Selbstverständlich habe ich ein leeres zerschlagen, damit Scherben da waren. Zweitens habe ich die Wolfsmilch so gut mit der Ringelblumensalbe verrührt, dass die beinahe so ausgesehen hat wie immer. Die Dose ist zwar dann fast voll gewesen, aber auf so was hat der Ole nicht geachtet. Den Rest hab ich dem Herrgott überlassen. Der Herrgott, hab ich mir gedacht, der wird's schon richten.«

Amen!

Fanni erinnerte sich, wie sie bei ihrem –

Einbruch! Du kannst das getrost als Einbruch bezeichnen!

– inzwischen vier Tage zurückliegenden *Einbruch* im Nachbarhaus in kleine Glasscherben getreten war und größere in einem Eimer entdeckt hatte. Anscheinend hatte Erika an besagtem Abend nur noch oberflächlich sauber gemacht, bevor sie nach Hause gegangen war. Um gründlich vorzugehen, war es wohl schon zu spät gewesen. Hatte sie am nächsten Morgen wiederkommen wollen?

Fannis Gedankengang wurde durch Basti gestoppt, der im Wohnzimmer auftauchte und einen vollgepackten Karton mit sich schleppte, in dem es klirrte und schepperte. Offenbar hatte er Reagenzgläser, Messzylinder, Thermometer, Filter und Rührlöffel wild durcheinander hineingeworfen, ohne sie wenigstens durch ein paar Lagen Zeitungspapier voneinander zu trennen.

Fanni dachte an Istaris peinlich aufgeräumten, peinlich sauberen Arbeitsplatz, der jetzt sicherlich einem Schlachtfeld glich, und fühlte plötzlich eine tiefe Traurigkeit in sich aufsteigen.

Nie wieder würde sie an Istaris Küchentisch sitzen und Haferplätzchen knabbern, während Sadhana-Musik lief und Istari über die Asanas referierte.

Om mani padme hum!

Fanni blinzelte Tränen weg.

16

Auf einmal waren draußen Schritte zu hören, und im nächsten Moment brach Kajetan ins Zimmer.

»Was treibt ihr denn hier? In ein paar Minuten fängt in der Kirche die Abendandacht an. Die hält doch der Pfarrer heute zum Gedenken an die Annemarie. Die Mutter hat sich schon vor einer halben Stunde auf den Weg gemacht, und du bist noch nicht einmal für den Kirchgang angezogen, Erika.«

Erika sprang auf. »Wir haben doch die Sachen von der Annemarie … Wann hätten wir denn, wo wir doch dann nicht mehr hier hereinkönnen, wenn der Sven Jesper … Das hat doch sein müssen.« Sie sah sich hilflos um. »Wir sind noch längst nicht fertig.«

Kajetan packte sie bei den Schultern und schob sie vor sich her zur Haustür, während er beruhigend auf sie einredete. »Das macht nichts, das hat keine Eile. Die Sachen von der Annemarie, die kann man ja immer noch holen. Was soll denn der Jesper damit? Komm jetzt, ich fahr dich heim, damit du dich umziehen kannst, und dann ab in die Kirche.« Er bugsierte Erika auf den Beifahrersitz seines Geländewagens, den er in der Zufahrt abgestellt hatte. Dann öffnete er eine der hinteren Türen, um Basti einsteigen zu lassen, der den beiden mit dem Karton auf den Armen gefolgt war.

Fanni war ebenfalls nach draußen gegangen und sah nun zu, wie Kajetan zum Haus zurückkehrte, die Tür abschloss, in seinen Wagen stieg und davonfuhr.

Nachdenklich ging sie zum Nachbargrundstück hinüber.

Als sie in die Küche trat, stand Sprudel am Herd.

Siedend heiß fiel ihr ein, dass sie die Kartoffeln aufgesetzt hatte, bevor sie mit der Schüssel voller Abfälle hinausgegangen war.

»Was hat dich denn so lange aufgehalten?«, fragte Sprudel lächelnd. Er hatte das vorbereitete Gemüse inzwischen gegart und die Suppe offenbar auch schon gewürzt, denn es roch appetitlich nach Kräutern und Chili. Er hatte sogar den Tisch gedeckt, auf Rotweingläser jedoch verzichtet.

Nun griff er nach der Flasche. »Darf ich dir ein Glas einschenken? Ich muss heute wohl passen.« Mit einer Grimasse stellte er eine Teetasse neben seinen Teller.

Fanni beeilte sich abzulehnen. »Ich trinke auch Tee – brauche einen klaren Kopf, um nachzudenken.«

»Was also hat dich aufgehalten?«, wiederholte Sprudel, als sie beim Essen saßen. »Im Nachbarhaus hat Licht gebrannt. Bist du drüben gewesen?«

Fanni bejahte und erzählte ihm, was Erika ihr gestanden hatte. »Eigentlich hätte ich es mir denken können«, fügte sie hinzu. »Ole war zwar im Alltag schludrig und nachlässig, aber was wirklich wichtige Dinge betraf, hat er nicht geschlampt. Er hätte niemals den Giftextrakt in die Ringelblumensalbe gemischt. Wie konnte ich mir das bloß einbilden?«

»Es lag einfach nahe«, erwiderte Sprudel. »Sogar Istari hat es für möglich gehalten, obwohl sie ihn viel besser kannte als du.«

Sie leerten ihre Teller und lehnten sich zurück.

»Was hat sich denn den Neumeiers für eine Chance geboten, nachdem das Ferienpark-Projekt auf Eis lag?«, erkundigte sich Sprudel.

»Irgendwie bin ich nicht dazu gekommen, Erika danach zu fragen«, antwortete Fanni. »Aber liegt es nicht auf der Hand?«

»Sven Jesper«, sagte Sprudel nachdenklich.

Fanni nickte. »Ich stelle mir die Sache folgendermaßen vor: Kajetan kontaktiert Sven Jesper wegen der Abfallbeseitigung für sein Feriendorf-Projekt, und Jesper gibt sich große Mühe, geeignete Pläne vorzulegen. Da heißt es auf einmal: Halt, stopp, Stillstand. Jesper muss damit rechnen, dass seine Vorarbeiten umsonst gewesen sind. Aber als er sich näher mit der regionalen Müllsituation befasst, kriegt er spitz, dass es damit nicht zum Besten steht. Mit seinen Plänen und einem passenden Grundstück glaubt er, die Kommunen davon überzeugen zu können, dass sie dem Bau einer Abfallentsorgungsanlage durch die Jesper

GmbH zustimmen. Er macht Hubert und Erika Neumeier ein Angebot für ihr Grundstück, auf das sie begeistert eingehen. Dummerweise benötigt Sven aber zusätzlich die Nordostecke vom Birkengrund, weil der Linsenlocher-Grund nicht ganz ausreicht. Aber Ole weigert sich.«

»Und deshalb bringt Sven ihn um«, ergänzte Sprudel und fügte nach kurzem Überlegen hinzu: »Nachdem Erika quasi den Weg dafür geebnet hatte, indem sie Ole so gut wie wehrlos machte.«

»Zumindest wäre das ein mögliches Szenario«, präzisierte Fanni. »Sven könnte irgendwann am Vormittag in Birkenweiler aufgekreuzt sein, um noch mal mit seinem Bruder zu reden. Er fand Ole allein und elend auf dem Futon und dachte vielleicht, jetzt hätte er ihn am Haken. Aber Ole hat sich nicht überrennen lassen und dem Bruder eine geharnischte Abfuhr erteilt. Bei einem Fremden hätte Sven, der vollendete Geschäftsmann, sicherlich kühlen Kopf bewahrt und die Entwürfe ad acta gelegt. Aber dass der eigene Bruder ein Vorhaben der Firma Jesper torpedierte, hat ihn zur Weißglut gebracht. Auf einmal ging es um ganz prinzipielle, familiäre Differenzen.«

Sprudel nickte zustimmend. »Sven Jesper gerät fraglos unter Verdacht.«

»Um beweisen zu können, dass er ein Motiv hatte, bräuchten wir den Vertragsentwurf, aus dem hervorgeht, was mir Erika erzählt hat«, sagte Fanni. »Was nützt uns ihre heutige Aussage, wenn sie morgen alles abstreitet? Und das wird sie tun, sobald ihr klar wird, dass die Absprache mit Sven auch sie und Hubert zu Verdächtigen macht.«

Nachdem es daraufhin eine Weile still geblieben war, setzte sie hinzu: »Ich könnte nachsehen.«

Sprudel wirkte plötzlich alarmiert.

»Habe ich dir nicht erzählt«, fuhr sie hastig fort, »dass ich in dem kleinen Wohnzimmerchen der Linsenlochers Schriftstücke entdeckt habe, die wie Verträge aussahen? Meinst du nicht auch, das sind sie?«

»Ich könnte nachsehen«, wiederholte sie nach einer kleinen

Pause. »Die Linsenlochers sind jetzt alle in der Kirche bei einer Gedenkandacht für Istari. Selbst wenn sie die Haustür abgeschlossen haben, eines der Fenster steht bestimmt offen ...«

Sprudel schnappte nach Luft. »Fanni! Du musst doch nicht einbrechen. Du kannst doch Erika auch ganz freundlich bitten, die Verträge einsehen zu dürfen. Von unserem Verdacht musst du ja nichts verraten.«

Sehr, sehr richtig, was unser lieber Sprudel da sagt! Einfaches Fragen würde wohl genügen! Aber Frau Fanni ist ja schon dermaßen kriminalisiert, dass es ihr gar nicht mehr in den Sinn kommt, den legalen Weg einzuschlagen! Never act mad!

Fanni seufzte verhalten. Fragen war ja schön und gut, aber bekam man nicht häufig Lügen zur Antwort?

Sprudel begann, das Geschirr abzuräumen.

Er humpelte erbarmungswürdig, und Fanni stand auf, um ihm zu helfen.

»Du solltest dich wieder hinlegen und deinen Fuß in Retterspitz baden.«

»Das werde ich«, erwiderte Sprudel. »Aber ehrlich gesagt würde ich am liebsten gleich zu Bett gehen. Über den Fuß kann ich ja einen Umschlag machen und ihn dann in ein Handtuch wickeln, damit nichts nass wird.«

Fanni nickte. »Ich werde noch ein wenig hier sitzen bleiben und nachdenken.«

Er legte ihr die Hand auf den Arm. »Aber versprich mir, nicht bei den Linsenlochers einzubrechen.«

Fanni versprach es ihm.

Never go back on your word!

Ich habe vor, es zu halten, versicherte Fanni ihrer Gedankenstimme.

Sie setzte sich wieder an den Küchentisch und starrte aus dem Fenster.

Während sie sich die Gesichter und Namen derer durch den Kopf gehen ließ, denen Oles Widerstand gegen das Ferienpark-

Projekt geschadet hatte, hörte sie Sprudel ins Badezimmer gehen, hörte die Wasserrohre rauschen, die Toilettenspülung. Sie hörte eine Tür ins Schloss fallen und Bettfedern knarzen. Dann war es still im Haus.

Sven Jesper, Kajetan Wagenbauer, die alte Linsenlocherin, Birgit Linsenlocher, Otto Siblinger, Sepp Linsenlocher ... Wer von ihnen hatte einen oder gar zwei Morde auf dem Gewissen? Motive hatten sie alle. Und wie sah es mit den Alibis aus? Sven Jesper war ein, vermutlich mehrere Male in Birkenweiler gewesen. Auch an Oles Todestag?

Kajetan hatte erwähnt, dass er an dem Vormittag, an dem Ole ermordet worden war, auf dem Linsenlocher-Gehöft die zerbrochenen Kanalringe ausgebaggert hatte. Er war also in der Nähe vom Birkengrund gewesen, hätte für ein halbes Stündchen von der Baustelle verschwinden und Ole aufsuchen können.

Die alte Linsenlocherin war – wo sollte sie sonst gewesen sein? – entweder zu Hause oder in der Kirche. Bigott, wie sie war, würde sie die Hälfte ihrer Zeit dort verbringen. Falls sie in der Kirche gewesen war, hätte sie auf dem Hin- oder Rückweg einen Abstecher zum Birkengrund machen können.

Birgit Siblinger hatte am fraglichen Tag bei einem Yogakurs an der VHS Niederalteich mitgemacht, was nicht hieß, dass sie von morgens bis abends dort gewesen sein musste.

Aber wollte Birgit den hübschen Ole nicht womöglich für sich haben, so, wie sie alles wollte, was Istari hatte? Warum also sollte sie ihn abstechen?

Vielleicht hat er sie abgewiesen. Statt zum Yogakurs ist Birgit zu Ole gefahren – dass Istari nicht zu Hause sein würde, weil Markttag war, wusste sie – und hat sich ihm an den Hals geworfen, aber Ole hat sie abgewiesen, vielleicht sogar ausgelacht.

Habgier, verschmähte Liebe, Unversöhnlichkeit, Starrsinn, dachte Fanni, was hat letztendlich zu Oles Tod geführt?

Darüber nickte sie ein.

Als ihr Kopf auf die Tischplatte knallte, wachte sie wieder auf. Sie musste im Schlaf vornübergekippt sein.

Erstaunt stellte sie fest, dass es draußen bereits dämmerte. Ein

Blick auf die Wanduhr über dem Gläserbord zeigte ihr, dass es fast zehn war.

Sie stand auf und ging in den Flur, um nachzusehen, ob die Haustür abgeschlossen war.

Ihre Jacke war vom Garderobenhaken gerutscht und lag am Boden. Fanni bückte sich, hob sie auf und strich sie glatt. In einer der Innentaschen fühlte sie ein Stück Papier. Sie griff hinein und förderte ein zusammengefaltetes, auffällig zerknittertes, liniertes Blatt zutage, das aussah, als wäre es aus einem Schulheft gerissen worden. Sie starrte es verblüfft an. Wo kam denn dieser Zettel her?

Aus Oles und Istaris Briefkasten!

Fanni erinnerte sich wieder. Sie hatte den Zettel mitsamt der Zeitung an Oles Todestag aus seinem Briefkasten gefischt.

Sie faltete ihn auf und las die paar Zeilen, die in recht kindlicher Handschrift zu Papier gebracht waren.

»Lezte Warnung. Wennst nicht nachgibst dann garantir ich für nix. Dann krigst was du verdienst Ole das sag ich dir.

Basti?

Nein. So primitive Rechtschreibfehler machte Basti nicht.

Fanni trat vor die Haustür und sah zu, wie die Schatten länger wurden, zuerst die Zufahrt ins Dunkel tauchten, dann den Vorgarten, die Veranda. Irgendwann waren Bäume und Sträucher nur noch als Schemen auszumachen – ein wenig schwärzer als die Schwärze ihrer Umgebung. Das Licht der drei Solarleuchten, die nahe dem Hauseingang im Gras steckten, war viel zu schwach. Es beschränkte sich auf einen Umkreis von jeweils höchstens dreißig Zentimeter Durchmesser und ließ rings um jede Lampe nur einen Rasenkringel erkennen.

Wo bleiben denn die Sterne heute wieder? Fanni blickte hinauf zum Firmament und erahnte dunkle Wolken. Es würde wohl bald anfangen zu regnen.

Je mehr die Finsternis zunahm, desto klarer gestalteten sich die Bilder in Fannis Kopf. Zusammenhänge traten hervor, Erkenntnisse taten sich auf. Beobachtung fügte sich an Beobachtung, Wahrnehmung an Wahrnehmung. Das Resultat schien schlüssig. Es musste allerdings irgendwie bewiesen werden. Fanni fragte sich, wie.

Als die Dunkelheit auch das silbrig glänzende Gartentor verschluckt hatte, ging im Nachbarhaus das Licht an.

War Erika zurückgekommen, um weiterzupacken? Vermutlich. Und vermutlich konnte sie dabei Hilfe gebrauchen.

Weiter aushorchen willst du sie!

Das musste Fanni einräumen. Sie fragte sich allerdings, wie viel Erika wusste. Hatte sie auch nur die leiseste Ahnung, wer tatsächlich Oles Mörder war?

Womöglich ist sie es ja selbst gewesen und hat die Tat – kaum ausgeführt – gleich wieder aus ihrem Bewusstsein verdrängt?

Ja, dachte Fanni, völlig auszuschließen ist das nicht. Erika könnte am Vormittag danach zurückgekehrt sein, um fertig aufzuräumen und sauber zu machen. Und als sie Ole so gut wie wehrlos auf dem Futon liegen sah, hat sie die einmalige Chance gesehen, ihn mitsamt seiner Dickköpfigkeit ein für alle Mal loszuwerden.

Sie fragte sich einen Moment lang, inwieweit die Polizei sämtliche Alibis der Linsenlocher-Sippe schon überprüft hatte.

Du könntest Marco danach fragen!

Fanni spielte kurz mit dem Gedanken, bei Leni und Marco anzurufen, ließ ihn jedoch wieder fallen. Stattdessen ging sie hinüber ins Nachbarhaus.

17

In Istaris und Oles Schlafzimmer standen sämtliche Kommodenschubladen offen. Hubert Neumeier kniete vor einer Truhe und wühlte darin herum.

»Suchen Sie immer noch nach Annemaries Geburtsurkunde?«, fragte Fanni.

Er fuhr hoch, starrte sie einen Moment verdattert an, dann nickte er.

»Falsch«, erwiderte Fanni. »Sie suchen nach dem Drohbrief, den Sie Ole geschrieben haben.«

Neumeier schüttelte den Kopf. »Von was reden Sie da? Ich suche nach der Geburtsurkunde.«

»Die haben Sie bereits heute Vormittag bei der Behörde abgeliefert«, entgegnete Fanni.

Neumeier erhob sich langsam.

Der sieht aber grantig aus!

Weil ich ins Schwarze getroffen habe, dachte Fanni.

Mit gepresster Stimme sagte er: »Was wollen Sie eigentlich?«

»Ich möchte Ihnen erzählen«, antwortete Fanni, »wie und weshalb Ole zu Tode gekommen ist. Interessiert?«

Neumeier stand da, starrte sie an und gab keine Antwort.

»Also ja«, entschied Fanni. »Setzen wir uns.«

Es schien, als wäre Neumeier in eine Art Trance gefallen. Gehorsam folgte er ihr ins Wohnzimmer und setzte sich auf einen Stuhl. Fanni nahm gegenüber Platz.

Bedächtig begann sie zu sprechen. »Nachdem Sie von der bewährten, aber arbeitsintensiven Milchwirtschaft ohne das nötige Know-how auf Bullenmast umgestellt hatten, mussten Sie erkennen, dass das Linsenlocher-Gehöft nicht mehr lange zu halten war. Da kam Kajetan eines schönen Tages mit seinem Ferienpark-Projekt an, und Sie schöpften wieder Hoffnung. Als Gegenleistung für die Übertragung des Grundstücks hätte Kajetan Sie am Geschäft beteiligt und Ihnen einen Arbeitsplatz zugesichert. Was will man mehr? Konkurs, Zwangsversteigerung, all diese Schreckgespenster schienen mit einem Schlag abgewendet. Aber dann – dann hat Ole Jesper quergeschossen, und Kajetan musste seinen Plan einmotten.«

»Eben«, warf Neumeier ein. »Ist ja alles schon gestorben gewesen.«

»Oh nein«, widersprach Fanni. »Ganz und gar nicht. Als Kajetan sein Projekt geplant hat, ist ihm klar gewesen, dass er hinreichend Vorarbeit leisten muss. Er wusste, dass er nur dann eine Chance hat, wenn er auf die Fragen der Gemeindeverwaltung nach Strom- und Wasserversorgung, nach Kanalnetz und nach Abfallbeseitigung Antworten vorlegen kann. Was Letzteres betraf, hat er sich an Sven Jesper gewandt.«

Neumeier machte den Mund auf, aber Fannis erhobene Hand hinderte ihn am Sprechen. Stattdessen fuhr sie selbst fort. »Sven Jesper zeigte sich auch dann noch interessiert, als das Ferienpark-Projekt bereits auf Eis lag. Er hatte sich nämlich in der Zwischenzeit schlaugemacht und herausgefunden, dass es in der Gegend hier mit der Abfallbeseitigung nicht zum Besten steht. Sven Jesper hat sich also nach einem passenden Grundstück umgeschaut. Er musste nicht lange suchen. Sie sind sich mit ihm schnell handelseinig geworden, aber wieder hat Ole –«

»Der Mistkerl«, brach es aus Neumeier heraus. »Der hat genau gewusst, dass keiner, absolut keiner eine umweltverträglichere Müllverbrennungsanlage bauen kann als wie sein Bruder. Die Dänen sind nämlich führend auf dem Gebiet.« Er rieb sich verzweifelt die Stirn. »Ich bin selber dabei gewesen, wie der Sven dem Ole das Foto von diesem Entsorgungsunternehmen L90 im dänischen Esbjerg hingelegt hat. Hätte er gar nicht müssen, weil der Ole vor ein paar Jahren schon dort gewesen ist und alles besichtigt hat. Das Schlitzohr hat alle technischen Daten gekannt, Kapazität, Wirkungsgrad, das ganze Zeug. Und wie der Sven mit ihm so geredet hat, hat er sogar zugegeben, dass es ökologisch gegen das Konzept nichts einzuwenden gibt. Sie glauben gar nicht, wie erleichtert ich in dem Moment gewesen bin.«

»Aber Ihre Erleichterung hat nicht lange vorgehalten«, sagte Fanni, als Neumeier verstummte.

»Der Sven«, fuhr Neumeier mit dumpfer Stimme fort, »hat dem Ole dann erklärt, dass er ihm am Nordzipfel von seinem Grund ein Stück abtreten muss, sonst würde sich die Sache nicht bewerkstelligen lassen.«

»Aber Ole hat abgelehnt«, murmelte Fanni.

»Der Mistkerl«, wiederholte Neumeier. »Dabei ist es ihm gar nicht um das bisschen Grund gegangen. Er hätte noch mehr als genug gehabt. Aber das Aas wollte einfach in Birkenweiler keine Müllentsorgungsanlage haben. ›Umweltverträglich oder nicht‹, hat der Ole zu seinem Bruder gesagt, ›such dir einen andern Platz dafür.‹ Da hat der Sven seine Pläne und seine Berechnungen genommen und ist gegangen – in aller brüderlichen Kameradschaft. Und die Geschichte war zu Ende. Dem Sven hat es ja egal sein können, ob er in Birkenweiler zum Zug kommt oder nicht. Der kann damit rechnen, dass er anderswo mit offenen Armen aufgenommen wird.«

»Aber Ihnen war es nicht egal«, sagte Fanni. »Und deshalb haben Sie Ole weiter bearbeitet. Sie und Ihre Frau haben abwechs…«

Während sie sprach, kam ihr in den Sinn, was Neumeier zuvor geäußert hatte: *»Da hat der Sven seine Pläne und seine Berechnungen genommen und ist gegangen – in aller brüderlichen Kameradschaft. Und die Geschichte war zu Ende.«*

Die Sache war erledigt, Sven Jesper hatte die Entscheidung seines Bruders akzeptiert und sich ausgeklinkt! Fanni presste beide Fäuste auf die Augen. Warum hätten Hubert und Erika dann Ole noch weiterhin traktieren sollen?

Frag doch!

Fanni zögerte. Denk logisch, befahl sie sich. Warum haben die Neumeiers Ole nach Svens Rückzieher noch unter Druck gesetzt?

Die Jesper GmbH wird ja nicht das einzige Unternehmen sein, das Abfallentsorgungsanlagen baut!

Fanni stieß einen Luftschwall aus.

Das ist es, dachte sie, und zum ersten Mal seit Langem war sie ihrer Gedankenstimme für eine Bemerkung dankbar.

Dafür hast du eine ganze Latte von Never-Sprüchen gut!

Never mind!

Neumeier hatte sich also an die Konkurrenz gewandt. Er hatte Kopien von Jespers Entwürfen vorgelegt und Zusagen bekommen. Das bedeutete, Oles nördlicher Grundstücksteil wurde nach wie vor benötigt.

Zugegeben, das hört sich logisch an, hat aber einen gravierenden Schönheitsfehler!

Fanni musste nicht lange nachdenken, bis ihr der Pferdefuß an der Sache bewusst wurde: Wenn Ole schon rundweg abgelehnt hatte, dass sein Bruder in Birkenweiler eine Müllentsorgungsanlage baut, dann hätte er das bei jedem anderen erst recht getan. Folglich musste man ihn betrügen.

»Sie haben Ole eine Lügengeschichte aufgetischt, die ihn dazu bewegen sollte, das Terrain an Sie abzutreten«, sagte Fanni.

Neumeier nickte. »Der Ole hat doch ständig von einem Waldkindergarten geredet. Da haben wir zu ihm gesagt, die Erika tät einen aufziehen und in der Nähe vom Bach ansiedeln, wenn er uns das Stück Grund dort überlässt.«

»Aber Ole ist nicht darauf hereingefallen«, mutmaßte Fanni.

Was für ein plumper Trick aber auch! Bauer Klein hatte wieder einmal recht! Wie hat er den Neumeier noch mal attribuiert? Brunzdumm …

»Der Ole hat Lunte gerochen«, sagte Neumeier. »Und dann hat er so lange bei uns herumgeschnüffelt, bis er die Unterlagen von der Firma Czechtop gefunden hat. Die hat er uns dann vor die Nase gehalten und gesagt, dass wir schon früher aufstehen müssten, wenn wir ihn für dumm verkaufen wollten, und dass jetzt endgültig Schluss wäre mit dem Geschacher. Schluss, aus und vorbei. Er hat alles mitgenommen und sich Kopien gemacht.«

Daraufhin hat Erika beschlossen, dem Herrgott die Vorlage für ein Strafgericht zu liefern!

»Aber das konnten Sie nicht hinnehmen«, sagte Fanni.

Neumeier mied ihren Blick.

Der Neumeier hat gar nicht nach diesem lächerlichen Drohbrief gesucht, den er womöglich längst vergessen hatte, weil er wahrscheinlich wochenlang unentdeckt im Briefkasten lag, sondern nach dem Schriftwechsel mit Czechtop. Würden diese Unterlagen Sven Jesper in die Hände fallen, könnte es gehörigen Stunk geben! Jesper wäre wohl kaum damit einverstanden, seine Entwürfe in den Händen der Konkurrenz zu wissen!

Fanni tat die Zwischenbemerkung ihrer Gedankenstimme als belanglos ab. Bedachtsam fuhr sie fort: »Vergangenen Montagabend hat Erika Ihnen erzählt, dass sie wieder einmal versucht hat, Ole umzustimmen, aber zum x-ten Mal dieselbe Leier zu hören bekam: kein Ferienpark, keine Müllentsorgungsanlage – nichts außer Biotope, Ökozonen, Rückzugsgebiete und so weiter. Daraufhin haben *Sie* sich entschlossen, am nächsten Tag einen letzten Vorstoß zu wagen. Ole musste überzeugt werden, wenn nötig, mit Gewalt. Sicherheitshalber wollten Sie ihn allein stellen.«

Fanni sah Neumeier in die Augen. »Sie wussten, dass Annemarie mit ihrem Stand auf dem Markt sein würde, haben sie dort auch angetroffen und sich sofort auf den Weg zu Ole gemacht.« Sie legte eine Pause ein, doch Neumeier zeigte keine Reaktion. »Als Sie am Birkengrund ankamen, ins Haus gingen und das Wohnzimmer betraten, fanden Sie Ole mit Pusteln übersät auf dem Futon. Er muss Schmerzen gehabt haben. Was hat er gesagt, als er Sie sah?«

Neumeier atmete flach, als wollte er sich zwingen, Fannis Frage einfach auszustreichen. Offenbar gelang es ihm nicht. Was vergangenen Montag geschehen war, schien auf einmal wie ein Gruselfilm vor seinen Augen abzulaufen. Zusammenhanglose Satzfetzen drängten aus seinem Mund. »… ist fast weggetreten gewesen … muss was eingenommen haben … gegen die Schmerzen … wollte einen Doktor haben … oder ins Krankenhaus … aber sein Handy, das ist in der Küche gewesen. Ich hätte es holen sollen, hätte den Notdienst …« Er verstummte. Aber Fanni hatte genug gehört.

»Sie sind in die Küche gegangen, um Oles Mobiltelefon zu holen«, sagte sie hart, »aber mit einem Messer sind Sie zurückgekommen. Sie haben ihn damit bedroht: ›Verkauf die Grundstücksfläche oder ich ramm es dir in die Brust.‹«

Neumeier schwieg.

»Was hat Ole geantwortet?«, wollte Fanni wissen.

»Er hat gesagt, dass er mich anzeigt«, flüsterte Neumeier.

»Da haben Sie zugestochen.«

Es herrschte eine Zeit lang Stille im Zimmer, bis Fanni sagte: »Ole war tot. Das Hindernis beseitigt. Seine Familie würde ihn beerben, und dem Bau der geplanten Anlage stünde nichts mehr im Wege. Die Jesper GmbH würde die Sache wieder aufgreifen, haben Sie gedacht. Aber am nächsten Abend haben Sie erfahren, dass Ole den Birkengrund an Annemarie vermacht hatte. Sie wollten keine Zeit verlieren und sich sofort ihrer Unterstützung versichern. Deshalb sind Sie, als Annemarie uns ein Stück begleitet hat, ebenfalls nach draußen gegangen, um sie bei ihrer Rückkehr abzupassen. Aber das Gespräch lief wohl nicht so, wie Sie gehofft hatten.«

Fanni musste eine Weile warten, bevor die Antwort kam.

»Sie will dem Ole sein Andenken in Ehren halten, hat sie gesagt. Und deswegen würde sie nichts tun, was ihm nicht recht wäre.«

»Da sind Sie wütend geworden«, führte Fanni Neumeiers Geständnis zu Ende, »und haben ihr einen Stoß versetzt. Annemarie ist in die Baugrube gefallen. Sie wussten nicht recht, was Sie daraufhin tun sollten, haben erst einmal abgewartet. Aber Annemarie ist nicht mehr herausgekommen. Da sind Sie nach Hause gegangen. Und weil Sie sich ausrechnen konnten«, fuhr sie mit erhobener Stimme fort, »dass Annemarie tot da unten liegt, haben Sie am nächsten Morgen dafür gesorgt, nicht als Erster an der Unglücksstelle vorbeizukommen, obwohl das doch der Fall hätte sein müssen. War es nicht Ihre Aufgabe, schon ganz früh morgens in den Stall zu gehen und nach den Bullen zu sehen?«

Neumeier hatte abwehrend die linke Hand erhoben. »Ich hab die Annemarie nicht umgebracht. Es ist ein Unglück gewesen –

ein Unglück. Auch wenn ich gewollt hätt, ich hätt ihr nicht mehr helfen können. Niemand hätt ihr helfen können.«

»Sie müssen sich der Polizei stellen«, sagte Fanni.

Neumeier schnappte nach Luft. »Ich geh nicht für den Rest von meinem Leben in den Knast.«

»So schlimm wird es schon nicht werden«, erwiderte Fanni. »Annemaries Tod könnte man tatsächlich als Unfall werten und den Angriff auf Ole als Kurzschlusshandlung. Die Haftstrafe muss gar nicht so hoch ausfallen. Aber ein paar Jahre werden Sie schon absitzen müssen.«

Neumeiers Gesicht lief rot an, er ballte die Fäuste. »Ich geh überhaupt nicht in den Knast. Niemals. Keinen Augenblick.«

»Sie haben Ole getötet«, gab Fanni zu bedenken.

Neumeier sah sie aus zusammengekniffenen Augen heimtückisch an. »Nicht schade um ihn. Genauso wenig wie um dich.«

Jetzt ist es so weit! Du hast dir soeben dein eigenes Grab geschaufelt!

Fanni schluckte. »Machen Sie doch nicht alles noch schlimmer«, versuchte sie, Neumeier zu beschwichtigen. »Machen Sie sich und Ihre Familie nicht unglücklich. Jetzt können Sie noch mit einigermaßen heiler Haut aus der Sache herauskommen. Wenn Sie aber …« Sie scheute sich, es auszusprechen. »Überlegen Sie doch«, fügte sie stattdessen lahm hinzu.

Ehrlich gesagt sieht der Kerl nicht so aus, als ob er sich im Moment über ein Für und Wider große Gedanken machen würde! Eher scheint es so, als ob ihm gerade der Gaul durchginge!

Bevor Fanni sich versah, war Neumeier aufgesprungen, hatte ihr beide Arme auf den Rücken gedreht, sie vom Stuhl gezerrt und in den Schwitzkasten genommen. Fanni schrie auf, wand sich und kickte ihn mit dem Fuß ans Schienbein. Neumeier schien es gar nicht zu bemerken. Er stieß sie zu Boden, bis sie auf dem Bauch lag, riss einen von Istaris Seidenschals aus dem Korb, der seinen Platz seit jeher neben dem Futon hatte, und fesselte ihre Handgelenke damit so stramm, dass der Stoff schmerzhaft in ihre Haut schnitt. Als sie erneut schrie, knüllte er eines der Tücher zusammen und stopfte es ihr in den Mund. Dann griff er sich ein weiteres und knotete es um ihre Fußknöchel, wobei er gerade so viel Spielraum ließ, dass es ihr möglich sein würde, ganz kleine Schritte zu machen.

»Gehen wir.« Er packte Fanni am Kragen und zog sie hoch, bis sie auf den Füßen stand. Im nächsten Augenblick stieß er sie vorwärts. Unter seinen schweren, kräftigen Händen fühlte sie sich wie eine Stoffpuppe. Neumeier bugsierte sie vor die Haustür, wo er ihr einen Schlag versetzte, sodass sie in der Nische zwischen Tür und Mauervorsprung zusammensank. Dann eilte er zurück ins Haus, und Fanni konnte beobachten, wie die Lichter ausgingen.

Renn weg!

Mit Tippelschritten?

Der Gedanke war noch nicht zu Ende gedacht, als Neumeier wieder erschien und die Haustür schloss. Dabei fügten sich die beiden Hälften des polizeilichen Siegels zusammen.

Wieso schlitzt die Polizei das Siegel einfach auf und lässt es kleben?, schoss es Fanni in den Kopf.

Hast du keine dringenderen Angelegenheiten zu überdenken?

Zweifellos.

Dennoch blieb Fannis Augenmerk an dem Siegel hängen, bis ihr aufging, dass Neumeier rundweg gelogen hatte. Selbstverständlich war der Tatort *nicht* freigegeben worden, solange die Ermittlungen noch im Gange waren. Neumeier hatte ein Lügenmärchen in die Welt gesetzt, und alle hatten ihm geglaubt.

Manchmal ist es halt wirklich leicht –

Die Gedankenstimme brach ab, als Fanni wieder gepackt und auf den Beifahrersitz eines Wagens verfrachtet wurde.

Du darfst dich jetzt nicht geschlagen geben!

Als Neumeier die Tür zuschlug, warf sich Fanni mit ihrem ganzen Gewicht aufs Lenkrad, wo sie die Hupe vermutete.

Aber es tat sich nichts.

Neumeier war inzwischen auf der Fahrerseite eingestiegen. Mit einer Handbewegung wischte er Fanni vom Lenkrad.

Sie fiel mit einem Krachen gegen die Autotür. »Grwmh.«

Neumeier nahm ihr den Knebel heraus. Dann startete er den Wagen.

Fannis Mundhöhle fühlte sich an wie sandgestrahlt. Es dauerte eine ganze Weile, bis sich so viel Speichel angesammelt hatte, dass sie sprechen konnte.

»Sehen Sie denn nicht ein, dass Sie mich nicht einfach verschwinden lassen können? Man wird nach mir suchen, bis man mich gefunden hat. Dann wird man Sie schnappen, und dieses Mal wäre es Mord. Dafür gehen Sie ein Leben lang in den Knast.«

»Keine Sau wird dich finden«, erwiderte Neumeier. »Morgen wird das Schlammloch zugeschüttet. Um fünf in der Früh kommt schon der erste Laster voll Bauschutt. Wenn die alte Linsenlocherin in die Frühmesse geht, ist die Grube voll.«

Das war es dann wohl! Adieu, Fanni Rot!

Neumeier stellte den Wagen in der Zufahrt zum Linsenlocher-Gehöft direkt neben dem rot-weißen Absperrband ab. Bevor er ausstieg, stopfte er Fanni den Knebel wieder in den Mund.

Sie fing an zu würgen und glaubte zu ersticken. Die Augen traten ihr aus den Höhlen, ihr Herz begann zu rasen.

Wenn du auch nur den Hauch einer Chance haben willst, musst du jetzt kaltes Blut bewahren!

Neumeier zerrte sie aus dem Wagen.

Fanni versuchte, möglichst gleichmäßig zu atmen, und machte sich bereit, ihn zu treten, zu schubsen, mit der Schulter zu rammen, ihn irgendwie aus dem Gleichgewicht zu bringen. Doch es sollte ihr keine Zeit dafür bleiben.

Neumeier fackelte nicht lang. Er hob das Absperrband ein wenig an, und im nächsten Moment verlor Fanni den Boden unter den Füßen. Sie platschte ins schlammige Wasser und landete mit weit vorgebeugtem Oberkörper auf den Knien. Mühsam gelang es ihr, sich so weit aufzurappeln, dass sich ihr Kopf über der Oberfläche befand.

Fannis Blick versuchte die Dunkelheit zu durchdringen, fand jedoch nichts als den ölig glänzenden Schimmer, der über der Wasseroberfläche lag.

Von oben war Motorengeräusch zu hören.

Er fährt den Wagen weg! Aber gleich wird er wieder zurück sein! Du hast nur ein paar Minuten, bis er wieder da ist und dich ersäuft wie ein Katzenjunges! Hau ab! Versteck dich! Sieh zu, dass du ihm entkommst! Never surrender!

Der Knebel erstickte Fannis Stöhnen. Was soll ich denn machen?, dachte sie verzweifelt. Wie kann ich ihm denn entkommen? Schließlich stecke ich gefesselt und geknebelt in einer Schlammgrube!

Na, wenn dir die Chuzpe fehlt, dann, goodbye, Fanni Rot!

Fanni begann auf Knien vorwärtszurutschen. Mit hinter dem Rücken gefesselten Händen war es gar nicht so leicht, die Balance zu halten.

Von irgendwoher kam das Geräusch von Schritten. Kurz darauf hörte sie ein Scharren und Schaben.

Fanni bewegte sich, so schnell sie konnte.

Das schlammige Wasser seufzte auf, als Neumeier hineinglitt.

Ein, zwei Schritte, und er hat dich!

Fanni stieß mit der Stirn an den Rand der Grube.

Ende der Fahnenstange!

Sie bohrte den Kopf in das matschige Erdreich, als könne sie es zwingen, sich zu teilen und ihr einen Tunnel nach Hause zu öffnen.

Neumeier platschte auf der Suche nach ihr im Wasser herum.

Fanni wühlte und grub, als wäre sie ein Regenwurm, und auf einmal gab das Erdreich nach, und eine kleine Höhlung tat sich auf.

Du befindest dich offenbar an der Kante der Zufahrt! Das Wasser hat sie wohl schon teilweise unterspült!

Fanni versuchte, sich in die Höhlung zu pressen, was jedoch nur unzureichend gelang. Das Grundwasser war nicht emsig genug gewesen.

Selbst wenn das Loch da groß genug für dich wäre, über kurz oder lang würde er dich finden, herausziehen und …!

Mit Entsetzen erkannte sie, dass Neumeier nun direkt hinter ihr stand. Sie fühlte mehr als sie sah, wie er den Arm hob.

Kehraus!

Bevor er ihn senken konnte, war die Umgebung plötzlich in grelles Licht getaucht.

Unwillkürlich kniff Fanni die Augen zu.

»Hubert!«

Ist das nicht Kajetans Stimme?

Fanni öffnete die Augen und musste blinzeln. Zwei riesige Scheinwerfer blendeten sie und ließen Neumeiers Silhouette wie einen gigantischen Scherenschnitt erscheinen.

Neumeier stand völlig reglos da, mit erhobenem rechten Arm und einem verwunderten Ausdruck auf dem Gesicht.

»Hubert!«

Weiblich, hysterisch, schrill! Erika?

Neumeier wandte sich der Stimme wie in Zeitlupe zu.

»Hubert! Der Herr sei dir gnädig.«

Leicht zu erraten, wer da ruft!

Im nächsten Augenblick wurde es im Wasser lebendig. Hubert pflügte der gegenüberliegenden Ecke zu, wo eine Leiter lehnte. Kajetan ackerte vom Fuß der Leiter in die entgegengesetzte Richtung.

Du kannst jetzt rauskommen aus dem Dreck!

Fanni wagte nicht, sich zu bewegen.

Als Kajetan bei ihr angelangt war, griff er ihr sanft unter die Arme und half ihr, sich aufzurichten. Dann schlang er einen Arm um ihre Schultern und wollte sie wegführen. Aber Fanni kippte nach vorn und ging wieder in die Knie. Da hob er sie einfach hoch und trug sie zur Leiter, wo sich ihr Hände entgegenstreckten, die sie hinaufzogen.

Ein ganzer Pulk Leute stand am Rand der Grube. Stimmen riefen durcheinander, Arme fuchtelten. Irgendjemand legte Fanni eine Decke um. Kajetan schnitt ihre Fesseln auf.

Sie riss sich den Knebel aus dem Mund.

Willkommen zurück, Fanni Rot! Never surrender, wie gesagt!

Fanni presste die Kiefer zusammen, damit ihre Zähne nicht unkontrolliert aufeinanderschlugen.

»Ich bringe Sie nach Hause«, sagte Kajetan und schlang wieder den Arm um ihre Schultern.

Die Scheinwerfer des Traktors, den er an die Grube herangefahren hatte, warfen ihr Licht auf die Szenerie ringsum. Fannis Bewusstsein registrierte jedoch nur einzelne Bilder, als würde es sorgsam auswählen, was verbucht werden musste.

Sprudel humpelte auf sie zu.

Hubert Neumeier hockte auf den Fersen und hatte den Kopf auf die Knie gesenkt.

Einer von Istaris Brüdern stand wie ein Wachposten neben ihm.

Erika Neumeier beugte sich zu ihrem Mann hinunter und umarmte ihn. »Das hättest du nicht tun dürfen, Hubert. Du hättest die Rot nicht in die Grube werfen dürfen. Das kostet uns Kopf und Kragen.«

»Sie wollte mich in den Knast bringen!« Hubert schrie es mit gequälter Stimme. »In den Knast bringen wollte sie mich!«

Daraufhin herrschte einen Augenblick Stille am Rand der Grube. Dann sagte die alte Linsenlocherin laut und deutlich: »Saupritschen.«

Amen!

18

Eine knappe Stunde später saß Fanni in Morgenmantel und Pyjama – und selbstverständlich gründlichst geduscht – auf dem Sofa einem erschütterten Sprudel gegenüber, dem die Angst noch ins Gesicht geschrieben stand. Sie hielt eine Tasse Tee in der Hand, den Sprudel mit einem kräftigen Schuss Rum gewürzt hatte.

Fanni trank dankbar in kleinen Schlucken.

Als die Tasse leer war, fragte sie: »Wie kam es …?«

Sie musste den Satz nicht zu Ende bringen, denn es bestanden kaum Zweifel darüber, was sie wissen wollte.

»Leni«, antwortete Sprudel. »Leni hat angerufen. Sie hat das Telefon so lange klingeln lassen, bis ich aufgewacht bin.« Er wirkte ein wenig beschämt. »Zuerst habe ich ja gedacht, dass du doch noch zum Linsenlocher-Hof hinaufgegangen bist. Ich habe mir sogar vorgestellt, wie du mit den Linsenlochern am Tisch sitzt und wie Kajetan allen Schnaps einschenkt. So habe ich es auch Leni geschildert. Das muss wohl recht überzeugend geklungen haben, weil sie keinerlei Einwände vorgebracht hat. Aber mir selbst ist das immer unwahrscheinlicher vorgekommen, weil ich weiß, dass du ein einmal gegebenes Versprechen auch hältst.« Er lächelte sie zärtlich an, und Fanni bekam ein schlechtes Gewissen.

Zu Recht! Deine Auslegung, wie Versprechen zu halten sind oder der Wahrheit Genüge zu tun ist, erweist sich oft als ausgesprochen freizügig!

»Es gab allerdings eine ganz einfache Möglichkeit, nachzuprüfen, ob du den Linsenlochern einen Besuch abgestattet hattest«, fuhr Sprudel fort. »Ich habe kurzerhand dort angerufen und nach dir gefragt.« Er runzelte die Stirn. »Als Erstes war Erika am Apparat, aber sie schien mir ziemlich durcheinander. Statt meine Frage zu beantworten, hat sie mir erzählt, dass ihr Mann schon seit gut einer Stunde weg ist, und sie wüsste nicht, wohin er gegangen sei, und überhaupt sei er den ganzen Tag schon so komisch gewesen.« Sprudel kniff in eine seiner Wangenfalten und zog sie schräg nach unten. »Ich kann nicht sagen, warum, aber irgendwie hat mir die Auskunft gar nicht gefallen. Während ich noch darüber nachgedacht habe, war auf einmal Kajetan in der Leitung. Er muss Erika den Hörer aus der Hand genommen haben.«

Sprudel malträtierte eine weitere Wangenfalte. »Also habe ich Kajetan nach dir gefragt, und der meinte, er würde sich mal draußen umsehen. Vielleicht hättest du auf dem Weg hierher jemanden getroffen, mit dem du dich verquatscht hast. Ja, und das hat er dann auch getan. Sonst würdest du jetzt nicht hier sitzen.« Sprudel schluckte hart. »Das war knapp, Fanni.«

Sie nickte matt. »Wenn du nicht hellhörig geworden wärst …«

Never fail to be watchful!

Sprudel nahm Fanni in die Arme. »Wir sollten zu Bett gehen.«

Sie klammerte sich an ihn. »Darf ich mit in deines?«

Nicht um alles in der Welt hätte sie heute Nacht allein im Hinterzimmer schlafen wollen.

Sprudel küsste sie aufs Ohr. »Wenn du nicht schnarchst.«

Es war nicht recht erkennbar, wer wen stützte, als die beiden die Treppe hinaufgingen.

Fanni und Sprudel saßen zu einer Zeit beim Frühstück, zu der andere ans Mittagessen dachten. Wenn nicht kurz nach dem Aufstehen Kajetan Wagenbauer vor der Tür gestanden hätte, wäre es allerdings mit dem Frühstück nicht ganz so spät geworden.

Kajetan sagte, er käme, um nachzusehen, ob sie alles gut überstanden hätten, ob sie irgendwas brauchten oder ob er sonst etwas für sie tun könne.

Dabei wirkte er so nervös, dass Fanni ihn mit gerunzelter Stirn ansah. »Und warum sind Sie tatsächlich hier?«

Kajetan fuhr sich mit den Fingerspitzen über die Stirn. »Ich – ich muss Abbitte leisten.«

Fanni konnte sich nicht vorstellen, wofür. Schließlich hatte er sie vor dem sicheren Tod gerettet.

»Es tut mir leid«, sagte Kajetan.

Fanni glaubte zu verstehen und antwortete: »Sie müssen sich nicht für Ihren Schwager entschuldigen.«

Kajetan sah sie einen Moment lang verwirrt an, dann schüttelte er den Kopf. »Das war auch nicht meine Absicht. Es geht um das, was *ich* Ihnen angetan habe.«

Jetzt war es an Fanni, *ihn* verwirrt anzusehen.

Kajetan gab sich einen Ruck. »Ich habe Basti hin und wieder ans Steuer von meinem Geländewagen gelassen. Auf dem Traktor macht ihm eh keiner mehr was vor, und er wollte es halt auch mit einem Auto probieren. Wir sind ein paarmal am Wiesenrand entlanggefahren, und er hat das recht gut gemacht. Am Dienstagabend, nachdem Sie gegangen sind …« Er senkte den Kopf und schwieg.

»Haben Sie Basti auf der Straße fahren lassen«, half ihm Fanni weiter.

Kajetan seufzte. »Er ist traurig gewesen wegen Ole und enttäuscht, weil er ins Bett geschickt wurde.« Erneut verfiel er in Schweigen, sprach jedoch nach einer Pause weiter. »Einmal die Wiese hinunter und wieder hinauf, habe ich gesagt.«

»Aber dabei ist es nicht geblieben«, ergänzte Fanni.

»Als wir runtergefahren sind«, erklärte Kajetan, »ist mir aufgefallen, dass mit dem Antrieb was nicht stimmt, und mir war klar, dass wir bergauf stecken bleiben würden. Deswegen mussten wir heimwärts die Straße nehmen und Basti …«

»Wollte nicht vom Steuer weg«, vervollständigte Fanni erneut.

»Ich habe nicht aufgepasst«, gestand Kajetan zerknirscht. »Und Basti? Ich habe keine Ahnung, warum er nicht ausgewichen ist. Er muss erschrocken sein, als auf einmal jemand im Scheinwerferlicht auftauchte, und hat nicht rechtzeitig reagiert. Als er das Steuer herumgerissen hat, war es zu spät.« Kajetan atmete mit sichtlicher Erleichterung aus. »Zum Glück seid ihr geistesgegenwärtig genug gewesen.«

Basti! Never beyond a surprise!

Sprudel hatte die Gänselebermousse aufgetischt, und Fanni verzehrte soeben ihre zweite Toastbrotscheibe – generös bestrichen –, da schlug die Türglocke an.

Fanni ging öffnen und kam in Begleitung von Hans Rot zurück.

»Ich wollte nur nachsehen, wie es ihm geht«, sagte er. »Ah, er schaut ja schon viel besser aus.«

Fanni nötigte ihn an den Tisch, holte ein Gedeck für ihn und schenkte ihm Kaffee ein.

»Habt ihr es schon gehört?«, sagte Hans kauend. »Die Polizei hat gestern Abend den Mörder von Ole Jesper gefasst. Der Neumeier Hubert war es. Möcht man das für möglich halten?« Er sah Fanni und Sprudel fragend an. »Habt ihr es gehört in den Nachrichten? Gestanden hat er auch schon.«

Fanni schenkte ihm Kaffee nach.

Hans rührte drei Löffel Zucker hinein. »Die Praml sagt, wissen möcht sie schon, wie der Hubert das mit dem Mord gemacht hat. Sie selbst hat ihn nämlich am Markttag um halb zwölf am Stand von der Annemarie gesehen und ihm bei der Polizei deswegen ein Alibi gegeben. Und jetzt fragt sie sich, wie der Hubert gleichzeitig …« Hans nahm einen hörbaren Schluck von seinem Kaffee. »Er muss wie der Blitz zum Birkengrund gewetzt sein.«

Fanni legte ihm eine weitere Toastscheibe auf den Teller und reichte ihm die Gänselebermousse.

»Was das Motiv betrifft«, redete Hans weiter, »sagt die Praml – und darin liegt sie völlig richtig –, dass es glasklar ist. Weil der Ole und damit der ärgste Quertreiber aus dem Weg geschafft ist, kann der Kajetan sein Ferienpark-Projekt weiterbetreiben, und damit stoßen sich die Linsenlocher gesund.« Er bestrich seinen Toast und biss nachdenklich hinein. »Das Projekt kriegt jetzt wieder Aufwind. Erstens ist die Gegenpartei geschwächt, und zweitens ist das Problem mit der Abfallentsorgung gelöst.«

Fanni und Sprudel horchten auf, was Hans nicht entging. »Ah, *die* Nachrichtenmeldung habt ihr also nicht gehört. Ist auch vorhin erst gekommen: Die Jesper GmbH baut hinterm Birkberg eine hochmoderne Müllverbrennungsanlage. Jesper hat eine Option auf die dafür notwendigen Grundstücke, hat es geheißen, und die Kommunen sowie der Bund Naturschutz haben im Vorfeld bereits ihre Zustimmung signalisiert.«

»Neumeier könnte einem fast leidtun«, murmelte Fanni.

»Der Neumeier war schon immer ein Depp«, beschied ihr Hans.

Als er sich eine halbe Stunde später verabschiedete, begleitete Fanni ihn hinaus. Sie standen sich einen Augenblick lang schweigend gegenüber, dann teilte sie ihm mit, dass sie mit Sprudel nach Italien reisen würde.

»Dann wird es also amtlich«, sagte Hans ernüchtert.

Fanni nickte.

Halt! Moment! Stopp! War der Aufenthalt in Levanto nicht als Testphase gemeint?

Wenn man es so nennen will, ja, dachte Fanni. Aber eines ist trotzdem besiegelt: Zu Hans nach Erlenweiler werde ich nicht mehr zurückkehren. Er ist allerdings jederzeit zum Frühstück herzlich willkommen, darf schlürfen und bröseln, so viel er will.

Hans Rot nickte verdrießlich vor sich hin. »Ihr zwei seid ja im Lauf der vergangenen Jahre mit einigen Missetätern fertiggeworden. Das schweißt halt zusammen.«

Never change a winning team!

Nachdem Fannis Noch-Ehemann in seinen Wagen gestiegen war, machte sie eine lässige Abschiedsgeste und sah ihm nach, als er davonfuhr.

Dann schweifte ihr Blick zum Nachbarhaus hinüber und blieb am Küchenfenster hängen. Dort stand eine eingetopfte Pflanze mit dichten lindgrünen Blättern und Unmengen kleiner Dolden, die sich leise auf und ab bewegten, als würden sie Fanni zuwinken.

Sie winkte zurück. »Namaste, Istari. Namaste, Ole.«

Jutta Mehler
SAURE MILCH
Broschur, 208 Seiten
ISBN 978-3-89705-688-6

»Jutta Mehler hat einen Volltreffer gelandet. Aus dem Leben gegriffen, bisweilen schreiend komisch sind ihre Beobachtungen und Detailschilderungen.« Deggendorfer Zeitung

»Ein ebenso spannend wie durchaus humorvoll geschriebener Krimi.« Bayern im Buch

www.emons-verlag.de

Jutta Mehler
HONIGMILCH
Broschur, 208 Seiten
ISBN 978-3-89705-784-5

»Düsterer Wald, eine Frauenleiche und eine neugierige Hausfrau – mit Jutta Mehlers ›Honigmilch‹ um die Hobbyermittlerin Fanni Rot gibt es nun einen weiteren spannenden Krimi mit Lokalkolorit – nicht nur für Niederbayern lesenswert.« BR, Abendschau

»Ein munterer, rasanter, ironisch gefärbter Krimi.«
Passauer Neue Presse

www.emons-verlag.de

Jutta Mehler

ESELSMILCH

Broschur, 224 Seiten

ISBN 978-3-95451-006-1

»Hochspannend und schreiend komisch.« Radio Trausnitz

www.emons-verlag.de

Jutta Mehler

MORD UND MANDELBAISER

Broschur, 224 Seiten

ISBN 978-3-95451-168-6

»Mehlers neuster Coup. Verbrecherjagd statt Kaffeeklatsch. Humorvoll erzählt die Autorin von der Mörderjagd der drei rüstigen alten Damen zwischen Kaffeeklatsch und Likörchentrinken. Die drei liebevoll gezeichneten Figuren sind den Lesern schnell nahe, die kleinen Nickeligkeiten unter den Damen sind amüsant und lebensecht. Wie ihre Vorgängerromane liest sich auch ›Mord und Mandelbaiser‹ locker und leicht. Der Krimiplot ist stimmig konstruiert, rasant und spannend – ein echter Wohlfühl-Krimi! Auf eine Fortsetzung darf man gespannt sein.« Deggendorf aktuell

www.emons-verlag.de

Jutta Mehler

MORD MIT STREUSEL

Broschur, 192 Seiten

ISBN 978-3-95451-396-3

Bei dem Versuch, eine Explosion vorzuführen, kommen zwei junge Feuerwehrleute der Deggendorfer Feuerwache ums Leben. Ein Unfall, meinen Polizei, Gutachter und Staatsanwalt. Ein Mord, glaubt der Kommandant. Und bittet das rüstige Rentnerinnen-Trio Thekla, Hilde und Wally um Hilfe. Doch die Ermittlungsarbeit der drei Damen erweist sich als lebensgefährlich …

Jutta Mehler
Moldaukind
Roman
Emons

Jutta Mehler
DER KLEINE FLÜCHTLING
Gebunden, 288 Seiten
ISBN 978-3-95451-090-0

»Alle Erzählstränge und Lebenslinien verknüpft Jutta Mehler zu schicksalhaften Begegnungen, die bisweilen erschütternd drastische Folgen haben. Beim Lesen lässt sich nur erahnen, wie viel Recherchearbeit die Bernrieder Autorin investiert hat. ›Der kleine Flüchtling‹ ist trotz aller fiktiven Einschübe ein sehr realistischer Roman.« Deggendorfer Zeitung